FEUER
WERKE
VERLAG

Das Buch

Auf diversen Social-Media-Kanälen wird ein Live-Video veröffentlicht, auf dem eine junge Frau gedemütigt, gefoltert und schließlich brutal getötet wird. Nachdem sich die Aufnahmen als echt herausstellen, werden die beiden Ermittler Emma Bajetzky und Alex Kuper auf den Fall angesetzt. Doch sowohl vom Tatort als auch vom Opfer fehlt jede Spur. Als kurze Zeit später ein zweites Video mit einer weiteren Bluttat auftaucht, sind die Ermittler davon überzeugt, dass es sich um einen Serienmörder handelt. Doch welches Motiv steckt hinter den Taten? Und was haben die jungen, auf den ersten Blick vollkommen unschuldigen Frauen gemeinsam? Ein Wettlauf mit der Zeit beginnt, denn der Täter hat bereits sein nächstes Opfer im Visier …

Der Autor

Gunnar Schwarz konnte gar nicht anders. Als Kind der späten Siebzigerjahre in eine schreibende Familie hineingeboren, war sein Weg zum Schriftsteller schon vorgezeichnet. Bereits als Jugendlicher verfasste er erste Kurzgeschichten und entwickelte einen beeindruckend facettenreichen Schreibstil. Das Genre, in dem er sich am meisten zu Hause fühlt, wird schließlich der Thriller. Der Wunsch, mit seinen eigenen Worten einen spürbaren Nervenkitzel zu erzeugen, lässt ihn tagtäglich an seinen Geschichten arbeiten. Wenn Gunnar den Schreibtisch verlässt, dann am liebsten für lange Spaziergänge mit seinem Hund. Die Stille des norddeutschen Landlebens wirkt dabei inspirierend und schafft Raum für die Entstehung neuer Ideen.

Der Mädchenhenker

Ein Thriller von Gunnar Schwarz

Bajetzky & Kuper 2

Mehr zum Autor finden Sie auf
www.gunnarschwarz.de,
www.facebook.com/gunnarschwarz.autor,
www.instagram.com/gunnarschwarz.autor und
www.feuerwerkeverlag.de/schwarz

Abonnieren Sie auch unseren Verlags- und Autoren-Newsletter und erfahren Sie so als Erster von unseren Neuerscheinungen, Autorennews und exklusiven Buch-Gewinnspielen:
www.feuerwerkeverlag.de/newsletter

Originalausgabe Januar 2024

Maracuja GmbH, Laerheider Weg 13, 47669 Wachtendonk
Herstellung: Books on Demand GmbH
Printed in Europe
Umschlaggestaltung: Chris Gilcher (Buchcoverdesign.de) unter Verwendung von Adobe Stock ID 65191792 und freepik.com
Lektorat: Ulrike Rücker, Leipzig

ISBN: 978-3-98954-001-9

Kapitelübersicht

Kapitel 1

ANNA Nowak baumelte ein letztes Mal kaum merklich hin und her, dann fror das Bild ein. Die Aufnahme war zu Ende, und Anna war tot. Mit glasigen Augen starrte sie an der Kamera vorbei. Und obwohl sich nichts mehr tat, wirkte das Video in der jungen Kriminaloberkommissarin Emma Bajetzky nach. Dass jemand mit einem Flaschenzug gute drei Meter in die Höhe an einen Querbalken gezogen wurde, um dann langsam und qualvoll zu ersticken, hatte Emma noch nie mit ansehen müssen. Die Mittvierzigerin, Staatsanwältin Aufderheide, die bei den sommerlichen Temperaturen tatsächlich noch einen Anzug trug, blickte von der Leinwand zu ihr und ihrem Kollegen, Alex Kuper, den einzigen Kripo-Ermittlern im großen Besprechungsraum. Ebenfalls anwesend war ihr Chef, Polizeihauptkommissar Krüger, der zwei Plätze weiter neben ihnen saß. Äußerlich wirkte er auf Emma wie ein gestandener Gorilla, den nichts so schnell aus der Fassung bringen konnte. Doch die Jahre im Dienst und die schweren Fälle hatten deutliche Spuren in seinem Gesicht hinterlassen, daher sah er mit seinen vermutlich irgendwas um die fünfzig Jahren auch aus wie Mitte sechzig. Sein genaues Alter kannte niemand auf dem Revier. Es gab sogar einen Pott, in den jeder Neuling fünfzig Euro zahlen musste, und derjenige, der etwas Privates über Krüger herausfand, wie zum Beispiel sein Alter, würde den gesamten Betrag erhalten. Dieses interne Spiel gab es bereits seit fünf Jahren, Emmas Partner Alex war einer der Letzten, der die Gewinnsumme erhöht hatte.

Was das Video anging, tappten sie nun genauso im Dunkeln wie im Falle ihres Chefs. Emma und Alex hatten lediglich die Info, dass Anna Nowak, fünfundzwanzig Jahre, von einer Party nicht nach Hause gekommen war. Ihre Eltern hatte das nicht weiter beunruhigt, bis die Mutter am Morgen auf dem TikTok-Profil ihrer Tochter diese Aufnahme fand.

»Es wurde um Punkt acht Uhr hochgeladen«, erklärte Aufderheide.

Emma warf einen flüchtigen Blick zur Wanduhr über der Tür. Das Video war gerade mal eine dreiviertel Stunde online und war bereits mehrere tausend Mal angeklickt und kommentiert worden. Und gelöscht hatte es auch noch niemand. »Die Kollegen aus der IT sind schon dabei, das Video auszuwerten. Wir können also erst mal nur mit dem arbeiten, was wir gesehen und gehört haben.«

»SNE?«, fragte Emma mit Blick auf die verschmierten neongrünen Buchstaben auf Annas Badeanzug, die aussahen, als wären sie mit einer Spraydose draufgesprüht worden.

»Dazu kommen wir jetzt«, sagte Aufderheide.

»Ich habe eine Stimme gehört«, unterbrach Alex sie. »Ganz am Ende.«

Emma und die beiden anderen starrten ihn an. Er wirkte etwas weggetreten, fast als hätte er nur laut gedacht, dann aber setzte er sich aufrecht, sah zu seiner Partnerin und fragte: »Habt ihr das nicht gehört?« Alle drei schüttelten den Kopf. »Es ist auch sehr undeutlich, und ich war mir nicht sofort sicher …« Er sah auf seine Notizen. »Spulen Sie bitte mal zehn Sekunden zurück.«

Aufderheide tat es, und Polizeihauptkommissar Krüger wandte sich interessiert der Aufnahme zu. Alle spitzten die Ohren. Es war schwer, etwas anderes zu hören als Annas letzte Laute, während sie am Balken baumelte und vergeblich versuchte, sich aus der Schlinge zu befreien. Diese Geräusche gingen Emma auch beim zweiten Mal durch Mark und Bein.

»Habt ihr es jetzt gehört?«, fragte Alex, als das Video wieder am Ende angelangt war, und sah in die Runde. Doch wieder nur Kopfschütteln. Für einen ehemaligen Gitarristen und Sänger einer Punk-Band hatte er ein wirklich gutes Gehör. Vielleicht hatten Musiker das generell, selbst wenn sie sich wie Alex mit einem Tinnitus herumplagten und andere Dinge nicht mehr so gut hören konnten.

»Darf ich?«, fragte Alex, der bereits halb aufgestanden war und auf den Laptop auf dem kleinen Tisch neben Aufderheide deutete.

»Bitte«, sagte sie und machte ihm Platz.

Er zog den Regler mit der Maus zurück, drei Sekunden vor dem Geräusch, das er meinte. Dann öffnete er ein Menü, das aussah wie ein abgespecktes Mischpult. Er schob ein paar der Regler hoch und andere runter. Was er da genau einstellte, blieb Emma ein Rätsel.

Dann spielte er das Video erneut ab. Die Geräusche, die Anna machte, waren nun schriller und stachen Emma in den Ohren. Alex bedeutete ihr, genau hinzuhören. Und dann konnten alle es hören. »Jetzt … die Nächste.« Was dazwischen gesagt wurde, war nicht zu verstehen. Kurz danach stoppte Alex die Aufnahme und sah in die Runde.

War das die Stimme einer Frau oder eines Mannes gewesen? Der Stimmenverzerrer, der von dem Täter eingesetzt worden war, machte es Emma unmöglich, es dementsprechend einzuordnen, aber sie hoffte, dass die Kollegen von der IT das bei ihrer Analyse herausfinden konnten. Momentan aber interessierte Emma sich mehr für den Inhalt. »Jetzt … die Nächste?«, wiederholte sie fragend.

»Jetzt hole ich mir die Nächste?«, mutmaßte Krüger.

»Oder: Jetzt holen wir uns die Nächste«, sagte Alex.

»Zwei Täter?«, fragte Aufderheide.

»Er könnte es jemandem zugeflüstert haben, der neben ihm stand«, sagte Alex.

»Wie auch immer«, sagte Emma, »sollten wir davon ausgehen, dass Anna nur das erste Opfer war.«

»Das sind ja gute Neuigkeiten«, sagte Aufderheide. »Ich danke Ihnen.«

Alex nickte und setzte sich wieder neben Emma. »Und das Video ist sicher kein Fake?«, fragte er. »Ich meine, es sieht schon echt aus. Aber es wäre auch nicht das erste Mal, dass uns so was als echt verkauft wird und am Ende bloß Zeit und Ressourcen kostet.«

»Das wird sich alles nach den Auswertungen zeigen. Momentan gehen wir nicht davon aus, dass es sich um eine Fälschung handelt. Als Nächstes möchte ich Ihnen noch etwas anderes zeigen, es geht um die Buchstaben auf dem Badeanzug.« Aufderheide wandte sich wieder der Leinwand zu und navigierte mit der Fernbedienung zu einem weiteren Video. Sie startete es, und in den ersten Sekunden hörte Emma ein gedämpftes Weinen, vermutlich das einer Frau. Es klang, als ob ihr jemand eine Hand vor den Mund hielt. Das Licht des Handys schaltete sich ein, und Anna Nowak, die nackt in einer Großraumdusche stand, zuckte erschrocken zusammen. Sie wandte den Kopf zur Seite, weg von der Kamera. Es war offenbar Nacht, was Emma aufgrund der dunklen Oberlichter vermutete, die am Rande des Kameraausschnitts zu sehen waren. Annas Mund war mehrfach mit grauem Gaffer-Tape umwickelt. Mit dem rechten Arm bedeckte sie ihre Brüste, mit der linken Hand den Schambereich. Was genau sie unter dem Knebel sagte, konnte Emma nicht verstehen, aber es klang nach dem Betteln und Flehen, wie sie es schon im vorigen Video gehört hatten.

»Hier«, erklang es, wieder durch einen Stimmenverzerrer verstellt. Irgendwas flog von links ins Bild, klatschte Anna ins Gesicht und fiel vor ihren Füßen zu Boden. Ein nasses Handtuch? »Aufheben und anziehen«, befahl die Stimme.

Anna schrie unter dem Tape und krümmte sich. Was auch immer das gewesen sein mochte, was da neben ihr gelandet war, sie schien sich regelrecht davor zu ekeln.

»Heb es auf oder ich bringe dich gleich hier um«, sagte die verzerrte Stimme.

Anna schrie wieder, viel schwächer dieses Mal. Ihre Kräfte ließen bereits nach, aber die Bedeutung seiner Worte hatte sie offenbar verstanden. Sie wusste, dass er sie umbringen würde, ganz egal, was sie tat. In den meisten Fällen aber taten die Opfer dennoch, was von ihnen verlangt wurde. Entweder in der Hoffnung, doch noch lebend aus der Sache rauszukommen, oder weil sie ihren unvermeidlichen Tod so weit wie möglich hinauszögern wollten.

»Heb es auf und zieh es an.« Selbst durch den Verzerrer klang der letzte Satz eindringlicher und erschreckender als die vorangegangenen. Der Täter verlor offenbar die Geduld. Ob das ein generelles Problem war? Manischen Psychopathen wurde oft die Eigenschaft zugeschrieben, ungeduldig zu sein.

Emma fragte sich, wie lange das noch gehen sollte. Annas Tod mit anzusehen, sofern er echt war, wovon Emma ausging, war schon schlimm genug, und diese Folter war nur schwer auszuhalten.

Bemüht, ihre Brüste verdeckt zu halten, ging Anna in die Hocke. Sie verdrehte unnatürlich die Beine, sicher um ihren Schambereich zu schützen, als sie mit der linken Hand nach dem Klumpen auf dem Boden griff. Kurz bevor sie ihn zu fassen bekam, zögerte sie.

»Was ist?«, fragte die verzerrte Stimme. »Ich sollte ihn doch vollpissen, oder nicht?«

Anna sank etwas in sich zusammen, kniff die Augen zu und weinte leise.

Wie kann ein Mensch nur so etwas tun?, fragte sich Emma.

»Auf dem Video … du weißt schon, das da auf deinem Handy, da hast du das noch witzig gefunden. Nun erzähl mir nicht, es ist etwas anderes, wenn es dich selbst betrifft, wenn du diejenige bist, die gedemütigt und ausgelacht wird.«

Anna öffnete die Augen und sah verzweifelt auf den Klumpen vor sich. Dann sah sie hoch und links an der Kamera vorbei. Vermutlich zu ihrem Peiniger. Sie sah ihn fragend an, als wolle sie sich vergewissern, dass er sie in Ruhe lassen würde, wenn sie tat, was er sagte. Doch das widersprach dem, was er zuvor gesagt hatte. Und Emma erkannte, dass sich der oder die Täter für etwas rächen wollten.

Anna sah wieder zum Klumpen auf dem Boden und ergriff ihn mit der linken Hand. Sie stand auf und hielt mit beiden Händen einen tropfenden gelben Badeanzug vor die Kamera – den, den sie auch auf dem ersten Video trug. Langsam stieg sie hinein. Ihr Intimbereich war nun ungeschützt. Am liebsten hätte Emma weggesehen.

Anna brauchte eine Weile, bis sie sich in das nasse, hautenge Ding gezwängt hatte, auf dem die Buchstaben SNE noch nicht zu sehen waren. Sie blickte dabei die ganze Zeit zu Boden, an der Kamera vorbei und bewegte sich merkwürdig – als würde sie versuchen, so wenig Hautkontakt wie möglich mit dem in Urin getränkten Kleidungsstück zu haben.

Als sie ihn angezogen hatte, verschränkte sie die Hände vor ihrem Bauch wie zum Gebet und sah demütig auf ihre Füße. Sie zitterte – mit jedem Atemzug deutlicher.

»Ist seltsam, wenn keiner lacht«, sagte die verzerrte Stimme, »oder?« Eine kurze Pause entstand. »Da sind wir uns einig«, sagte die

Stimme dann leiser als zuvor, bevor sie wieder die alte Lautstärke anschlug. »Wie fühlt es sich an?«

Anna sah unterwürfig in seine Richtung. Ihre Atmung wurde plötzlich schwerer. Ob sie etwas gesehen hatte, das ihr noch mehr Angst machte? Emma hörte, wie Metallschnallen aufschnappten. Vielleicht ein Werkzeugkoffer, der geöffnet wurde, überlegte sie. Dann klang es, als würde jemand darin etwas suchen, Metall schlug auf Metall, etwas wurde herausgezogen. Dann hörte Emma ein Geräusch, das ihr vertraut war. Das Klacken beim Schütteln einer Spraydose, gefolgt von dem Plopp, den der Deckel beim Öffnen machte. Direkt vor der Kamera erschien eine schwarze Gestalt und stellte sich vor die Linse. Jetzt war nur noch zu hören, was passierte. Scheinbar sprühte der Täter etwas an die Kacheln oder vermutlich auf Anna selbst, die unter dem Knebel so laut schrie, wie sie konnte. Dabei gingen die Geräusche der Spraydose beinahe unter.

»Halt still, du Miststück!« Etwas rumpelte. Die Gestalt stieß gegen die Kamera, die nun ihr Licht an die Decke warf und zwei parallel verlaufende Leuchtstoffröhren einfing. »Du versaust noch alles.« Ein paarmal war das Geräusch der Spraydose noch zu hören, während er weitersprach. »Wenn du weiter so rumzappelst, wird die ganze Welt erfahren, was du getan hast.« Anna hörte auf zu schreien, und die Spraydose war das Einzige, das sie für ein paar Sekunden zu hören bekamen. »So. Stillhalten oder ich bring dich um.«

Ein leises Wimmern erklang. Emma konnte hören, wie die Dose in die Ecke geschleudert wurde. Kurz darauf beugte sich die Gestalt über die Kamera, und eine aus dickem Papier gefertigte Maske von Annas Abbild wurde sichtbar, die der Täter trug. Auf dem Foto lächelte das Opfer, doch sah sie dabei alles andere als glücklich aus. Der Täter hatte sie bemalt wie das Gesicht eines Clowns, es erinnerte an die verschmierte Schminke des Jokers aus *Batman*. An der Stelle der Augen klafften Löcher, die des Täters schienen tiefschwarz. Ob er Kontaktlinsen trug wie manche zu Halloween oder auf Goth-Partys? Oder war es das Spiel von Licht und Schatten?

Das Handy wurde in die alte Position gebracht, und als es sich wieder auf Anna scharf gestellt hatte, konnte Emma das Ergebnis der Sprayaktion sehen, von dem Anna ein Teil geworden war. Auf ihrem

Bauch stand in roter Farbe »SNE«. Links von ihr an der Kachelwand stand »PIS« und rechts »LKE«. Das Wort Pissnelke hatte Emma schon lange nicht mehr gehört.

Die verzerrte Stimme lachte. »Ist das nicht komisch?«

Anna schüttelte kaum merklich den Kopf.

»Das mit der Spraydose war zu viel, oder?«

Emma erschrak, als sich die Anna-Clowns-Maske abrupt in den Bildausschnitt schob und sein Opfer halb verdeckte. »Was meint ihr?«

Mit diesem bizarren Bild und den schwarzen Augen endete die Aufnahme.

Endlich, dachte Emma und glaubte, die Erleichterung aller im Raum spüren zu können.

Aufderheide und Krüger hatten das Video natürlich im Vorfeld gesichtet, wie auch die Kollegen vom Kriminaldauerdienst, die gerade nicht anwesend waren, aber den besorgten Anruf von Annas Mutter entgegengenommen hatten.

Mit der Fernbedienung schaltete Aufderheide den Projektor an der Decke aus und wandte sich den dreien zu. »Selbstverständlich ist dieses Video nicht der eindeutige Beweis für die Echtheit des ersten. Dennoch glauben wir nicht, dass es eine Fälschung ist. Anna Nowak und der Täter müssten schon begnadete Schauspieler sein.«

»Dieses Mal bin ich mir, was das Flüstern angeht, nicht so sicher. Ich würde es mir gleich noch mal in Ruhe anhören«, sagte Alex.

Aufderheide nickte bestätigend.

»Ich glaube, eins gehört zu haben«, sagte Emma. »Und dieses ›Da sind wir uns einig‹ schien nicht an Anna Nowak gerichtet gewesen sein.«

»Also könnten sie hier auch zu zweit gewesen sein«, mutmaßte Alex.

Krüger brummte bestätigend. »Werfen Sie mal einen Blick auf die ersten Reaktionen aus den Kommentaren unter beiden Videos«, sagte Krüger und reichte einen Stapel Ausdrucke an die beiden rüber. Alex nahm sie entgegen und legte sie zwischen sich und Emma. Sie überflogen die Kommentare. Die meisten verurteilten, was da zu sehen war, und kündigten an, Annas Account nicht mehr zu folgen. Manche glaubten zu wissen, wo das erste Video aufgenommen worden war. Das Freibad in Hillegossen fand am häufigsten Erwähnung.

Emma sah zu ihrem Chef und fragte, ob das geprüft worden war.

»Ja«, antwortete Krüger. »Wir haben angerufen und erfahren, dass die Kacheln der Frauendusche in besagtem Freibad heute Morgen mit den Buchstaben, die wir im Video gesehen haben, beschmiert vorgefunden wurden. Wir haben ein Team hingeschickt, versprechen uns aber nicht viel davon. Im Sommer öffnen die um sechs für die Frühschwimmer. Da sind schon einige Leute duschen gewesen, bevor wir überhaupt von der Sache erfahren haben.«

»Wir sollten uns das trotzdem ansehen«, sagte Alex.

»Ich schätze«, Krüger sah auf seine klobige Armbanduhr, »in drei Stunden sollten die Techniker durch sein.«

»Alles klar«, sagte Alex und notierte sich die Uhrzeit in seinem Notizblock. Alex hatte eine Sauklaue wie ein Arzt, aber immerhin konnte Emma seine Zahlen noch entziffern.

Sie sah sich die weiteren Kommentare an. Der Großteil hielt die Videos für Fake, und einige meinten sogar zu sehen, wie schlecht sie an manchen Stellen gemacht worden waren. Hoffentlich hatten sie recht. Doch es war der kleine Teil der Kommentare, der Emma beunruhigte. »Geschieht ihr recht«, »Wenn du bei der Nächsten Hilfe brauchst, sag Bescheid.« Dann standen da Sachen wie: »Ich hätte ein Stahlseil benutzt«, oder: »Du hättest noch so viel mehr mit ihr anstellen können«, was Emma hoffen ließ, dass es nur großspuriges Gelaber von irgendwelchen kranken Idioten war.

Emma sah von den Zetteln zu Aufderheide auf, die anscheinend geduldig gewartet hatte, bis sie sich einen Überblick verschafft hatten. »Die Frage ist«, sinnierte Emma und zeigte auf die Ausdrucke, »ob der oder die Täter sich dadurch bestärkt fühlen.«

»Das müssen wir leider annehmen.« Aufderheide sortierte ihre Unterlagen in eine schwarze Ledertasche. »Ich schlage vor, Sie holen sich den Bericht vom KDD und sprechen mit Anna Nowaks Eltern. Wenn sich dadurch und durch die Untersuchungen der IT die Aufnahmen als echt erweisen, stellen wir eine Soko zusammen.«

»Das halte ich jetzt schon für sinnvoll«, warf Krüger ein, und Emma nickte.

Kapitel 2

IM Büro des KDD, dem Kriminaldauerdienst, der seine Büros im Erdgeschoss hatte, hatte Mesud Avci gerade den Bericht zu Anna Nowak fertiggestellt. Alex lehnte an seinem Schreibtisch, und Emma stand hinter ihm, um auf dem Bildschirm schon einmal die erste Seite des Berichts zu überfliegen, während sie auf den Ausdruck warteten. Name und Adresse standen ganz oben.

Avci saß übermüdet vor dem Bildschirm und machte einen Buckel, als könne er sich vor Erschöpfung kaum noch aufrecht halten.

»Viel los heute Nacht?«, fragte Emma.

»Ich freu mich auf jeden Fall aufs Bett.«

»Tut mir leid, dass wir dich so lange aufgehalten haben.«

»Ach, ist okay. Ich wäre sowieso nicht pünktlich rausgekommen, da macht ein Bericht mehr oder weniger nun auch nichts.«

Emma machte Avci Platz, der auf dem Stuhl an ihr vorbei rollte, sich um hundertachtzig Grad drehte und die Hand über den Laserdrucker auf dem Tisch hinter seinem Schreibtisch hielt, als wolle er einen Baseball fangen.

»Glaubst du, die Videos sind echt?«, fragte Emma ihren Partner.

»Ich weiß es nicht.«

»Was lässt dich zweifeln?«

»Die Adresse.«

Die Nowaks lebten im Musikerviertel Bielefelds, das selbst für Außenstehende nicht unbekannt war. In der Furtwänglerstraße kaufte man sich kein Anwesen, wenn man nicht mindestens ein paar Millionen schwer war.

»Ist vielleicht ein bisschen klischeehaft«, führte Alex weiter aus. »Aber was wäre, wenn Anna Nowak einfach nur etwas mehr Aufmerksamkeit von ihren Eltern will?«

»Auf diese Art? Glaubst du nicht, dass ihr klar wäre, was das für Wellen schlagen würde? Allein schon die Kosten, die auf sie zukämen, wenn sich alles nur als Fake entpuppt.«

»Dadurch werden die Nowaks sicher nicht arm.«

Der Drucker spuckte den Bericht in Avcis offene Hand. »Hier.« Er reichte ihn Emma rüber.

»Danke«, sagte sie und nahm die noch warmen Seiten entgegen. Anstatt einen Blick auf den Ausdruck zu werfen, sah sie Alex fragend an und forderte ihn auf, fortzufahren.

»Ich meine, dass reiche Eltern ihre Kinder vernachlässigen, ist nichts Neues. Sicher, das trifft nicht auf alle zu. Aber es könnte sein, dass Anna so versucht, ihre Eltern zu triggern. Sie sollen sich Sorgen machen. Sie sollen nicht an ihre Arbeit, sondern einzig und allein an sie denken. Mit diesen Videos könnte sie das erreichen, und sie hätte die Aufmerksamkeit ihrer über einhunderttausend Follower. Ich bin sicher, dass die Zahl sich im Laufe des Tages mindestens verdoppeln wird.«

»Ich weiß nicht«, sagte Emma und machte sich auf den Weg zur Tür. Alex folgte ihr. »All das nur für ein bisschen Aufmerksamkeit?«

»Worum geht es denn heutzutage sonst?«, konterte er.

Eine traurige Erkenntnis, die Alex da offenbar für sich gefunden hatte, dachte Emma, die das nicht so sehen wollte. Allerdings kam sie nicht umhin zu denken, dass darin durchaus auch ein Fünkchen Wahrheit steckte. Vielleicht sogar mehr, als ihr lieb war.

Kapitel 3

IM Bielefelder Musikerviertel stiegen sie in der Furtwänglerstraße vor einer imposanten modernen Villa aus Emmas Dienstwagen. Was für ein Baustil das sein konnte, wusste sie nicht. Kurz hatte sie den Impuls, Alex zu fragen, doch sie ahnte, dass er kein Interesse an derartigen Statusobjekten hatte. Im Grunde war es auch egal, aber das Gebäude hinterließ Eindruck bei Emma. Wer so etwas entwarf, musste schon sehr kreativ sein.

Noch während sie durch die schmiedeeisernen Tore fuhren, schlossen sich diese beinahe geräuschlos hinter ihnen. Vor dem Haus hielten sie und stiegen aus. Emma ging gerade um den Wagen herum zu Alex, als sich die Haustür öffnete. Eine Frau, die sich zurechtgemacht hatte, als hätte sie jeden Moment ein wichtiges Foto-Shooting, stand in der Tür. Sie wirkte wie eine etwas ältere Version von Anna, vielleicht ihre Schwester, mutmaßte Emma.

»Danke, dass Sie so schnell gekommen sind«, sagte sie und streckte ihnen die Hand zur Begrüßung entgegen. »Marie Nowak. Annas Mutter.«

Die Überraschung ließ sich Emma nicht anmerken. Eine erwachsene Tochter hätte sie dieser Frau nicht zugetraut. Sie ergriff ihre Hand, und die beiden Ermittler stellten sich vor.

»Kommen Sie doch bitte rein«, sagte Marie Nowak, trat zur Seite und machte eine höflich einladende Geste ins Innere.

Von der großen Eingangshalle aus gelangte man über eine breite Marmortreppe ins erste Stockwerk. Von hier unten konnte Emma bis zur Glaskuppel auf dem Dach sehen. Einen kurzen Moment wurde ihr unwohl, als die Erinnerung an das offene Dach der ehemaligen Psychiatrie Eckardtsheim sie heimsuchte, gefolgt von Stefan Bauers Gesichtsausdruck, als er durch den Boden krachte und im Eingangsbereich auf die Fliesen schlug. Das war jetzt neun Monate her. Und obwohl ihn dieser Sturz getötet hatte, hatte Emma manchmal das Gefühl, dass ihr Peiniger sie immer noch verfolgte. Dass er unbemerkt hinter einer Ecke lauerte, ihr auf der Straße entgegenkam oder vor ihrer Wohnungstür darauf wartete, dass sie hinaustrat. Emma drängte ihre Paranoia beiseite, von der sie wusste, dass sie irrational war, die sich aber dennoch von Zeit zu Zeit bemerkbar machte.

Sie löste ihren starren Blick vom Boden, der aus dem gleichen Marmor bestand wie die Stufen. Emma und Alex folgten Marie an der Treppe vorbei in den offenen Wohnbereich. Alles war sehr minimalistisch gehalten. Bis auf vereinzelte professionelle Aufnahmen von Anna und Marie waren keine Bilder oder Kunstwerke zu sehen, wie Emma es in einem so imposanten Haus erwartet hätte.

»Gehen wir doch raus auf die Terrasse, da ist es etwas angenehmer bei den Temperaturen.«

Emma war irritiert, das ganze Haus war offensichtlich klimatisiert, in den Räumen war es beinahe schon morgendlich frisch, und als sie durch die offene Schiebetür der Glasfront nach draußen trat, hatte sie das Gefühl, gegen eine Wand aus Hitze zu knallen.

An einem eleganten Tisch, auf dem bereits drei Gläser mit Eiswürfeln und eine Karaffe mit Eistee standen, saß ein Mann in einem offenbar maßgeschneiderten Anzug, der vermutlich Annas Vater war. Er trank Kaffee und rauchte eine Zigarette.

»Das ist mein Mann«, sagte Marie Nowak, da er keine Anstalten machte, sich vorzustellen oder die beiden Ermittler zu begrüßen. »Richard Nowak«, fügte sie hinzu.

»Wurde auch Zeit, dass Sie kommen«, sagte er ernst, sah sie missbilligend an, zog tief an seiner Zigarette und blies den Rauch durch die Nase aus.

Ohne zu fragen, goss Marie Nowak die Gläser voll. »Heute Morgen frisch zubereitet. Bitte.« Sie reichte den beiden nacheinander ein Glas und sah immer mal kurz und anscheinend unsicher zu ihrem Mann, dessen Verhalten ihr wohl unangenehm war. Emma nahm ihm das nicht übel. Immerhin war seine Tochter verschwunden, und wenn er die Videos gesehen hatte, wovon Emma ausging, hatte er allen Grund dazu, ungehalten zu sein. Bei all den Sorgen, die auch Marie Nowak durchstehen musste, hielt sie die Fassade der vornehmen Dame dagegen beeindruckend aufrecht.

Emma und Alex nahmen Platz.

Alex trank sein Glas halb leer und stellte es wie beiläufig neben dem Untersetzer auf den Tisch. Richard Nowak schien das zu missfallen, und Emma war sich sicher, dass Alex nur so tat, als hätte er den Blick, der ihn nun traf, nicht bemerkt. Marie Nowak lächelte Alex an, nahm sein Glas und stellte es auf den Untersetzer.

»Danke«, sagte Alex und zog seinen Notizblock hervor.

Emma folgte dem Blick von Richard Nowak durch den Garten, in dem sich ein großer Pool befand, umgeben von fleckenfreiem Gras. Entlang der weißen Mauer ragten große Palmen ein ganzes Stück darüber hinaus. Tropische Pflanzen, die Emma zwar schon mal gesehen hatte, aber nicht benennen konnte, rundeten das Ganze ab.

»Sind die Videos echt?«, fragte Marie Nowak nun besorgt.

»Das wissen wir noch nicht«, antwortete Emma.

»Was wissen Sie dann?«, grätschte Richard Nowak dazwischen.

»Sie sagten«, begann Alex ohne darauf einzugehen, »Ihre Tochter sei gestern Abend von einer Party nicht nach Hause gekommen.«

»Liegen Ihnen diese Informationen nicht bereits vor?«, fragte Richard Nowak.

»Wissen Sie, wo diese Party gewesen ist?«, fragte Alex wieder, als hätte der Mann ihm gegenüber nichts gesagt. Der antwortete aber nur mit einem weiteren Zug von seiner Zigarette.

»Also«, begann Marie Nowak eine Erklärung, »wir wissen es nicht so genau. Nur, dass sie mit Melina unterwegs war.«

»Wer ist Melina?«, fragte Emma.

»Melina Wagner. Ihre beste Freundin seit der achten Klasse«, fügte sie mit einem unsicheren Lächeln hinzu. »Eigentlich geht Anna ohne Melina nie irgendwo hin.«

»Ist eher umgekehrt«, bemerkte Richard Nowak. »Seit die Wagners bankrott sind, treibt Melina sich ständig hier rum.«

»So ist das doch gar nicht«, sagte seine Frau pikiert. »Wenigstens interessiert es unsere Tochter nicht, ob jemand pleite ist oder Erfolg hat.«

»Deswegen ist sie auch an dieser Kunsthochschule.«

»Ich halte sie sicher nicht davon ab, ihre Träume zu verwirklichen.«

»Natürlich nicht. So wie du immer deinen hinterhergejagt bist.«

»Ich bin zufrieden.«

»Immerhin.« Er drückte die Zigarette aus und erhob sich. »Ich muss zur Arbeit.«

»Natürlich musst du das.«

»Klären Sie diesen schlechten Scherz auf und finden Sie meine Tochter«, sagte er und ging ins Haus.

Emma und Alex schwiegen. Sie ließen Marie Nowak die Zeit, die sie brauchte, um wieder etwas runterzukommen. Als die Haustür ins Schloss gefallen war, sah sie zu Emma. »Entschuldigen Sie bitte. Das vor Ihnen auszutragen, war unhöflich.« Schnell wischte sie sich über das linke Auge, als wäre dort eine nervige Fliege gewesen. »Wir machen uns wirklich Sorgen um Anna.« Ihre Stimme verlor den Halt. »Mag sein, dass wir nicht immer gewusst haben, wo sie ist oder was sie gerade tut. Vielleicht hätten wir mehr Zeit ...« Zitternd atmete sie tief ein und aus. »Wenn ich daran denke, dass die Aufnahmen echt sein könnten ...« Wieder ein tiefes Atmen, dann ein Schluchzen. »Entschuldigen Sie mich bitte einen Moment.«

»Selbstverständlich«, sagte Emma einfühlsam.

Annas Mutter sprang auf und eilte ins Haus.

Emma warf einen Blick über die Schulter ins Innere und sah, wie sie in der offenen Küche ein Zewa abrollte und sich die Nase putzte.

Alex trank das Glas leer und stellte es zurück auf den Untersetzer. In dem Moment kam Marie Nowak heraus und lächelte wieder. Trauer und Sorge waren ihr deutlich ins Gesicht geschrieben.

»Möchten Sie noch etwas trinken?«, fragte sie.

»Nein, danke.« Emma räusperte sich, und Marie setzte sich zurück auf ihren Platz. »Sie haben erwähnt, dass Ihre Tochter studiert.«

»Ja«, sagte Marie mit einem verträumten Lächeln. »Medien und Kommunikation an der FMK. Mel studiert auch dort.«

»Unternehmen die beiden noch mehr zusammen?«

»Fragen Sie lieber, was sie nicht zusammen machen. Häufig sind sie zum Beispiel beim Tennis im *BTTC*.«

»Ist das ein Klub oder so was?«, fragte Emma nach, und nachdem Marie genickt hatte, erkundigte sie sich: »Wo ist der?«

»Voltmannstraße. Dort wird aber jetzt noch niemand sein, falls Sie vorhaben vorbeizuschauen.«

Emma wartete einen Moment, bis Alex mit seinen Notizen fertig war, und nutzte die Zeit, um etwas von dem Eistee zu trinken. Der schmeckte wirklich gut und war sehr erfrischend. »Was machen Sie und Ihr Mann beruflich?«

Marie Nowak sah Emma skeptisch an. »Warum fragen Sie?«

»Es könnte sein, dass der Täter es auf Ihr Geld abgesehen hat.«

»Jetzt sprechen Sie schon von einem Täter?«

»Im Moment müssen wir alle Möglichkeiten in Betracht ziehen.«

»O Gott«, sagte sie.

»Wir müssen wissen, ob es jemanden gibt, der Ihnen schaden will«, sagte Alex.

Sie atmete einmal durch, bevor sie antwortete. »Da gibt es einige. Nicht von meiner Seite aus, ich arbeite nicht. Was nicht bedeutet, dass ich nur aufgetakelt herumlaufe und nichts mit meiner Zeit anzufangen weiß. Ich mache viele ehrenamtliche Sachen. Sommerfeste und Benefizveranstaltungen. Ich liebe es zu organisieren. Das war gar nicht so leicht, als Anna noch klein war. Bis ich meinen Mann dazu überreden konnte, eine Nanny einzustellen.«

»Warum hatte er denn was dagegen?«, fragte Alex.

»Er traut Fremden nicht über den Weg.«

»Arbeitet diese Nanny noch für Sie?«

»Nein. Schon seit zehn Jahren nicht mehr.«

»Haben Sie noch Kontakt zu ihr? Sie kann uns sicher einiges über Anna verraten.«

»Nun, dafür bräuchten Sie dann aber ein Medium. Oder wie heißen diese Leute, die mit den Toten in Kontakt treten?«

»Verstehe«, sagte Emma. Dann fügte sie hinzu: »Sie hatten also Annas Kindheit hindurch immer viel zu tun?«

»Wenn Sie damit sagen wollen, ich hätte mich nicht richtig um meine Tochter gekümmert, liegen Sie falsch.«

»Das wollte ich nicht damit sagen. Gibt es vielleicht jemanden bei Ihren ehrenamtlichen Arbeiten, der Sie vielleicht erpressen könnte? Jemanden, der dringend Geld braucht?«

»Wer braucht das denn nicht? Außerdem, was erwarten Sie für eine Klientel in meinem Umfeld?« Sie schüttelte den Kopf. »Bei meinem Mann aber … Ich weiß es nicht. Er gehört zur Führungsebene von Dr. Oetker und hat sich auf dem Weg dorthin nicht nur Freunde gemacht. Er ist ein harter Hund und kann das privat auch nicht immer abstellen, wie Sie eben bemerkt haben. Aber er ist nicht immer so.« Sie hielt einen Moment inne, bevor sie weitersprach. »Er musste schon viele Leute entlassen, und ich bin sicher, dass er in den Augen so mancher nicht immer fair handelt oder gehandelt hat. Aber das gehört ja auch irgendwie dazu. Sonst hätte er so einen Posten ja nicht, oder?«

»Vermutlich«, sagte Emma. »Vielleicht würde es uns weiterbringen, wenn Ihr Mann uns eine Liste derer zukommen lässt, die ihm vielleicht etwas nachtragen könnten. Nur für den Fall, dass wir darauf zurückgreifen müssen.«

»Ich denke nicht, dass er das tun wird. Ausrichten werde ich es ihm trotzdem.«

»Warum glauben Sie das?«, fragte Alex.

»Firmenpolitik.«

»Verstehe«, sagte er.

»Noch eine andere Frage«, lenkte Emma vom Thema ab. »Hat Anna einen festen Freund?«

»Wenn sie einen hat, wissen wir nichts davon.«

»Wie steht es mit Ex-Freunden?«

»Ich weiß, es klingt komisch, aber wenn Anna Menschen aus ihrem Leben gestrichen hat, habe ich das für gewöhnlich auch sofort getan. Es gab mal den einen oder anderen, aber nichts von langer Dauer. An Namen kann ich mich wirklich nicht erinnern.«

»Gibt es noch andere Freunde außer Melina?«, fragte Emma.

»Einen ganzen Haufen. Anna ist überall beliebt. Deswegen können wir nicht verstehen, dass ihr jemand so etwas antun könnte. Das Video kann nicht echt sein.«

»Können Sie uns ein paar Namen der Freunde geben und vielleicht auch Kontaktdaten?«

»Tut mir leid. Anna lädt bis auf Melina nur selten jemanden zu uns ein. Melina wird Ihnen da sicher weiterhelfen können.«

»Haben Sie wenigstens ihre Adresse?«, fragte Alex.

Die Frage schien Marie etwas unangenehm zu sein. »Ich weiß, wo sie früher gewohnt hat. Vor der Insolvenz ihres Vaters … ihres Stiefvaters, um genau zu sein …« Mit einem unsicheren Lächeln fuhr sie fort. »Ich bin mir aber sicher, dass in der FMK die aktuelle Adresse hinterlegt ist.«

Kapitel 4

DEKANIN Britta Hamann hielt den beiden Ermittlern die Tür zum Kursraum in der voll klimatisierten FMK, der privaten Fachhochschule für Medien und Kommunikation, auf. Es war angenehm kühl, nicht so kalt wie in der Villa der Nowaks.

»Entschuldigen Sie bitte die Störung«, sagte Dekanin Hamann an die Studierenden gerichtet. Es war ein kleiner Kurs von nur dreizehn Leuten. Kein Vergleich zu den vollgestopften Räumlichkeiten an der FH, an der Emma studiert hatte, wo man froh sein konnte, noch einen Sitzplatz zu bekommen.

»Das sind Kriminaloberkommissarin Bajetzky und Kriminaloberkommissar Kuper von der Kripo Bielefeld«, stellte Britta Hamann die beiden förmlich vor.

Der Dozent war ein unscheinbarer junger Mann in Shirt und Cargo-Shorts, der selbst noch als Student hätte durchgehen können. Sonderlich überrascht schien er vom Auftauchen der beiden Ermittler nicht zu sein, die anderen Anwesenden ebenso wenig. Als hätten sie nur darauf gewartet, dass die Polizei aufkreuzt.

»Geht es um Anna?«, fragte eine kurzhaarige Brünette mit kleinen Tunnels im Ohr und volltätowierten Armen aus der hintersten Reihe.

Dekanin Britta Hamann sah Emma unsicher an, als wüsste sie nicht, was sie darauf erwidern sollte. Emma nickte ihr zu als Zeichen, dass sie nun das Wort ergreifen würde, und trat einen Schritt vor. »Wir möchten gerne mit Melina Wagner reden.«

Emma sah in die Runde. Niemand sagte etwas. »Meinten Sie nicht, sie sei in diesem Kurs?«, fragte Emma an Britta Hamann gerichtet.

»Ja, das ist sie auch. Ebenso Ihre Vermisste Frau Nowak.« Sie biss sich auf die Zunge.

Emma hatte es eigentlich vermeiden wollen, Anna vor dem versammelten Kurs zu erwähnen. Noch war die Echtheit der Videos nicht bestätigt, und damit galt Anna offiziell noch nicht als Opfer einer

Straftat. Doch nun, da Dekanin Hamann es ausgesprochen hatte, würden alle Anwesenden genau das glauben.

»Sie wird vermisst?«, fragte ein Mann mit Vollbart und Dutt, der direkt vor Emma saß.

»Sind die Videos etwa echt?«, meldete sich eine weitere Stimme.

Die Katze war aus dem Sack. Emma konnte nicht einfach so tun, als hätte Dekanin Hamann nichts gesagt. Bevor sie sich wieder dem Kurs zuwenden konnte, übernahm Alex das Wort. »Noch ist gar nichts bestätigt«, erklärte er und lächelte charmant.

»Also ich halte es ja für möglich, dass das nur ein Fake ist«, mutmaßte ein anderer Student. »Anna und Melina haben doch nie gewusst, wann Schluss ist.«

»Ich trau denen auch zu, dass sie blaumachen und sich auch noch dafür feiern, dass alle nach ihnen suchen«, sagte die Brünette. »Bestimmt haben die schon ein weiteres Video gedreht, das sie bald hochladen werden.«

»Wahrscheinlich haben sie überall versteckte Kameras installiert, um die Reaktionen zu beobachten.« Ein hagerer junger Mann im Metal-Shirt und langen schwarzen Haaren sah prüfend in die Ecken des Raumes. Ein paar der anderen folgten seinem Blick. Selbst Emma war versucht, das zu tun, widerstand dem Impuls aber, als sie daran dachte, wie verrückt so etwas wäre. »Was führt Sie zu dieser Annahme?«, fragte sie stattdessen.

»Ihre ganze Art«, sagte er. »Anna und Melina haben immer schon auf alles geschissen, für jemand anderen als für sich selbst haben die sich nicht interessiert.«

»Vor allem Melina. Die hält sich ohnehin für was Besseres«, sagte eine junge Frau im Poncho.

»Daraus macht sie ja auch kein Geheimnis«, warf die Brünette ein. »Die Party gestern war das beste Beispiel dafür.«

»Du meinst, das aktuellste Beispiel«, fügte die Frau im Poncho hinzu.

»Was genau ist da vorgefallen?«, fragte Emma.

»Anna und Melina haben sich gestritten, und Melina hat es dabei völlig übertrieben«, sagte die Brünette. »Es ging um eine Hausarbeit.«

Sie sah zum Dozenten, als wäre sie gerade im Begriff, etwas zu sagen, das er besser nicht hören sollte. »Ich weiß nicht, ob's stimmt. Angeblich hat Anna Melinas letzte Hausarbeit kopiert, ohne dass sie davon wusste, und eher abgegeben als Melina ihre. Anna bekam eine Eins, und Melina ist nicht mehr rechtzeitig mit ihrer neuen Arbeit fertig geworden und ist durchgefallen.«

»So, so«, sagte der Dozent offenkundig verärgert darüber, dass ihm das niemand gesagt hatte.

»Melina hat Anna richtig schlimm angemacht, und Anna ist dann irgendwann abgehauen.«

Der Streit könnte vielleicht ein Motiv gewesen sein. Und ein Grund dafür, dass Melina nicht hier war.

»Weiß jemand, wo sich die beiden gerade aufhalten könnten?«, fragte Alex.

Schweigen im Raum.

»Ich suche Ihnen Frau Wagners Adresse heraus«, sagte Britta Hamann und huschte aus dem Raum.

Dann meldete sich der junge Mann mit Dutt kleinlaut: »Ehrlich gesagt hat keiner von uns was mit den beiden zu tun gehabt. Wollten wir auch nicht.«

»Anna hat ab und an versucht, sich ein bisschen mit uns zu connecten«, fügte die Brünette hinzu. »Aber Melina ist irgendwie immer dazwischen gegrätscht.«

»Sie ist ja auch nichts weiter als Annas Schatten«, sagte eine neue Stimme. »Die war eifersüchtig auf sie.«

Interessant, was sich hier für ein Bild von der jungen Frau formte. »Gab es weitere Vorfälle dieser Art?«, fragte Emma.

Die Brünette lachte bitter. »Wie viel Zeit haben Sie?«

In dem Moment betrat Dekanin Hamann wieder den Raum. »Ich habe ihre Adresse.«

»Ich danke Ihnen«, sagte Alex und sah wieder zu den Teilnehmenden des Kurses. »Laufen Sie bitte nicht weg. Wir sind gleich wieder da.« Er lächelte und bedeutete Emma, ihm nach draußen zu folgen.

Emma schloss die Tür hinter sich. »Was ist?«, flüsterte sie.

»Anna ist nicht so beliebt, wie ihre Eltern glauben«, sagte Alex mit gedämpfter Stimme. »Wir sollten die Studenten einzeln befragen.«

»Und was ist mit Melina?«

»Wir dürfen jetzt, wo die Leute redselig sind, nicht so viel Zeit verstreichen lassen. Das Publikum ist angefixt. Da legt man nicht einfach die Instrumente beiseite und macht Pause.«

»Ich schlage vor, du spielst das Konzert zu Ende, und ich fahre zur Melinas Adresse. So verlieren wir keine Zeit.«

»Sofern sie keine Zugabe wollen.« Alex sah auf die Uhr. Es war kurz vor neun. »Treffen wir uns um eins im Freibad Hillegossen?«

»Lädst du mich ein?«

Alex lächelte. »Zum Schwimmen?«

»Esspapier und Cola-Kracher.«

»Ich schätze, dafür reicht mein Taschengeld noch aus«, sagte er.

Emma lachte auf und war wieder einmal dankbar für seine oft so unbeschwerte Art.

Die beiden verabschiedeten sich und Alex ging zurück in den Seminarraum.

Als Emma den Flur entlang schritt, dachte sie über die letzten Monate nach, in denen sie und Alex sich so viel besser kennengelernt hatten, und inzwischen hatte sie das Gefühl, mit ihm nicht bloß einen neuen Partner im Job, sondern auch einen guten Freund gefunden zu haben.

Kapitel 5

ALEX hatte um einen kleinen Raum gebeten, in dem er ein paar der Kommilitonen in Ruhe befragen konnte, und man hatte ihm gleich einen ganzen Vorlesungssaal zur Verfügung gestellt. Er hatte sich diejenigen zur näheren Befragung ausgesucht, die ohnehin schon redselig waren, und beschlossen, mit derjenigen anzufangen, die das Ganze ins Rollen gebracht hatte.

Beatrice van Drissen, die tätowierte Brünette, saß vor dem Professorenpult lässig im Stuhl, sodass Alex das Gefühl beschlich, für sie wäre das alles reine Zeitverschwendung. Die Hoffnung, dass es sich als solche entpuppen würde, hatte Alex selbst auch noch nicht aufgegeben. Dennoch musste er die Sache so behandeln, als wäre Anna tatsächlich einem Verrückten zum Opfer gefallen. Kaum hatte er das gedacht, war er auch schon froh, es nicht ausgesprochen zu haben, denn den Begriff »Verrückter« hörte man in Fachkreisen nicht so gern. Doch manchmal waren die Menschen eben genau das: verrückt.

»Danke, dass Sie sich die Zeit nehmen«, begann Alex das Gespräch und setzte sich ihr gegenüber. Er schlug sein Notizblock auf, legte ihn vor sich ab und nahm einen Stift zur Hand.

»Kein Ding«, sagte Beatrice van Drissen.

»Sie sagten eben, dass Sie nicht an die Echtheit der Aufnahmen glauben.«

»Tu ich nicht.«

»Und warum?«

»Melina und Anna haben Anfang des Jahres einen Kurzfilm gedreht. Irgend so einen Art-House-Slasher, oder was auch immer das sonst sein sollte. Ich geb's nicht gern zu, aber der ist wirklich gut geworden. Was kein Wunder ist, da Annas Eltern Profis für die SFX angeheuert haben.«

»SFX?«, hakte Alex nach.

»Spezialeffekte.«

»Kann man sich diesen Film irgendwo ansehen?«

»Online nicht. Auf YouTube wird so was sofort gesperrt. Die Schule müsste aber eine Kopie auf Blu-ray haben.«

»Spielt Anna in diesem Film mit?«

»Oh ja. Sie spielt darin die Killerin und das sogar so gut, dass wir uns gefragt haben, ob sie wirklich nur eine Rolle spielt oder ihr wahres Ich zeigt.«

»Wie meinen Sie das?«

»Das soll nicht falsch rüberkommen. Wir denken nicht, dass sie eine irre Mörderin ist oder so was in der Art. Aber als Psychopathin schätzen wir sie schon sein. Wussten Sie, dass gut die Hälfte der Psychopathen in hohen Führungspositionen arbeiten? Die laufen nicht alle herum und töten Frauen.«

Alex war sich dessen bewusst und glaubte sogar, dass es mehr als nur die Hälfte war. Ob Annas Vater auch dazu gehörte und er diese Veranlagung an seine Tochter weitergegeben hatte? Möglich war es. Oder aber das hier waren nur die Worte einer jungen Frau, die neidisch auf Annas finanziellen Background war oder sich einfach nur ungerecht behandelt fühlte. Schließlich musste sich Anna um Geld und damit auch um die Finanzierung ihrer Projekte keine Sorgen machen.

»Was spielt Melina für eine Rolle in dem Film?«

»Drehbuch und Regie, soweit ich weiß. Ich glaube trotzdem, Anna wird ihr viel reingeredet haben. Künstlerische Freiheit haben doch nur die, die die Kohle springen lassen.«

Für einen kurzen Moment fühlte er sich bei ihren Aussagen an sein früheres Ich erinnert. Er fragte sich, ob sie wie er damals ein Shirt mit der Aufschrift »Eat the Rich« im Schrank hängen hatte und ob sie mit dem Alter die Dinge noch genauso betrachten oder ihre Meinung ins Gegenteil geändert haben würde. Ihrer Aussage konnte er noch zwei weitere Dinge entnehmen: In Beatrice' Augen war Anna eine Psychopathin und obendrein eine gute Schauspielerin. Dann aber waren die Videos, die er gesehen hatte, womöglich tatsächlich nicht echt. Mit genügend Geld hätte man auch diese Aufnahmen so aussehen lassen können, als wären sie es. Die Frage war dann, woher Anna das

Geld dafür hatte. Müssten ihre Eltern über derartige Ausgaben nicht Bescheid wissen, oder hatte Anna bereits ein gewisses Vermögen, über das sie selbst verfügen konnte?

»Sie sagten etwas von weiteren Vorfällen wie dem gestrigen. Können Sie das bitte genauer ausführen?«

»Puh!« Sie lehnte sich vor, legte ihre Unterarme auf ihren Oberschenkeln ab und schien einen Moment darüber nachzudenken. »Ehrlich gesagt kann ich jetzt kein konkretes Beispiel nennen. Eigentlich weiß ich nichts Genaues. Weder über Anna noch über Melina.« Die Art, wie sie das sagte, machte Alex stutzig. Sie wusste mehr, als sie zugab.

»Wie würden Sie Ihre Beziehung zu Anna Nowak beschreiben?«

»Weiß nicht.« Sie wirkte eine Spur zu unsicher für Alex' Geschmack. Sie lehnte sich wieder zurück und sah zur Seite, bevor sie weitersprach. »Wahrscheinlich hätten Sie es sowieso herausgefunden.« Sie sah ihn wieder an. Ihr Blick hatte sich gewandelt. Sie sah traurig aus und erweckte den Eindruck, dass sie das, was ihr so schwerfiel zu äußern, lieber für sich behalten hätte. »Erzählen Sie es bitte nicht weiter.«

»Natürlich nicht«, versicherte Alex mit sanfter Stimme.

»Ihrer Kollegin können Sie es ja sagen. Das müssen Sie vermutlich auch.« Es war offensichtlich, dass sie herumdruckste, doch Alex drängte sie nicht. Stattdessen setzte er ein verständnisvolles Lächeln auf, nickte und wartete geduldig darauf, dass sie fortfuhr. Sie zupfte an ihrem Rock herum, doch dann raffte sie die Schultern und sagte: »Letztes Jahr hatten wir so ein dämliches Gruppenprojekt. Anna hat mal wieder alles bestimmen wollen und sonst nichts getan. Bis auf unsere Arbeit für sich zu beanspruchen.«

»Und das fällt den Dozenten nicht auf?«

»Ich glaube schon, dass sie das merken, aber sie ignorieren das. Jedes Jahr spenden Annas Eltern für irgendeine Veranstaltung enorme Summen, wenn sie nicht sogar die kompletten Kosten übernehmen, oder besorgen uns namhafte Gastdozenten.«

»Verstehe«, sagte Alex, und obwohl es ihn nicht überrascht hatte, ärgerte es ihn dennoch. »Erzählen Sie bitte weiter.«

»Ich habe die Texte verfasst, in diesem Projekt. Es ging um ein paar Filmanalysen. Einflussreiche Werke der Stummfilmzeit. *Great Train Robbery*, *Intolerance*, *Metropolis* und so.«

»Wohnt Superman nicht in Metropolis?«, fragte Alex.

Beatrice lächelte. »Ja, aber der Film hat nichts mit Superhelden zu tun.«

»Ist er gut?«, fragte Alex, obwohl er ganz genau wusste, worum es in dem Film ging. Er spielte den Ahnungslosen, glaubte so, indem er ihrem Ego schmeichelte, einen Zugang zu ihr zu finden.

Beatrice erzählte von verschiedenen Aspekten und schloss dann mit den Worten: »Er hat wirklich interessante Ansätze. Sie sollten ihn sich ansehen.«

»Das werde ich.«

»Wenn Sie wollen, zeige ich ihn Ihnen.«

Das wurde Alex nun eine Spur zu locker. »Das schaff ich sicher auch allein. Aber danke für das Angebot.« Alex lächelte.

Sie erwiderte es und lehnte sich zurück. »Also, für unser Projekt habe ich die Texte verfasst, Anna aber war davon nicht so begeistert und hat am Ende an jedem Satz etwas auszusetzen gehabt. Und wissen Sie, was das Schlimme daran war? Sie hat gar keine Ahnung davon, ob Texte gut geschrieben sind oder nicht, und trotzdem habe ich ihr irgendwann geglaubt. Ich weiß nicht, wie sie das macht, aber sie kann Menschen so von ihrer Meinung überzeugen, dass man an seinen eigenen Fähigkeiten zweifelt. Sie hat mich so weit gebracht, dass ich zu Hause nur noch unter Tränen geschrieben habe. Ich war kurz davor, das Studium zu schmeißen.«

»Haben Sie das jemandem erzählt? Einem Ihrer Dozenten vielleicht?«

»Nein.«

»Warum nicht?«

»Weil ich keine reiche Göre mit einflussreichen Eltern bin.«

»Ist das nicht etwas zu einfach?«

»Nein, und ich denke, das wissen Sie auch.«

Alex war sich nicht mehr so sicher, ob es tatsächlich nur an der Kohle lag oder ob Anna Nowak selbst die Dozenten soweit manipuliert hatte, dass sie sie tatsächlich für eine der Besten ihres Jahrgangs hielten und so etwas wie Betrug oder negative Beeinflussung ihrer Kommilitonen für ausgeschlossen hielten.

»Als Anna erfahren hat, dass ich bereit war, hinzuschmeißen, hat sie mich in Ruhe gelassen. Dann wurde mir klar, dass ich ihr diesen Gefallen auf keinen Fall tun durfte. Meine Texte habe ich in der Ursprungsfassung einfließen lassen, was sie natürlich total wütend gemacht hat. Sie meinte, sie würde mich ruinieren, und drohte mir mit noch mehr ähnlichem Mist. Ich habe das weitestgehend ignoriert. Bis gestern Abend. Da ist mir klar geworden, dass ich von Melina ein völlig falsches Bild hatte und sie weitaus schlimmer dran ist als ich. Vor allem, weil sie seit einigen Jahren auch nicht gerade viel Kohle hat. Dass ihre Eltern pleite sind, ist ja kein Geheimnis.«

»Glauben Sie, dass Anna alles nur mit Geld erreicht hat?«

»Mit Geld ist doch alles möglich. Ich meine, ich will ihr nicht unterstellen, dass sie für ihre guten Noten bezahlt hat. Es ist auch niemandem aufgefallen, dass sie bei Prüfungen betrogen hätte, aber jetzt sind wir uns nicht mehr so sicher. Vor allem Jan, der nie mitbekommen hat, dass sie für irgendwas gelernt hat.«

»Wer ist Jan?«

»Unser Vorzeige-Hipster.«

Das half Alex kein Stück weiter. Für ihn käme bei dieser Beschreibung der halbe Kurs infrage.

»Der Typ mit dem Vollbart und Dutt, der vor Ihrer Kollegin saß«, sagte sie lächelnd, als sie bemerkte, wie ratlos er war.

»Der hatte privat mit Anna zu tun?«

Sie lachte bitter auf. »Kann man so sagen. Die waren zusammen. Nicht lange, aber immerhin. Ging nicht gut mit ihnen zu Ende.«

***

Alex kam bei Jan Hausmann ohne große Umschweife auf die intime Beziehung zwischen ihm und Anna Nowak zu sprechen. Das Thema schien ihm nicht zu gefallen. Sein Gesichtsausdruck sprach für sich. Alex kannte diesen Blick nur zu gut. So hatte Alex sich selbst schon im Spiegel gesehen, nachdem er herausgefunden hatte, dass seine Ex ihn vor einem Jahr betrogen hatte.

»Vorhin haben Sie noch gesagt, dass mit den beiden, also mit Anna und Melina, niemand so richtig etwas zu tun gehabt hätte. Nun habe ich erfahren, dass Sie eine intime Beziehung zu Anna hatten.«

»Reden Sie gerne über gescheiterte Beziehungen?«

»Ich bin nicht Ihr Kumpel, sondern Kripo-Beamter. Dass das immer etwas merkwürdig wirkt, wenn man eine Falschaussage tätigt, sollte Ihnen klar sein.« Dass Jan Hausmann dadurch auch als potenzieller Verdächtiger infrage kam, behielt Alex für sich. Schließlich gab es noch keinen eindeutigen Beweis dafür, dass es sich tatsächlich um ein Verbrechen handelte. Und damit gab es auch noch keine Verdächtigen. Offiziell.

»Von Anna und mir wusste eigentlich niemand. Kein Plan, wie Beatrice das herausgefunden hat. Obwohl es mich nicht wirklich wundert. Die kriegt alles spitz.«

Alex fragte sich, ob alle in dem Kurs eigentlich so gar nichts voneinander hielten. Beatrice hatte nicht viel für Anna übriggehabt, das war klar, aber auch an den anderen Studenten hatte sie zum Ende seiner Befragung kein gutes Haar gelassen. Letztlich hielt sie sich für die einzig wahre Künstlerin unter ihnen.

»Halten Sie die Aufnahmen für echt?«, fragte Alex.

»Ich weiß es nicht. Melina könnte sie auch inszeniert haben.«

»Ich hörte von dem Kurzfilm«, sagte Alex und hoffte, nach seinen Befragungen noch genug Zeit zu haben, ihn sich anzuschauen, bevor er sich mit Emma im Freibad treffen würde.

»Er ist nicht gerade ein Brüller, aber schlecht gemacht ist er auch nicht. Und Anna spielt wirklich gut.« Ein verächtlicher Lacher machte sich Luft. »Zu gut.«

»Wie meinen Sie das?«

»Sie spielt allen etwas vor. Mir, Ihnen, wenn Sie ihr begegnen, ihren Eltern und diesem Max.«

»Max?«

»Das ist ihr anderer Typ. Oder war es zumindest. Keine Ahnung, ob sie mit ihm auch schlussgemacht hat.«

»Sie war mit Ihnen und diesem Max zusammen?«

»Ist schon erbärmlich, oder? Da denkt man, man ist glücklich mit jemandem, und in Wahrheit spielt man nur die zweite Geige.«

Das war Alex vertrauter, als ihm lieb war. Er musste aufpassen, dass seine eigenen Gefühle schön außen vor blieben. Jan Hausmann durfte nicht denken, in ihm einen Verbündeten gefunden zu haben. Denn wer wusste schon, ob er die Wahrheit sagte oder ebenso manipulativ war wie Anna. Immerhin hatte sie ihm das Herz gebrochen.

»Kennen Sie diesen Max persönlich?«

»Wenn das so wäre, hätte ich mich längst mit ihm unterhalten. Ich weiß ja nicht mal, ob das sein richtiger Name ist.«

»Woher wissen Sie dann von ihm?«

»Steht in ihrem Handy als Kontakt. Die Nachrichten sind mehr als eindeutig. Natürlich habe ich ihm geschrieben, hab ihm erklärt, wer ich bin, bekam aber keine Antwort.«

»Sie haben ihr Handy durchsucht?«

»Ich hatte begründeten Verdacht, oder wie nennen Sie das?«

»In Bezug auf eine Straftat, ja.«

»Ist Fremdgehen etwa keine Straftat?«

»Nicht in diesem Jahrhundert.«

»Sie hängen der Zeit hinterher. Das sehen heutzutage viele anders.«

Heutzutage, dachte Alex. In zehn Jahren würde Jan Hausmann hoffentlich selbst dahinterkommen, wie gestrig er heutzutage gedacht hat. »Wie haben Sie reagiert, als Sie das herausgefunden haben?«, unterbrach Alex seine eigenen Gedanken.

»Wie jeder andere auch. Ich war wütend und habe sie zur Rede gestellt. Und alles, was sie dazu gesagt hat, war: ›Dass du es weißt, macht mir die Entscheidung leichter.‹ Dann nahm sie mir das Handy weg und hat mich rausgeworfen.«

»Macht man das *heutzutage* so?«

»Nein, eigentlich ist ghosten voll angesagt.«

»Und was haben Sie dann getan?«

»Ich hätte gerne so vieles getan … aber ich bin einfach nach Hause gegangen.«

»Zum Beispiel?«

»Wurden Sie noch nie verlassen?«

»Wie schon gesagt, ich bin nicht Ihr Kumpel.«

»Was ein Jammer … Mir ist klar, dass mich das in kein gutes Licht rückt, aber am liebsten hätte ich ihr eine reingehauen.«

»Ist Gewalt so generell ein Ventil für Ihre Probleme?«

»Ich sagte ja, es stellt mich in kein gutes Licht. Aber ja, manchmal finde ich Gewalt durchaus angebracht.«

»Gewalt wie in den Videos?«

»Sie glauben, ich habe damit meine Rachefantasie ausgelebt?«

»Sagen Sie es mir.«

»Nein. Und wenn, wäre ich sicher nicht so dumm, Ihnen diese Geschichte zu erzählen.«

»Es kann auch eine Taktik sein, um genau das zu vermitteln.«

»Sind Sie noch ganz dicht?«

Alex ignorierte diese Art von Autoritätsverletzung. Ist wohl auch so ein Ding *heutzutage*. »Auf mich wirkt es jedenfalls so, als seien Sie ein ziemlich eifersüchtiger Typ. Warum sonst sollten Sie die Nachrichten Ihrer Freundin lesen?«

»Ex-Freundin«, presste er durch die Zähne hervor. »Weil ich den Verdacht hatte, dass sie fremdgeht.«

»Im Grunde ist sie zweigleisig gefahren. Sie hat Sie nach Strich und Faden betrogen, und Sie konnten das nicht auf sich sitzen lassen. Noch dazu haben Sie diesen anderen Mann sogar angeschrieben und ihm gesagt, was abgeht. Richtig?«

»Natürlich habe ich das.«

»Um ihn zu warnen oder um Anna eins auszuwischen?«

»Hören Sie. Ich …«

»Sie hören mir jetzt zu. Es gibt zwei Möglichkeiten, wie das hier weitergeht, denn ich glaube, dass Sie mir nicht die Wahrheit sagen. Entweder packen Sie jetzt und hier alles aus oder ich nehme Sie mit aufs Revier.«

»Das dürfen Sie überhaupt nicht.«

»Oh, da hängen Sie wohl der Zeit hinterher«, sagte Alex scharf. »Ich darf, und ich werde.«

Jan Hausmann konnte den Blickkontakt zu Alex nicht mehr halten. Er sank etwas in sich zusammen, atmete schwer ein und aus. »Okay«, sagte er kaum hörbar. »Also gut … Es war blöd von mir, aber nach der Party bin ich Anna hinterhergegangen. Ich wollte mit ihr reden.«

»Warum?«

»Ist das nicht offensichtlich? Weil ich sie noch liebe. Scheiße, ich weiß nicht mal, warum.«

Alex wusste ganz genau, wovon der junge Mann sprach. Trotzdem ging er nicht weiter darauf ein.

»Sie wollte nicht mit mir reden und hat mich ziemlich dumm dastehen lassen.«

»Was genau hat sie gesagt?«

»Weiß ich nicht mehr. Wenn ich darüber nachdenke, habe ich das Gefühl, dass sie gar nichts gesagt hat und ich derjenige war, der sie angefleht und angebettelt hat, es noch einmal zu versuchen. Ich habe gesagt, dass es mir leidtut. Können Sie sich das vorstellen? *Ich* habe mich bei *ihr* entschuldigt. So weit hat sie mich im Griff.« Seine Miene verfinsterte sich. »So ein Miststück.«

»Waren Sie sehr betrunken?«

»Nee, nicht wirklich.«

»Und Anna?«

»Die trinkt gerne mal was, aber nie so, dass sie nicht mehr allein klarkommen würde.«

»Was haben Sie getan, als sie Sie abgewiesen hat?«

»Es war gar nicht mal sie, die das getan hat. Es war Melina. Die bleibt auf jeder Party stocknüchtern und passt auf Anna auf. Sie ist uns gefolgt, hat mich geschubst, mir mit den Anwälten ihrer Eltern gedroht, sollte ich mich nicht verpissen und Anna nicht in Ruhe lassen.«

Das klang für Alex nicht danach, als wäre Anna diejenige, die die Zügel in der Hand hielt. Er fragte sich, ob es sein konnte, dass es für alle nur so aussah und Melina diejenige war, die Anna manipulierte und damit auch alle anderen. Die Frage war, zu welchem Zweck sie das tat.

»Was haben Sie dann getan, als Sie bemerkt haben, dass Sie bei Anna nicht weiterkommen?«

»Ich wollte erst zurück zur Party, habe mich dann aber dagegen entschieden. Mir war nicht mehr nach Feiern. Ich bin nach Hause.«

»Kann das jemand bezeugen?«

»Ich denke nicht. Meine Eltern haben schon geschlafen.«

»Wissen Sie, ob Anna mit Melina zusammen nach Hause gegangen ist?«

»Woher soll ich das wissen?«

»Haben Sie sie an dem Abend wirklich in Ruhe gelassen oder haben Sie ihr vielleicht noch Nachrichten geschickt, die sie beantwortet hat?«

Jan wirkte nervös. Alex suchte seinen Blick, doch Jan wich ihm aus. *Der hat es wirklich nicht drauf, irgendein Geheimnis für sich zu behalten oder die Unwahrheit zu sagen.*

»Ja, gut. Hab ich. Ein paar. Aber sie hat nicht geantwortet. Die letzten hat sie nicht einmal mehr gelesen.«

»Woher wissen Sie das?«

»Die blauen Häkchen bei WhatsApp. Bei den letzten Nachrichten sind sie grau. Immer noch. Ob sie mit Melina nach Hause gegangen ist, weiß ich wirklich nicht. Ich weiß nur, dass Melina ohne Anna nirgendwo hingeht. Und ich bin mir sicher, dass sie diesen Max kennt.«

Kapitel 6

AN der Heeper Straße, gegenüber vom Ravensberger Park, den man nachts lieber den Obdachlosen und Dealern überließ, drückte Emma die Haustür auf, als ein unstetes Summen erklang. Auf den Klingelschildern hatte sie sehen können, dass es hier viele WGs gab. Drei Nachnamen auf einer Klingel waren keine Seltenheit. Die Wagners gehörten zu den wenigen, die hier als Familie zusammenlebten.

Im zweiten Stock stand eine junge Frau in der Tür, die aussah, als hätte sie die ganze Nacht nicht geschlafen. Emma ging die letzten Stufen der alten Holztreppe mit dem ausgelatschten roten Läufer hinauf und lächelte. »Melina Wagner?«

»Ja. Und Sie sind?« Die junge Frau verschränkte die Arme vor ihrer Brust.

Emma wies sich aus, woraufhin Melina unsicher wirkte.

»Ich habe ein paar Fragen bezüglich Ihrer Freundin Anna Nowak.«

»Sie glauben doch nicht wirklich, dass die Videos echt sind?«

»Sie haben sie gesehen?«

»Wer denn nicht?«

»Macht es Ihnen etwas aus, wenn wir drinnen weiterreden?«

Melina löste sich aus ihrer Abwehrhaltung und hielt Emma die Tür auf. »Wollen Sie einen Kaffee?«

»Gerne«, sagte Emma und trat ein.

Melina schloss hinter sich die Tür, ging den schmalen Flur voran und bog links ab in die Küche, in der sich ein kleiner Tisch mit drei Stühlen direkt an der Wand zwischen Küchenzeile und Kühlschrank befand. Anders als in Studenten-WGs war es hier sauber und ordentlich. Staub war kaum irgendwo auszumachen. Die Küche war nur mit dem Nötigsten ausgestattet, und wenn es außer der Kaffeemaschine, die auf der Arbeitsplatte vor dem kleinen Fenster stand, andere Elektrogeräte und Kochutensilien gab, waren sie gut verstaut in den Schränken untergebracht.

»Setzen Sie sich«, sagte Melina, während sie den frischen Kaffee in zwei große Becher goss.

»Danke.« Emma nahm Platz.

»Milch, Zucker?«

»Schwarz.«

Melina setzte sich Emma gegenüber und stellte ihr den Kaffee hin. »Warum sind Sie hier?«

»Ich könnte Sie dasselbe fragen.«

»Ich wohne hier.«

»Sie haben heute Ihre Kurse in der FMK verpasst.«

»Ich hatte keine Lust, Anna über den Weg zu laufen.«

»Die war heute ebenfalls nicht da.«

Melina sah Emma verwirrt an. »Nein? Warum nicht?«

»Das versuchen wir herauszufinden. Ihre Eltern sagen …«

»Moment«, unterbrach sie Emma, »sind die Videos echt?«

»Das können wir noch nicht mit Sicherheit sagen.«

Melina stand auf und lief, mit dem Kaffee in der Hand, beunruhigt hin und her. »Ich meine, wo könnte sie denn sein? Sind Sie sicher, dass sie nicht zu Hause ist?«

»Durch ihre Eltern haben wir erfahren, dass sie von der Party gestern Abend nicht nach Hause gekommen ist. Die Videos waren der Grund, warum Annas Eltern uns kontaktiert haben.«

»War ja klar. Wenn Sie von Leuten wie den Nowaks gerufen werden, sind Sie sofort zur Stelle.«

»Wir sind zur Stelle, wenn Menschen unsere Hilfe benötigen.«

»Sicher.«

»Sie scheinen auf Annas Eltern nicht gut zu sprechen zu sein.«

»Weil wir für sie nur interessant waren, solange wir noch Kohle hatten.« Sie lehnte sich mit dem Hintern an die Arbeitsplatte und verdeckte damit das halbe Fenster. »Jedes Mal, wenn Annas Alter zu Hause ist, was wirklich nicht oft vorkommt, sieht er mich nur noch so abschätzend an. Wie einen schmutzigen Lappen.«

»Sie fühlen sich dort also nicht willkommen, und trotzdem besuchen Sie Anna regelmäßig?«

»Was habe ich denn für eine Wahl? Sie ist meine einzige Freundin.«

»Mit der Sie sich gestern gestritten haben.«

»Man streitet sich mal. Was ist schon dabei?«

»Eine Menge, wenn am nächsten Tag eine am Streit beteiligte Person verschwunden ist.«

»Das beunruhigt mich mehr als Sie. Wenn die Videos fake wären und uns Anna damit pranken wollte, hätte ich davon gewusst.«

»Sind Sie sicher?«

»Na ja«, sagte sie nun doch nachdenklicher, »eigentlich nicht wirklich. Ehrlich gesagt war ich richtig sauer, als ich die Videos gesehen habe.«

»Weil Sie dachten, dass sie Ihnen nichts davon erzählt hat?«

»Ja. Bis Sie hier aufgetaucht sind.«

Emma holte gerade Luft, um etwas zu erwidern, da erhielt sie eine Nachricht auf ihrem Diensthandy. »Entschuldigen Sie mich bitte einen Moment«, sagte sie und öffnete die Nachricht.

»Klar.« Melina trank ihren Kaffee und sah gedankenverloren an Emma vorbei.

Alex berichtete in der Nachricht von der Geschichte mit Jan und Max und fragte, ob Emma vielleicht Melina über diesen Max ausquetschen könnte. Er teilte ihr auch mit, dass nach den bisherigen Aussagen Melina die Letzte gewesen war, die Anna gesehen hatte.

Emma steckte das Handy zurück in ihre Jeans. »Wissen Sie, ob Anna einen festen Freund hat?«

Melinas Blick huschte zu Emma, und sie hob eine Augenbraue. »Einen?«

»Wie meinen Sie das?«

»Sie hatte was mit einem Typen aus unserem Kurs und auch noch mit einem anderen.«

»Kennen Sie die Namen?«

»Jan Hausmann und Max, den Nachnamen kenne ich nicht.«

»Hatte sie eine offene Beziehung?«

»Was weiß ich.«

Als ihr Schatten, wie Melina von ihren Kommilitonen genannt wurde, sollte sie das aber wissen, dachte Emma. Oder war es ihr unangenehm, darüber zu reden? »Mein Kollege hat mir soeben mitgeteilt, dass Sie unseren Ermittlungen zufolge nach der Party zusammen mit Anna gegangen sind. Ist das korrekt?«

»Nein. Ich meine, wir sind zusammen von der Party weggegangen. Mehr oder weniger. Eigentlich ist sie zuerst verschwunden, und ich bin ihr hinterher.«

»Warum?«

»Sie hatte ziemlich viel getrunken, was ihr eigentlich nicht ähnlich sieht, und Jan war auf einmal auch nicht mehr da. Ich hab mir Sorgen gemacht. Der Typ ist komisch, und Anna hat ihn wirklich übel abserviert. Ich hatte Angst, dass er ihr folgt und sie bedrängt oder was Schlimmeres mit ihr anstellt. Ich habe die beiden dann auch tatsächlich auf der Straße abgefangen und ihm gesagt, er soll sie in Ruhe lassen. Das hat er dann auch und ist wieder zurück zur Party. Glaube ich. Sicher bin ich mir nicht.«

»Was ist dann passiert?«

»Das weiß ich nicht genau. Ich wäre ja mitgegangen, aber ich war so sauer auf sie, dass ich mich einfach nach Hause verzogen habe. Jetzt wünschte ich, ich hätte sie nicht allein gelassen.«

»Glauben Sie, sie könnte sich noch mit diesem Max getroffen haben?«

»Kann ich mir nicht vorstellen. Mit dem hat sie kurz nach Jan Schluss gemacht. Sie ist nicht der Typ dafür, irgendwas oder irgendwem nachzutrauern. Und erst recht keinen Ex-Freunden. Selbst wenn sie sie noch liebte. Wobei ich nicht glaube, dass sie einen von beiden wirklich geliebt hat. Sie ist einfach nur nicht gern allein.«

»Wissen Sie, wo wir diesen Max finden können?«

»Nein, ich hab keine Ahnung.« Die Art, wie sie das sagte, machte Emma stutzig. Es klang, als würde sie lügen. Sie drehte sich mit dem Rücken zu Emma und goss sich noch etwas Kaffee ein. Einen kleinen Schluck, mehr passte nicht in die Tasse, aus der sie kaum etwas getrunken hatte. »Ich habe ihn vielleicht zwei- oder dreimal gesehen. Kleiner Typ, etwas pummelig. Allerweltsgesicht, wirklich nichts

Markantes, das ich Ihnen nennen könnte, und garantiert auch niemand, der optisch viel hermacht.«

»Also, Sie sind dann nach Hause gegangen?«

Melina drehte sich wieder um und nickte.

»Warum sind Sie nicht zurück auf die Party?«

»Hab ich doch schon gesagt. Ich war sauer. Und mal ehrlich: Wären Sie auf eine Party zurückgegangen, auf der jeder einen heftigen Streit zwischen Ihnen und Ihrer besten Freundin mitbekommen hat?«

»Vermutlich nicht«, sagte Emma. »Worum ging es in dem Streit überhaupt?«

»Plagiate. Sie hat eine Hausarbeit von mir geklaut und als ihre abgegeben. Dabei wollte sie sie eigentlich nur lesen, um Ideen für ihre eigene zu sammeln. Das Schlimme daran ist, dass ich darauf schon öfter reingefallen bin, wenn man das überhaupt so nennen kann. Und gestern hat's mir einfach gereicht. Irgendwie sind wir mal wieder auf das Thema gekommen, und sie wollte sich nicht mal dafür entschuldigen.«

»Kann jemand bezeugen, dass Sie die Nacht hier verbracht haben?«

»Sie verdächtigen mich, etwas mit den Videos zu tun zu haben?«

»Wir gehen jedem Hinweis nach.«

»Das verstehe ich. Bezeugen kann es leider niemand. Meine Eltern haben schon geschlafen.«

»Tun sie das jetzt auch noch?«

»Die sind schon zur Arbeit.«

»Haben Sie auch einen Job neben dem Studium?«

»Ah, ich weiß schon … Aber hören Sie, ich bin und ich war nie eine reiche verwöhnte Göre. Ich habe nie die Hand aufgehalten. Klar, ich hatte meine eigene Kreditkarte und so, aber ich habe nie mehr Geld verlangt, als meine Eltern mir gegeben haben. Abgesehen davon hätte Klaus mir ohnehin nicht mehr bezahlt.«

»Klaus ist Ihr Vater?«

»Stiefvater. Mein Vater ist kurz nach meiner Geburt gestorben.«

»Das tut mir leid.«

»Ist schon okay. Er hat nicht lang genug gelebt, als dass ich ihn vermissen könnte.«

»Sie haben die Videos heute Morgen bereits gesehen. Wie oft sind Sie auf Social Media unterwegs?«

»Zu oft.«

Emma sah sie eine Antwort abwartend an.

»Pro Tag sicherlich vier bis fünf Stunden, und heute Nacht etwas mehr«, sagte sie schließlich. »Ich konnte einfach nicht schlafen. Ich war zu aufgebracht. Und was die Zeit auf Social Media angeht, ich mache das nicht nur zum Vergnügen. Ich versuche mir was aufzubauen. Kleine Filmchen hier und da. Ausschnitte meiner Kurzfilme finden Sie auch auf meinem Profil. Mit Ausnahme vom letzten.«

»Warum?«

»Angeblich gewaltverherrlichender Inhalt. Ich weiß, wie das wirken muss. Aber es ist bloß ein Film.«

Dessen war sich Emma bewusst. Kunstfreiheit war ihr nicht fremd und dass Leute, die blutrünstige Filme machten, nicht automatisch Serienkiller waren, war ihr auch klar. Dennoch hatte sie das Gefühl, dass Melina sich ungewöhnlich oft rechtfertigte. Und vielleicht hatte sie ihre gewalttätige Ader nicht immer unter Kontrolle. Vielleicht glaubte sie sogar aufgrund dieses Blicks durch die Kamera, dass alles nur ein Film war. Alles fake. Auch die Videos mit Anna.

Emmas Handy klingelte. Es war das Revier. Emma entschuldige sich bei Melina und ging in den Flur, bevor sie den Anruf entgegennahm.

»Bajetzky? Schwarz hier«, sagte der Kollege aus der IT, der Emma keine Zeit für Antworten oder Gegenfragen ließ. »Mit den Videos sind wir durch. Die sind echt.«

Kapitel 7

AUF dem Parkplatz gegenüber vom Freibad Hillegossen hatte Emma keinen freien Spot mehr gefunden, und sie parkte am Straßenrand. Alex hatte gerade sein Fahrrad nahe dem Eingang zum Freibad abgeschlossen. Sie betrachtete ihn, wie er mit Sonnenbrille und figurbetontem Sommerhemd und diesem Lächeln im Gesicht auf sie zukam. Er wirkte ganz und gar nicht wie ein Kripo-Beamter, eher wie ein Surfer-Typ. Emma war zwar auch etwas luftiger gekleidet, doch eher leger-elegant. Mit einem Blick in den Seitenspiegel ihres Wagens sah sie für einen Moment Jodie Foster aus *Das Schweigen der Lämmer* vor sich und hoffte, dass nur sie selbst sich so sah.

»Hey«, sagte Alex, als er bei ihr ankam, und hielt ihr einen Coffee-to-go-Becher hin. In der anderen Hand hatte er einen zweiten, und sie wunderte sich, dass ihr das vorher gar nicht aufgefallen war. »Wo hast du die denn hergezaubert?«

»Die habe ich vorbestellt.«

»Echt?«

»Nein. Dafür habe ich extra eine Halterung am Fahrrad.«

Emma nahm den Kaffee dankend. »Hast du denn jetzt noch genug Taschengeld für Esspapier und Cola-Kracher?«

Sie gingen auf das Freibad zu, in dem Massenandrang herrschte. Die Schlange am Eingang war ewig lang, und der Geräuschpegel aus dem Inneren ließ erahnen, wie voll es war.

Alex lächelte und zog aus seiner Seitentasche eine geöffnete Packung Cola-Kracher heraus.

Emma lachte. »Auch vorbestellt?«

»Ich wollte auf Nummer sicher gehen. Ich war ewig nicht mehr im Freibad und habe keine Ahnung, wie oldschool die sind.«

Alex bot ihr etwas an.

»Danke. Das ist mir noch zu früh dafür.«

Alex schien die Uhrzeit nicht so viel zu bedeuten. Er warf sich zwei von den Krachern in den Mund und steckte die Tüte zurück in die Hosentasche.

»Nur Esspapier konnte ich nicht auftreiben.«

»Soweit ich weiß, steht das bei den Kids immer noch hoch im Kurs.«

»Anders als wir.«

»Hast du dich in der FMK so alt gefühlt?«, fragte Emma.

»Das nicht unbedingt. Hast du was über diesen Max herausgefunden?«

»Nichts, das uns weiterbringt.«

»Ich habe mir noch den Kurzfilm reingezogen, den Wagner und Nowak gedreht haben.«

»Der, von dem sie nichts auf Instagram posten durfte, weil er zu gewaltverherrlichend ist?«

»Genau. Und verständlich ist das auch. Der geht schon gut voran.«

»Was meinst du?«

»Ist ein gut gemachter Slasher, und Anna spielt wirklich überzeugend. Wir sollten ihn uns später zusammen ansehen.«

»Lieber nach dem Mittagessen.«

»Na gut. Aber eins ist klar: Wenn du den Film gesehen hast, wirst du verstehen, warum ich immer noch glaube, dass die Videos auch durchaus gefakt sein könnten.«

»Die Kollegen von der IT behaupten das Gegenteil.«

»Trotzdem. Dass die Videos an sich echt sind, heißt ja nicht, dass der Inhalt nicht gespielt sein kann.«

An der Schlange am Eingang mogelten sich Emma und Alex entschuldigend unter missbilligenden Blicken vorbei, bis eine junge Frau mit einem Kleinkind auf dem Arm ihnen dann doch den Weg versperrte. »Können Sie sich nicht hinten anstellen?«, fragte sie mit einem abschätzenden Blick.

Alex hielt lächelnd seinen Ausweis hoch. »Die Mühlen der Justiz mahlen schon langsam genug, finden Sie nicht?«

»Entschuldigung.« Sie ließ die beiden umgehend vorbei.

»Alles gut. Genießen Sie den sonnigen Tag.«

Diese kleine Aktion bewirkte, dass ihnen alle Platz machten. Wenn man sich in Deutschland auf etwas verlassen konnte, dann auf Rettungsschneisen.

Alex behielt seinen Ausweis in der Hand und hielt ihn vor die Scheibe der Kasse. Emma tat es ihm gleich.

Die alte Frau, die mit ihren mindestens sechzig Jahren lieber keine Bräune mehr dazugewinnen sollte, nickte ihnen grimmig zu und kümmerte sich dann weiter um die zahlenden Gäste.

Die beiden Ermittler wurden nur einen Augenblick später schon von einem jungen Mann in Badeshorts abgefangen. »Sind Sie von der Polizei?«

»Von der Kripo Bielefeld. Bajetzky. Das ist mein Partner.«

»Kuper«, stellte Alex sich vor.

»Ich bin Jerome. Ich arbeite hier.« Er beugte sich verschwörerisch zu ihnen vor. »Sie kommen wegen der Dusche, oder?«

»Ja«, sagte Alex im gleichen verschwörerischen Ton.

Der junge Mann wirkte einen Moment perplex, bevor er realisierte, dass Alex sich einen kleinen Spaß erlaubt hatte. Emma konnte nicht umhin zu lächeln.

»Sie gehen einfach links am Gebäude vorbei, und dann sehen Sie die Duschen auch schon.«

Die beiden bedankten sich und gingen weiter.

»Du glaubst also immer noch, die Videos könnten gefakt sein?«, kam Emma wieder auf ihre Unterhaltung zurück.

»Ich habe mir flüchtig die TikTok- und Insta-Profile der beiden angesehen. Anna lädt viel privates Zeug von sich und von dem, was sie so treibt, hoch. Melina hingegen scheint mehr darauf bedacht zu sein, als Künstlerin wahrgenommen zu werden durch ihre Posts.«

Zwei Jungen liefen schreiend mit Wasserpistolen vor den beiden her und trafen Emma versehentlich. Die Jungs hatten das entweder nicht mitbekommen oder es war ihnen egal, bis einer der Jungs Emmas Waffe am Gürtel entdeckte. »Tut uns leid!«, rief er und rannte, so schnell er konnte, davon. Emma rief den beiden scherzhaft hinterher: »Beim nächsten Mal nehme ich euch fest!«

Alex schmunzelte. »Ich könnte mir vorstellen«, fuhr er fort, »dass Melina das alles geplant hat. Überleg mal, was das für ein PR-Gag wäre. Die beiden Videos von Anna gehen jetzt schon viral. Kein Vergleich zu dem ganzen Content, den sie bisher hochgeladen haben.«

»Wie lange dauert es eigentlich, bis die Videos aus dem Netz genommen werden?«

»Offensichtlich echte Videos derart halten sich nicht lange. In unserem Fall kann das noch ein paar Stunden dauern.«

»Mal angenommen, sie sind nicht echt. Wie haben sie das Ganze finanziert?«

»Nicht durch Annas Eltern. Sie wussten ja nichts davon.«

»Anna könnte ein eigenes Konto haben, über das sie verfügt. Vielleicht gewähren uns die Eltern einen Einblick auf die Kontoauszüge.«

»Wenn große Summen abgehoben oder überwiesen wurden, wäre das vielleicht ein guter Hinweis.«

»Andererseits, was sagt uns das schon, wenn tatsächlich eine größere Summe fehlen würde? Es könnte genauso gut sein, dass sie vor ihrem Verschwinden gezwungen wurde, Geld abzuheben, oder es auf der Party verprasst hat oder beim Shoppen.«

»Oder sie hat damit die Crew nach dem Dreh bezahlt.«

»Trotzdem wäre das schon eine gut durchdachte Nummer, wenn man beide Videos innerhalb weniger Stunden dreht und veröffentlicht.«

»Um das zu beurteilen, kenne ich mich nicht gut genug aus. Keine Ahnung, wie lange so was dauert oder wie aufwendig das ist. Melina weiß da sicher besser Bescheid.«

»Darum kümmern wir uns später. Mal sehen, wie viele Fragen noch aufkommen«, sagte Emma und blieb vor einer Traube Menschen stehen. Durch die einzelnen Personen hindurch konnte sie die Flatterbandabsperrung und die offene Tür der Damendusche erkennen.

»Sorry, aber wir müssen mal durch«, sagte Alex und erntete dafür abermals missbilligende Blicke. Emma bedankte sich links und rechts nett, immerhin wollte dieses Mal niemand ihre Ausweise sehen. Sie waren wohl schon allein deshalb als Polizeibeamte zu erkennen, weil sie die Einzigen waren, die keine Schwimmsachen trugen.

Sie betraten den offenen Duschraum. »Meyer?«, rief Emma nach dem Mann von der Spusi.

»Bajetzky!«, rief er zurück und erschien in einem weißen Ganzkörperanzug vor den beiden. »Kommt ruhig ohne Kostüme auf die Party. Wir kehren nur noch die Reste zusammen.«

»Danke«, sagte Emma und ging voran. Nachdem sie den anderen Kollegen Südhoff begrüßt hatten, der, wie üblich, nicht mehr als ein »Guten Morgen« herausbekam, richtete Emma ihre Aufmerksamkeit wieder Meyer zu. »Was haben wir?«

»Na ja«, begann er, sah auf sein Klemmbrett und zog den Mundschutz unters Kinn. »Nichts wirklich Aussagekräftiges. Ich meine, das hier ist eine öffentliche Dusche, und als wir hier angekommen sind, waren die Spuren schon von einigen Damen verunreinigt worden. Ich glaube, wir werden hier ein paar unterschiedliche Urinproben finden. An dieser Stelle«, Meyer zeigte auf den Boden zwischen den angesprühten Buchstaben, wo Anna im Video gestanden hatte, »hatten wir gehofft, deutliche Spuren vorzufinden.«

»Wo der Badeanzug hingeworfen wurde«, schlussfolgerte Emma.

»Exakt«, sagte Meyer. »Haben wir aber nicht. Wir werden abwarten müssen, was das Labor sagt. Natürlich haben wir im ganzen Raum dutzende Fingerabdrücke, Schuppen, benutzte Pflaster und sogar einen Tampon gefunden. Letzteres wird sicher nichts mit der Vermissten zu tun haben, dennoch werden wir das auswerten. Scheint so, als hätte hier seit mindesten vierundzwanzig Stunden keiner mehr geputzt. Unter dem Schwarzlicht war der Raum schon fast taghell.«

»Warum sollte man es uns auch einfach machen«, sagte Emma und deute auf die Spraydose in der Plastiktüte, die gerade von Kollege Südhoff verstaut wurde. »Was ist mit Fingerabdrücken? Auf dem Video trägt der Täter keine Handschuhe.«

»Ja, aber das bedeutet nicht, dass er das Ding nicht abgewischt haben kann. Einer der Mitarbeiter hat jedenfalls bei seinem morgendlichen Rundgang die Dose gefunden und in den Müll geworfen.«

»Damit haben wir also nur seine Fingerabdrücke«, sagte Alex.

»Vermutlich. Natürlich haben wir seine Abdrücke aufgenommen und werden sehen, was dabei herauskommt. Aber macht euch keine großen Hoffnungen.«

»Sonst noch was?«, fragte Emma.

»Ein kleines Stück Plastik«, sagte Meyer.

Südhoff zog es, verpackt in einem Plastikbeutel, aus dem Koffer mit den Beweismitteln und warf es Meyer zu. Der fing es locker auf und zeigte es Emma und Alex. »Vermutlich von dem Stativ, das umgeworfen wurde. Es lag nahe am Eingang. Schätze, der Täter hat es übersehen.«

»Schätze ich auch«, sagte Emma.

»Das bringt uns alles nicht weiter«, sagte Alex mit Blick auf die Buchstaben an der Wand.

»Eine Sache wäre da, die uns nicht ganz schlüssig ist«, sagte Meyer.

»Und die wäre?«, fragte Alex.

»Die Theorie von den zwei Tätern. Denn ich denke nicht, dass sie hier barfuß oder in Adiletten reingegangen sind.«

»Das liegt nahe«, sagte Emma.

»Wir haben im ganzen Raum nur ein Profil von Schuhabdrücken gefunden.«

Kapitel 8

DER Abspann des Kurzfilms mit dem passenden Titel *Slasher Queen* war das Einzige am Film, das Emma nicht verstörte. Für derartige Streifen hatte sie noch nie etwas übrig gehabt. »Gut, dass ich heute Mittag nichts gegessen habe.«

Alex lachte auf. »Ich könnte jetzt einen Burger vertragen.«

»Sollte mir das zu denken geben?«

»Gab es bei dir im Freundeskreis nicht diesen einen Typen, der immer die ganzen Index-Streifen als Kopie einer Kopie auf VHS angeschleppt hat?«

»Nein. Aber ich weiß jetzt, warum du an der Echtheit der anderen Videos zweifelst. Dieser Film ist wirklich gut gemacht.«

»Unsere Zweifel haben sich sogar komplett gelegt«, sagte Gerhard Neumann, einer der beiden hageren IT-Spezialisten.

»Japp«, bestätigte Achim Schwarz, der neben ihm saß. Die beiden waren ein Klischee vor dem Herrn. Schluffige Kleidung, Augenringe, und einen Hautton, der einen sauberen Übergang zu den hellen Tischen darstellte.

Alex stoppte den Film mit der Fernbedienung auf der Leinwand des verdunkelten Besprechungsraums. »Ich sehe eindeutige Parallelen zu den hochgeladenen Videos.«

»Die zweifeln wir nicht an«, sagte Neumann.

»Es gibt mehrere Dinge, die man vergleichen kann«, sagte Schwarz, »um Ihnen die Unterschiede von gut gemachter Filmkunst und realen Aufnahmen zu zeigen.«

»Ich bin gespannt«, sagte Alex und lehnte sich zurück, während Schwarz seinen Laptop mit dem Beamer verband. Er startete das Video aus dem Freibad und spulte vor zu der Stelle, kurz nachdem die Kamera wieder aufgestellt wurde und Anna im Badeanzug und mit den Buchstaben beschmiert wieder im Bild erschien, das sich noch nicht wieder scharf gestellt hatte. Aber man konnte erkennen, dass sie sich den linken Arm rieb. Kurz bevor das Bild wieder klar wurde, ließ sie den Arm los. »Sehen Sie das?« Schwarz stoppte die Aufnahme, zoomte an ihren linken Oberarm heran und deutete auf die Schulter. »Sie ist etwas gerötet. Vermutlich hat der Täter sie gegen die Kacheln gedrückt oder geschubst.«

Schwarz hatte alles genau vorbereitet und switchte umgehend zum Video um, auf dem Anna kurz davor war, erhängt zu werden. Er spielte es nicht ab, sondern zoomte auch hier nur an ihre Schulter heran. Jetzt war dort eine leicht bläuliche Verfärbung auszumachen. »Moment«, sagte er und erhöhte den Kontrast, um die Stelle noch deutlicher erkennbar zu machen. »Aufgrund der Zeit, die es braucht, um einen Bluterguss vom Impakt bis zu diesem Stadium sehen zu können, nehmen wir an, dass die Videos keine zwei Stunden auseinander liegen. Entweder haben die beiden gut recherchiert oder es ist der natürliche Verlauf derartiger Verletzungen und somit keine, die im Drehbuch stand.«

»Könnte auch ein Versehen gewesen sein«, ergänzte Neumann, »und sie haben es einfach genutzt, um es realistischer wirken zu lassen.«

Emma sah zu Alex. Das schien ihn immer noch nicht zu überzeugen, aber Schwarz war mit seinem Vortrag auch noch nicht fertig. Er öffnete den Kurzfilm *Slasher Queen* erneut und zog den Regler auf den Moment kurz vor dem Ende. Anna stand blutverschmiert und mit einem Lächeln im Gesicht über der toten Darstellerin, die mit offenen Augen und verdrehtem Hals an die Decke starrte. Für Emma sah das überzeugend echt aus, vor allem die Nahaufnahme der Toten, die darauf folgte. Schwarz hielt das Video an. »Achten Sie auf die Halsschlagader«, sagte er und spielte es noch einmal ab.

»Sie schlägt noch«, sagte Alex.

»Richtig. Das kann man oft in Filmen sehen. Ganz egal, wie tot jemand aussieht, wenn man genau hinschaut, sieht man die Ader noch pochen.«

Schwarz wechselte zu Annas Tötungsvideo, das in seiner Helligkeit stark bearbeitet worden war und Annas Konturen nun deutlicher zeigte. Er sprang zu der Stelle, an der Anna tot am Balken baumelte, und zoomte an ihren Hals heran. »Achten Sie bitte auch hier auf die Schlagader.«

Nach ein paar Sekunden stoppte die Aufnahme von allein. Emma hatte nichts gesehen.

»Kein Puls«, bestätigte Schwarz. »Außerdem«, er zog den Regler ein paar Sekunden zurück, »können Sie sehen, wie sich um den Strick herum ihre Haut verfärbt.« Er ließ es noch einmal laufen. Durch den starken Zoom war es kaum zu erkennen, und Emma sah es auch jetzt nur, weil sie darauf hingewiesen worden war. Sie wusste, dass man durch Strangulation die Blutgefäße am Hals zum Platzen brachte und sich die Haut in wenigen Sekunden dunkel verfärbte. Anders als bei einem Bluterguss durch einen Stoß oder Schlag. Und weil sie um die Merkmale eines solchen Todes Bescheid wusste, wusste sie auch, was er ihnen als Nächstes für einen Beweis zeigen würde.

Schwarz spulte erneut ein paar Sekunden zurück und richtete den Zoom auf Annas Augen. »Bei einer Strangulation entsteht ein so hoher Druck im Kopf, dass sich nicht nur die Adern am Hals schlagartig verfärben, sondern auch die feinen Äderchen in den Augen platzen.« Und genau das konnten sie nun sehen, als er die Aufnahme erneut abspielte.

Nachdem das Video von selbst wieder am Ende angelangt war, sprach er weiter. »Derartige Effekte in der Kürze der Zeit digital nachzuarbeiten, ist nicht möglich. Zumal wir keinen Hinweis einer Nachbearbeitung finden konnten.«

»Und wenn sie diese Effekte so gut präpariert haben, dass sie während der Aufnahme genau so funktionieren?«, fragte Alex.

»Nein«, meldete sich Neumann. »Beim Hals hätte das durchaus sein können, auch wenn wir das für unwahrscheinlich halten. Aber nicht bei den Augen. Die sind die ganze Zeit in Bewegung, füllen sich mit Tränenflüssigkeit. Außerdem blinzelt sie mehrmals. Das alles ohne Schnitt zu realisieren, also in nur einer Aufnahme, halten wir unter den gegebenen Umständen für unmöglich.«

»Beide Videos haben keinen sichtbaren Schnitt«, ergänzte Schwarz.

»Falls doch mit Schnitten gearbeitet wurde«, sinnierte Alex, »hätte die Nachbearbeitung zu viel Zeit in Anspruch genommen, um es so aussehen zu lassen, als wären keine Schnitte vorhanden, richtig?«

»Ganz genau«, sagte Neumann.

»Scheiße«, sagte Alex und gab Emma damit zu verstehen, dass er nun keinen Zweifel mehr hatte.

»Nach Melinas Aussage ist Anna gegen halb zwei mit dem Taxi verschwunden«, sagte Emma. »Das erste Video wurde um Punkt sieben Uhr dreißig heute Morgen hochgeladen, das zweite um acht. Ein Zeitfenster von vielleicht vier oder fünf Stunden ist zu wenig, um derartige Videos echt aussehen zu lassen?«

»Wir gehen sogar von einem kleineren Zeitfenster aus. Eher zwei bis drei Stunden.«

»Warum?«, fragte Alex.

»Wir haben Juni. Um fünf ist es hell. In den Videos sind keinerlei Blauanteile auszumachen, die auf Tageslicht hindeuten. Die Oberlichter in der Dusche im Freibad sind stockfinster. In die Scheune oder den Dachstuhl, das wissen wir nicht genau, dringt auch keinerlei Tageslicht ein.«

»Sie sagten Scheune oder Dachstuhl«, sagte Emma. »Bauernhäuser und Scheunen sind im Umkreis keine Seltenheit.«

»Deswegen konnten wir auch den Kreis der möglichen Locations nicht eingrenzen«, sagte Schwarz. »Sie könnte für die letzte Aufnahme an einen Ort verschleppt worden sein, der eine Stunde von hier entfernt ist. Genauso gut kann es ganz in der Nähe sein.«

»Warum können Sie nicht herausfinden, wo Anna Nowaks Handy sich momentan befindet?«, fragte Alex.

»So einfach ist das nicht«, sprang Neumann ein. »Wir haben das Signal zurückverfolgen können bis zur Jöllenbecker Straße, ungefähr viereinhalb Kilometer entfernt von der besagten Party. Dann war es plötzlich weg und ist seitdem nicht mehr aufgetaucht. Nicht einmal zum Zeitpunkt der Uploads.«

»Die könnten natürlich entsprechend terminiert worden sein, sodass sie vorher hochgeladen und später veröffentlicht wurden. Doch das kleine Zeitfenster lässt das nicht zu.«

»Das heißt, der Täter muss ihr Handy dort an sich genommen haben und hat nicht nur die Ortungsdienste deaktiviert, sondern es auch geschafft, seitdem Stille SMS zu verweigern?«, fragte Emma.

Die Stille SMS ist eine relativ neue Funktion, die es der Polizei ermöglicht, Handys, die sich manuell vom GPS oder anderen Ortungsmöglichkeiten deaktiviert haben, wieder zu reaktivieren, um so den Standort herauszufinden. Und das alles, ohne dass der Nutzer dies bemerkt. Um das Empfangen einer Stillen SMS für Spezialisten wie ihre Kollegen zu verhindern, musste man schon über entsprechende Kenntnisse verfügen. Emma fragte sich, ob sie es mit jemandem zu tun hatten, der sich damit gut genug auskannte, oder ob er einen Komplizen hatte, der das für ihn erledigte.

»Keine Reaktion«, sagte Neumann. »Entweder ist das Handy nach dem Upload des letzten Videos zerstört worden, oder wir haben es mit jemandem zu tun, der sich gut damit auskennt. Immerhin hat er es sogar geschafft, von Anna Nowaks Handy zwei Videos auf diversen Social-Media-Profilen zu posten, ohne dabei eine Spur zu hinterlassen.«

»Also, es gibt schon Spuren«, sagte Neumann, »aber keine, die uns weiterbringen.«

»Was für welche?«, fragte Emma.

»Abgesehen von dem Verschleiern der eigenen IP-Adresse, indem der Täter vermutlich über dutzende ausländische Server geht, wurden die Metadaten der Videos gelöscht. Das macht es uns unmöglich zu sagen, wann, wo und mit welchem Gerät sie aufgenommen oder bearbeitet wurden. Derartige Änderungen kann man nicht auf einem Smartphone oder Tablet durchführen. Man muss einen Computer benutzen. Das heißt, die Videos wurden nicht von einem Smartphone hochgeladen. Vermutlich von einem PC oder MAC, der über einen Emulator verfügt.«

»Und damit Instagram und anderen Plattformen bloß vorgaukelt, für den Upload ein Handy benutzt zu haben«, ergänzte Schwarz. »Das erhöht die Reichweite.«

»Passt das in den Zeitraum zwischen Aufnahme und Hochladen?«, fragte Emma.

»Klar«, sagte Schwarz. »Wenn man weiß, wie man es anstellen muss, dauert das bloß ein paar Minuten.«

»Und vermutlich findet man auch dazu relativ schnell Tutorials im Netz«, mutmaßte Emma.

»Wenn man danach sucht«, bestätigte Schwarz, »findet man alles.«

»Gibt es irgendwas in dem zweiten Video zu sehen«, fragte Alex, »das den Radius der Locations eingrenzen könnte? Oder uns andere Informationen liefert? Was ist zum Beispiel mit dem Flaschenzug? Ist darauf ein Firmenname oder was Ähnliches zu erkennen? Ist er neu oder alt? Wenn er ihn kürzlich erst erworben hat, könnte man in den Läden nachfragen, die so was verkaufen.«

»Keine schlechte Idee«, sagte Emma.

Neumann bedeutete seinem Kollegen, nachzusehen. Schwarz ging wieder auf das Mordvideo und zoomte an die Winde heran. Irgendwas stand da drauf, aber erkennen konnte man es nicht. »Moment«, sagte er und spielte ein bisschen am Kontrast und an der Helligkeit herum, bis der Firmenname sichtbar wurde.

»Einhell«, sagte Alex enttäuscht. »Die Marke gibt es überall.«

»Und vielleicht auch noch direkt neben der jungen Frau«, sagte Schwarz und rückte den Ausschnitt zum linken Rand des Bildes, wo am Balken ein kleines Stück einer weiteren Apparatur zu sehen war, die man aber kaum erkennen konnte. Wenn es eine weitere Seilwinde war, passte das zu dem, was der Täter im ersten Video gesagt hatte. Emma war sich sicher, dass er sich die Nächste bald holen würde.

Kapitel 9

»EIN bisschen haben wir schon herausgefunden«, sagte Achim Gräfe, der stürmische Forensiker, der in seinen kargen Räumen nicht oft Besuch bekam. Für gewöhnlich warteten die Kollegen, bis sie die Berichte zugeschickt bekamen. Doch Emma hörte es lieber aus erster Hand. »Zwar noch nicht alles, aber das haben Sie sicher nicht erwartet. Bei dem Wetter arbeitet alles irgendwie langsamer, nicht wahr? Ja, natürlich.«

Dass er sich seine Frage selbst beantwortete, war für Emma nichts Neues. Der Sarkasmus in seiner Stimme hingegen schon. Hier war es klimatisiert, und wenn jemandem das Wetter bei der Arbeit nicht im Wege stand, dann wohl ihm. »Und was haben wir bisher?«, fragte Emma.

»Deutlich mehr Urinproben, als mir lieb ist. An Ihrer Stelle würde ich in öffentlichen Bädern nicht mehr duschen gehen.«

»Hilft uns das in irgendeiner Weise weiter?«, fragte Alex.

»Ja … Ich weiß nicht. Eine Probe ist jedenfalls nicht menschlich. Also da war kein Mutant oder so was. Vermutlich ein Tier. Wenn es kein Mensch ist, ist das logisch, oder? Ja, natürlich ist es das. Sehen Sie hier.« Er nahm seine Augen von dem Mikroskop, huschte an den beiden vorbei zu einem Tisch mit drei Bildschirmen. Hektisch bewegte er die Maus, und die Bildschirme aktivierten sich. Dabei rutschte seine dicke Hornbrille ein Stück die Nase hinab. Mit dem kleinen Finger schob er sie zurück und zeigte auf die Ergebnisse der Proben am Bildschirm, die stark vergrößert dargestellt wurden. »Sehen Sie?« Er deutete auf die rechte Probe, die nur eine der zehn abgebildeten war.

»Verstehe«, sagte Emma, obwohl sie keinen Unterschied erkennen konnte.

»Offensichtlich, oder?«, sagte Alex und warf Emma einen Seitenblick zu, der vor Sarkasmus nur so triefte.

»Sie haben keinen blassen Schimmer«, sagte Achim Gräfe und lachte. »Aber das ist okay. Habe ich auch nicht, denn, wie gesagt, weiß ich nicht, um welchen nicht menschlichen Urin es sich handelt. Das wird aber grad im Labor geprüft. Die Ergebnisse haben wir jeden Moment. In der Probe haben wir zumindest Blut gefunden, und es hat sich herausgestellt, dass das nicht mit dem vom Tampon übereinstimmt. Sie wissen davon? Ja, natürlich. Sie waren ja da. Also …« Er drehte sich zu ihnen um, was seinen Kittel wie ein Kleid nach außen rotieren ließ, und lehnte sich mit dem Hintern an den Tisch. Die Monitore wackelten, doch das schien ihn nicht sonderlich zu beunruhigen. »Ich denke«, begann er und schob seine Brille die Nase hoch, bevor er fortfuhr, »unsere fragliche Urinprobe stammt vom Badeanzug. Warum? Weil es an der Stelle gefunden wurde, wo dieser im Video gelandet ist.«

»Also können wir ausschließen, dass wir dadurch DNA-Spuren vom Täter bekommen«, sagte Emma.

»Ja, was das angeht«, er klatschte mit den Handflächen auf seine Oberschenkel, atmete geräuschvoll aus und erlöste den Tisch von seinem Gewicht, was ihm die Monitore mit einem Zittern dankten, »da würde ich mir an Ihrer Stelle nicht allzu viele Hoffnungen machen.«

Natürlich nicht, dachte Emma. *Was auch sonst?* Und damit war klar, dass sie nichts herausgefunden hatten, das ihnen weiterhelfen konnte.

Sie bemerkte, dass Alex kurz davor war, die nächste Frage zu stellen, als Achim Gräfes zwei Köpfe kleinerer Mitarbeiter Chris Wolf eine dünne Metalltür beiseiteschob und aus einem abgeriegelten kleinen Labor zu ihnen trat. »Hallo«, sagte er knapp und reichte Gräfe ein Blatt Papier, bevor er wieder verschwand und die Tür geräuschvoll zuzog.

»Interessant«, sagte Gräfe und reichte den Zettel weiter an die beiden Ermittler.

Kapitel 10

AUF dem Revier sahen Emma und Alex die vorläufigen Laborberichte durch und entschieden dann, ihre Besprechung nach draußen zu verlagern. In ihrem Büro, das den ganzen Tag der Sonne ausgesetzt war, hielt man es keine fünf Minuten aus. Gegenüber der Wache war die Fachhochschule für Mode und Design, umringt von einer großen grünen Wiese, auf der es unter einer der großen Eichen sicher noch ein schattiges Plätzchen gab.

Wenig später saßen sie auf einer Bank, von der aus sie auf die modernisierte Hochschule mit den stattlichen Säulen sehen konnten, die eher an ein altertümliches Gerichtsgebäude erinnerte. Vereinzelt kreuzten junge Menschen ihr Blickfeld. Es war recht wenig los, aber bei dem Wetter waren die meisten Studenten sicher lieber ins Freibad oder an den See gefahren, als in einem Hörsaal zu schwitzen.

»Okay, was haben wir?«, begann Alex und zählte dann auf: »Katzenurin an der Stelle, an der der Badeanzug gelandet ist. Dann die Spuren, die auf einen Täter hindeuten, obwohl wir zwei vermuten, Fingerabdrücke auf der Lack-Dose, die vom Freibadmitarbeiter stammen, der das Ding weggeworfen hat, eine Seilwinde von einer Marke, die in jedem Baumarkt und jedem Internet-Shop zu kaufen ist, und keine technischen Hinweise zu den Videos, die uns weiterbringen.« Alex atmete tief ein und aus. »Mit jedem weiteren Hinweis erweitern sich die Möglichkeiten, anstatt sich einzugrenzen.«

»Warten wir ab, was die Kollegen über die Seilwinde herausfinden. Vielleicht war der Täter unvorsichtig und hat sie übers Internet bestellt oder im Baumarkt mit seiner Karte bezahlt.«

»Das haben mit Sicherheit auch alle anderen, die sich so ein Ding besorgt haben. Wer zahlt denn heute noch bar? Und nur weil es auf dem Video wie neu aussah, muss er es nicht kürzlich erst erworben haben. Vielleicht lag das Teil seit Jahren schon bei ihm in der Garage.

Oder er hat es über eBay gekauft, auf dem Flohmarkt oder von einem Freund geschenkt bekommen, der damit nichts mehr anfangen kann.«

»Zugegeben, das sind alles mögliche Optionen. Trotzdem müssen wir die Spur verfolgen.«

»Das streite ich nicht ab. Mich nervt nur, dass wir gar nichts haben und die arme Frau vermutlich immer noch irgendwo an einem Balken baumelt. Und wir können nicht ausschließen, dass sie nicht sein einziges Opfer bleiben wird.«

»Genau bestimmen können wir nicht, was das Ding im Video war. Es könnte auch etwas gewesen sein, um den Balken zu verstärken.«

»Derartige Balken tragen ganze Häuser. Da muss nichts verstärkt werden.«

Ihr wurde flau im Magen, als sie daran dachte, dass noch weitere Videos folgen könnten, in denen junge Frauen stranguliert wurden. »Ich hoffe einfach, dass wir uns irren.«

»Das hoffe ich auch.«

»Hast du eigentlich schon eine Idee zum Motiv? Ich meine, was hat Anna getan, das rechtfertigt, was er mit ihr gemacht hat?«

»Nehmen wir mal die ganzen Aussagen, die wir bisher haben, und die Drohung aus dem Video, öffentlich zu machen, was sie getan hat. Ich glaube, sie hat vielleicht jemanden so sehr runtergemacht oder manipuliert, dass die Tat so eine Art Racheakt ist. Es hat keine fünfzehn Minuten gedauert, bis ich von Beatrix von Drissen erfahren habe, dass Anna sie so sehr verunsichert und kleingemacht hat, dass sie kurz davor war, ihr Studium zu schmeißen. Wer weiß, bei wie vielen sie das noch getan hat.«

»So was in der Art habe ich mir auch schon gedacht«, sagte Emma. »Was ist, wenn die Sache in der Dusche tatsächlich eine Retourkutsche ist?«

»Du meinst, Anna hat jemanden dazu gezwungen, einen vollgepinkelten Badeanzug anzuziehen und das gefilmt?«

»Das ist für mich der einzige logische Grund für dieses Video.«

»Und wenn wir davon ausgehen, dass noch weitere Opfer folgen, könnten diese an Annas Aktionen beteiligt gewesen sein. Vielleicht handelt es sich um ein Opfer, das systematisch gemobbt wurde und von Anna und eventuell anderen Personen gefilmt wurde.«

»Suchen wir also nach einem weiblichen Mobbing-Opfer und damit auch nach einem weiblichen Täter?«

»Entweder das oder jemand anderes rächt sich für sie«, sagte Alex.

»Also könnte es auch ein männlicher Täter sein«, schlussfolgerte Emma.

»Siehst du, das meine ich. Mit jedem Gedanken, mit der kleinsten Idee eröffnen sich weitere Möglichkeiten.« Alex atmete genervt aus. So kannte Emma ihn gar nicht. Normalerweise spielte er den gelassenen Part, doch irgendwie schienen die Rollen gerade vertauscht.

»Wir sollten Annas Eltern noch einmal befragen«, schlug Emma vor.

»Und Melina und Jan. Ich glaube, dass die beiden über diesen Max mehr wissen, als sie zugeben. Außerdem, sollte die Theorie mit dem Mobbing zutreffen, hat Anna die Videos nicht allein aufgenommen. Und wenn sie tatsächlich nichts ohne Melina unternimmt, liegt es doch nahe, dass sie von den Mobbing-Videos weiß oder sogar mit dabei war, als sie aufgenommen wurden. Eine andere Möglichkeit wäre, dass Anna Videos von diesem Max besitzt, die ihn in irgendeiner Weise kompromittieren, und er mit dem Mord verhindern wollte, dass sie sie veröffentlicht.«

»Videos welcher Art?«

»Keine Ahnung. Wenn er so drauf ist wie Jan Hausmann und vielleicht ihr Handy durchsucht hat, hat er möglicherweise belastende Videos gefunden und lenkt die Spur in die falsche Richtung, indem er davon Remakes dreht, um sich zu schützen. Und getötet hat er sie, um auf Nummer sicher zu gehen. Wenn sie tot ist, kann sie nichts mehr veröffentlichen.«

»Melina könnte dann aber auch von diesen Videos wissen, die Max geheim halten will«, sagte Emma. »Dann muss sie damit rechnen, dass er auch hinter ihr her ist.«

»Nur warum hat sie davon nichts erzählt?«

»Weil sie glaubt, dem Täter damit zu zeigen, dass sie niemandem etwas verraten wird.«

»Jemand wie der Täter im Video wird sich damit nicht zufriedengeben«, sagte Alex. »Außerdem dürfen wir den Streit und den jahrelangen Zustand, dem Melina scheinbar ausgesetzt war, nicht vergessen.«

»Dann sollten wir sie priorisieren.«

»Als mögliches nächstes Opfer oder als Täterin?«

»Beides.« Emma war sich unschlüssig, ob Melina zu so einer Tat im Stande war. Doch irgendwas an ihrer Geschichte und dem, was sie über sie erfahren hatten, machte sie stutzig. »Oder können wir sogar so weit gehen zu vermuten, dass Melina den Täter zu dieser Tat gebracht haben könnte?«

»Ich glaube nicht, dass sie über derartige suggestive Fähigkeiten verfügt. Klar, offenbar ist sie ziemlich manipulativ, aber kriegt sie wirklich jemanden dazu, so weit für sie zu gehen?«

»Wenn sie es so aussehen lässt, als wäre der Täter allein darauf gekommen?«

»Ehrlich gesagt, wundern würde mich das nicht, bei dem Verhalten, das die jungen Leute heute an den Tag legen«, sagte Alex.

»Seit wann denkst du in solchen Plattitüden?«, fragte Emma und hegte ein bisschen die Hoffnung, dass er das nicht allzu ernst gemeint hatte und nicht tatsächlich alle über einen Kamm scherte.

»Seit MTV«, sagte er scherzhaft und zwinkerte ihr zu, was sie etwas erleichterte. »Fühlst du Melina noch einmal auf den Zahn?«, fragte er. »Dann kümmere ich mich um den Vorzeigehipster.«

»Um wen?«

»Jan Hausmann.«

»Und was ist mit Anna Nowaks Eltern?«

»Lassen wir denen noch etwas Zeit. Die werden nach der Nachricht, dass wir die Videos für echt halten, sicherlich noch von den Kollegen betreut.«

»Ich werde das Ergebnis auch ihrer besten Freundin mitteilen müssen.«

»Und ich ihrem Ex, der sie immer noch liebt.«

Kapitel 11

VOR einem städtischen Altbau in der Arndtstraße 11, dem Café *Lobo*, in dem Melina arbeitete, wartete Emma am Eingang gegenüber eines Schuhgeschäfts mit heruntergesetzten Dr. Martens. Den Laden wollte sie sich merken und am Wochenende mal vorbeischauen. Sofern ihr dieser Fall überhaupt ein freies Wochenende einräumen würde. Wirklich daran glauben konnte sie noch nicht.

»Kommen Sie, gehen wir zum Hinterausgang«, hörte sie Melina hinter sich sagen. Den kleinen Schrecken, der Emma durchfuhr, hatte Melina sicherlich nicht bemerkt, zumindest zeigte sie keine Reaktion, ging zurück ins Café und am Tresen, der eine große Kuchenauslage hatte, vorbei zu einer Tür. Ein junger Mann, der hinter der Kasse stand, mit Vollbart und in der gleichen Schürze, sah Emma ernst an. Sie folgte Melina und fragte sich, ob der Mann sauer darüber war, dass seine Kollegin ihn in dem vollen Laden allein ließ. Vielleicht war er auch ihr Chef, der nun befürchtete, dass seine Angestellte irgendwas ausgefressen hatte.

Als Emma durch die Tür gegangen war, fand sie Melina im Hinterhof wieder, der zur Straße hin komplett offen war. An der Außenfassade hatte man Gerüste bis unters Dach in den fünften Stock errichtet. Auf den obersten Etagen gingen Maler ihrer Arbeit nach. Bei der brütenden Hitze konnte man nur hoffen, dass sie da oben nicht kollabierten. Müllcontainer standen in der Mitte zusammengerückt und quollen über. Der Gestank von Farbe und Essensresten stach Emma in die Nase.

»Bitte halten wir uns kurz«, sagte Melina. »Ich bin angewiesen auf diesen Job, und mein Chef ist nicht gerade erfreut darüber, dass ich mir eine unplanmäßige Pause nehme.«

»Ihr Chef ist der junge Mann mit Vollbart?«, fragte Emma.

»Ja, wobei jung nicht wirklich zutrifft. Der ist schon Mitte dreißig.«

Schönen Dank, dachte Emma. Nun galt sie offiziell bei Anfang Zwanzigjährigen als alt. »Es tut mir leid, Ihnen das sagen zu müssen«, knüpfte sie umgehend an, da es nie eine gute Art gab, derartige Nachrichten zu überbringen, »die Videos Ihrer Freundin haben sich als echt erwiesen.«

»Was?« Melina lehnte sich an die Querstange des Gerüsts hinter ihr. Sie war sichtlich schockiert über diese Nachricht. »Sind Sie sicher?«

»Ja«, sagte Emma einfühlsam, die immer wieder Todesnachrichten überbringen musste, weil das bei der Kripo nun mal zum Job gehörte. Doch bei so jungen Menschen und dazu noch Mordopfern, war es besonders schwierig, wobei sie auch schon erlebt hatte, dass es für die Angehörigen in dem Moment, in dem sie von dem Tod eines geliebten Menschen erfahren, die Ursache zunächst zweitrangig war. »Daran besteht leider kein Zweifel mehr«, sagte sie nun.

»Sie ist tot?«, fragte Melina kaum hörbar und mit einem weinerlichen Unterton.

»Daher ist es umso wichtiger, dass Sie uns alles sagen, was Sie wissen.«

»O Gott, ich fasse es nicht.« Melina fing an zu weinen. »Sie ist tot.«

»Das muss ein Schock für Sie sein.«

»Machen Sie Witze?«, platzte es aus Melina heraus. »Sie war wie eine Schwester für mich. Natürlich ist es ein Schock.« Sie weinte nun noch heftiger, konnte sich kaum noch halten.

»Entschuldigen Sie«, sagte Emma und wartete einen Moment, bis Melina sich wieder etwas beruhigt hatte. Dann sagte sie: »Wir glauben, dass wir über diesen Max der Aufklärung des Falls näherkommen könnten.«

»Sie haben ja keine Ahnung«, wimmerte Melina.

»Was meinen Sie damit?«

Melina sank zu Boden, Emma kniete sich neben sie und legte ihr beruhigend einen Arm auf die Schulter. Melina bebte förmlich und sank weinend in sich zusammen. Wenn sie ihr damit etwas vorspielte, dann verdammt gut. So langsam kamen Emma Zweifel bezüglich Melinas Charakter, so wie er von anderen beschrieben wurde.

Emma hielt ihr ein Taschentuch hin, das sie an sich nahm, jedoch nicht benutzte. So als wäre sie nicht sicher, was sie mit dem Ding in ihrer Hand anfangen sollte. Eigentlich sollte Emma den psychologischen Dienst herbeordern und das würde sie auch, wenn sie mehr über diesen Max herausgefunden hatte. Auch wenn sie inzwischen Zweifel an ihren Theorien hatte, spürte sie, dass sie ihr etwas verheimlichte.

»Was wissen Sie über Max?«, fragte Emma sanft.

»Ich bin Max«, schluchzte sie und fand dann schließlich doch noch heraus, was sie mit dem Taschentuch anfangen sollte.

»Sie waren mit Anna zusammen?«

»Nein«, sagte sie, als sei das total abwegig. »Anna wollte … Sie wollte Jan loswerden. Der war die totale Klette und hat's einfach nicht kapiert. Anna wollte, dass er sie verlässt. So ist es immer schon gelaufen. Sie hat die Männer immer dazu getrieben, dass sie mit ihr Schluss machten. Und jetzt ist sie tot.« Sie schluchzte wieder, dieses Mal ins Taschentuch.

»Haben Sie so was wie mit Max schon öfter gemacht?«, fragte Emma.

»Ein paarmal.«

»War das Annas Idee oder Ihre?«

»Es war ihre.« Sie tupfte sich die Augen trocken. »Wir haben gedacht, wenn Anna ihr Handy einfach mal hier und da in Jans Nähe liegen lässt, wird er die Gelegenheit schon nutzen, um mal drauf zu schauen. Hat bei den anderen ja auch geklappt. Bei Jan aber musste Anna sich etwas mehr ins Zeug legen. Der hat's einfach nicht geschnallt. Sie hat Verabredungen abgesagt, sich Ausreden einfallen lassen, die offensichtlich gelogen waren, und so weiter. Letzte Woche hat's ihr gereicht. Sie hat sich aufgeführt wie ein Arsch, aber er wollte nicht Schluss machen. Dann hat sie geplant, das Handy wieder mal nicht gesperrt in seiner Nähe liegen zu lassen, um duschen zu gehen, und ich sollte ihr mehrere Nachrichten im Namen von Max schicken. Das habe ich getan, und keine halbe Stunde später antwortete mir Jan, um mir zu sagen, was er von Anna hielt und was sie getan hat.«

»Haben Sie darauf geantwortet?«

»Nein. Was wir erreichen wollten, haben wir erreicht.«

»Wir?«

»Sie. Anna. Nicht ich.« Melina sah Emma mit ihren verweinten Augen an.

»Haben Sie dafür ein zweites Handy?«

»Glauben Sie wirklich, ich könnte mir das leisten? Nachrichten kann man auch online unter falschem Namen verschicken.« Sie weinte wieder. »Was soll ich denn nur ohne sie tun? Was bin ich denn schon ohne sie?«

Frei, dachte Emma mit dem Gedanken daran, dass sie angeblich nur ihr Schatten gewesen sein soll. Das wäre ein starkes Motiv, und kein besonders seltenes. Emma konnte diese junge Frau einfach nicht greifen und einschätzen.

»Ist Ihnen einer der Ex-Freunde von Anna negativ aufgefallen?«, fragte sie nun, auch um ihre Verwirrung etwas zu verdrängen.

»Die waren alle nichts für sie«, schluchzte Melina. »Die waren Lückenfüller, sonst nichts.«

»Könnte einer von ihnen so verletzt sein, dass er Anna etwas antun würde?«

»Wer sollte denn so was Schreckliches tun?«

Sämtliche Kraft schien sie verlassen zu haben, und sie saß nur noch da und weinte. Emmas gutes Zureden und weitere Fragen schien sie gar nicht mehr wahrzunehmen, also kontaktierte sie nun den psychologischen Dienst und wartete so lange bei Melina, die die ganze Zeit über nicht aufhören konnte zu weinen.

Kapitel 12

DAS Equipment in der FMK war schon beeindruckend, obwohl Alex überhaupt keine Ahnung hatte von Kameras, Beleuchtung und was sonst noch so alles hier in den vollen Regalen ordentlich einsortiert herumstand. Sie hatten sogar einen kleinen Kran am Start, der am Ende des Lagerraums auf seinen Einsatz wartete. Die Sachen sahen allesamt gut gepflegt aus, teilweise wie neu.

Man hatte ihm gesagt, dass Jan Hausmann hier sei. Alex hatte nicht erwartet, ihn an einer Werkbank sitzend hinter den Regalen an der Fensterseite vorzufinden. Er bastelte an einer alten analogen Filmkamera herum. In den Regalen hatte Alex lediglich digitale ausmachen können. Andererseits war er an einer Kunsthochschule, da sollte es ihn nicht wundern, wenn der eine oder andere etwas exzentrisch war.

»Sie kennen sich damit aus?«, fragte Alex.

Jan ließ nicht von seiner Arbeit ab, während er antwortete: »Kameratechnik ist mein Ding.«

»Haben Sie damit schon Filme gedreht?«

»Das hätte ich gerne.«

Beim Blick auf den Markennamen der Kamera – es war eine Arriflex mit dem prägnanten Logo, dem Schriftzug in einem Sechseck – erinnerte sich Alex daran, dass dieser am Ende des Abspanns von Melinas und Annas blutigen Kurzfilm zu sehen gewesen war.

»So eine wurde bei *Slasher Queens* benutzt?«, fragte Alex.

»Sie gehören wohl zu den wenigen Menschen, die einen Abspann bis zum Ende sehen. Ja, der wurde auf dieser Kamera gedreht. Natürlich von einem Profi.« Der letzte Satz klang, als hätte er ihn ausgespuckt. Er war also nicht nur immer noch in Anna verliebt, er war auch noch in seiner Künstlerehre von ihr gekränkt worden. Eine explosive Mischung.

»So ist das, oder?«, sprach Jan weiter. »Jeder will einen Profi haben, und dass damit Anfänger daran gehindert werden, irgendwann mal Profi zu werden, checkt anscheinend niemand.«

Jan pustete mit einer Druckluftpistole die kleinen Zwischenräume der Kamera durch. »Diese beiden Videos, wegen denen Sie vermutlich wieder hier sind, hätte ich besser hinbekommen.« Er pustete noch ein paarmal mit der Pistole durch die Kamera und legte sie dann beiseite. »Und ich hätte es sogar umsonst gemacht.«

»Ich kann Ihnen zumindest sagen, dass bei den Clips keine Profis am Werk waren.«

Jan hielt einen Moment inne, dann sah er zum ersten Mal seit Alex' Ankunft zu ihm auf.

»Die Aufnahmen sind zweifelsfrei echt, und nichts darin ist gespielt«, sagte Alex.

Jan ließ sich in den Stuhl zurückfallen und atmete schwer aus. »Das glaube ich nicht.«

»Ihr Glaube ändert nichts an den Tatsachen. Tut mir leid.«

»Dann ist sie tot?«

»Davon gehen wir aus.«

»Und wenn Sie sich irren?« Ein wenig Hoffnung klang in seiner Stimme, aber nur schwach.

»Wenn auch nur der kleinste Zweifel an der Echtheit der Videos bestehen würde, wäre ich nicht hier.«

Mit Alex' letzter Aussage schien sich die Realität bei Jan Hausmann gesetzt zu haben. Aber vielleicht steckte in ihm ja auch ein Schauspieler. Grund genug, Anna zu demütigen und umzubringen, hatte er. Immerhin konnte es ein Künstler durchaus als Demütigung in hohem Maße ansehen, wenn man ihm einen Job verweigerte, für den er glaubte, prädestiniert zu sein.

»Dass es so kommt, wollte ich nicht«, sagte Jan nun mit einem in Gedanken verlorenen Blick auf die auseinandergenommene Kamera. War das gerade der Anfang eines Geständnisses? »Hätte ich gewusst …« Er brach ab und sah zu Alex auf. Seine Augen waren feucht. »Ich wollte das wirklich nicht«, sagte er in weinerlichem Ton.

»Was wollten Sie nicht?«, fragte Alex.

»Dass ihr so was passiert. Hätte ich gewusst, was dieser Typ mit ihr vorhatte, hätte ich sie gewarnt. Ehrlich.«

Alex verstand gar nichts mehr. »Welcher Typ?«

»Keine Ahnung«, druckste Jan weiter herum. »Ich weiß nicht mal, ob es überhaupt ein Mann war.«

»Haben Sie ihn in der Nähe der Party gesehen?« Alex hasste es, den Leuten die Antworten aus der Nase ziehen zu müssen, vor allem, wenn Zeit ein entscheidender Faktor war.

»Nein, nicht wirklich.« Jan wich Alex' Blick aus, sah von der Kamera auf zu einem Poster, auf dem eine Katze an einer Wäscheleine hing. Ein altbekanntes Bild, versehen mit einem Werbeslogan für die Drehbuch-Fachliteratur *Save the Cat*.

Passt, dachte Alex.

»Ich bin ihr gefolgt«, lenkte Jan Alex' Aufmerksamkeit wieder auf sich.

»Erzählen Sie mir auch, wohin?« Die Pausen nach diesen ganzen Andeutungen waren ihm eine Spur zu lang, und es nervte langsam wirklich.

»Dorthin, wo das erste Video aufgenommen wurde.«

Dass Jan diese Aussage hinausgezögert hatte, konnte Alex gut nachvollziehen. Immerhin katapultierte ihn das auf Platz eins der Verdächtigen. »Aber ich weiß nichts vom zweiten«, sagte er hastig und suchte in Alex' Blick eine Art von Bestätigung, die er ihm selbstverständlich nicht gab. »Wirklich nicht.«

»Warum sind Sie ihr zum Freibad gefolgt?«, fragte Alex nüchtern.

Jan sank etwas in sich zusammen. Schweißperlen bildeten sich auf seiner Stirn. »Weil ich davon ausgegangen bin, dass sie sich mit einem anderen trifft.«

»Diesem Max, den Sie erwähnten?«

»Genau. Max.«

»Ist Anna allein ins Freibad gegangen?«

»Ja. Ich stand rechts neben dem Eingang auf einer Mülltonne und hab ihr hinterhergestarrt. Ist das nicht erbärmlich?« Abermals suchte er die Bestätigung von Alex, bekam jedoch nichts dergleichen. »Sie ist darüber auch ins Freibad gelangt. Über die Mülltonnen, meine ich.«

Anscheinend hatte Jan ein Faible für dramatische Pausen, ohne Gespür dafür, wann der Bogen überspannt war. Zweifelsohne ein begnadeter Geschichtenerzähler.

»Was haben Sie dann gesehen?«, fragte Alex, nachdem ihm klar geworden war, dass Jan nicht von sich aus weiterreden würde.

»Eine dunkle Gestalt, die vor den Duschen auf sie gewartet hat.«

»Konnten Sie erkennen, wer das war?«

»Nein.«

»Sie glauben also nur, dass es Max gewesen ist?«

»Ach, ich weiß doch auch nicht, was ich noch glauben soll. In der Nacht habe ich wirklich gedacht, sie trifft sich heimlich mit ihm.«

»Wie haben Anna und die dunkle Gestalt sich begrüßt?«

»Wie meinen Sie das?«

»Haben sie sich nur die Hand gegeben, sich umarmt, vielleicht sogar geküsst?«

»Nichts davon. Anna war bestimmt noch fünf Meter von der Gestalt entfernt, da ist sie in die Dusche vorangegangen. Anna hat sich noch einmal umgesehen, so als würde sie sich vergewissern, dass sie niemand beobachtete, und wäre ich nicht rechtzeitig in Deckung gegangen, hätte sie mich gesehen. Als ich dann wieder über die Mauer gesehen habe, war sie weg, und in den Duschräumen war es immer noch stockdunkel.«

»Mehr haben Sie nicht gesehen?«

»Ich hatte genug gesehen und wollte nicht auch noch was hören. Verstehen Sie?«

Alex nickte. »Was haben Sie dann gemacht?«

»Mich selbst dafür angeschissen, dass ich ihr überhaupt gefolgt bin. Dann bin ich zurück zu meinem Wagen …« Jan unterbrach sich selbst. »Ich hatte nicht so viel getrunken. Wirklich nicht. Ich konnte noch fahren.«

Alex ging nicht darauf ein, obwohl er ihm das nicht glaubte. »Ist Ihnen in der Umgebung noch etwas aufgefallen? Ein Auto in zweiter Reihe, ein Van oder Ähnliches?«

»Ja, da war ein weißer Lieferwagen. Ein Mercedes, glaube ich. Genau weiß ich das nicht. Es war wirklich dunkel.«

»Hatte der Van irgendwas Besonderes, einen Aufdruck vielleicht, auffällige Kratzer, eine besondere Farbe?«

»Nein, glaube nicht.« Dann schien ihm etwas Wichtiges eingefallen zu sein. »Moment. Das Nummernschild.« Jan machte wieder eine dieser Pausen.

»Was ist damit?«, fragte Alex geduldig.

»DN irgendwas.«

Alex wusste nicht, was das bedeuten sollte.

»Nummernschilder mit dem Ortskennzeichen DN gibt es bei Hertz«, erklärte Jan. »Sie wissen schon, dieser Autoverleih. Da haben wir schon öfter große Bullis geliehen, um unser Equipment zu transportieren. Das machen auch die großen Film-Crews so.«

Das könnte ihnen tatsächlich weiterhelfen, sofern der Van etwas mit Annas Entführung zu tun hatte und in Bielefeld ausgeliehen worden war. Vom Freibad aus hatte der Täter vermutlich Anna in den Van gebracht und war mit ihr zu dem Ort gefahren, an dem er sie tötete. Sollte der Täter den Fehler gemacht haben, ausschließlich direkte Wege zu wählen, und hatte er den Van bereits zurückgegeben, könnte man über den Kilometerstand einen möglichen Radius um das Freibad herum ermitteln. Das würde zwar immer noch eine Menge Möglichkeiten ergeben, aber es würde die Suche nach dem Tatort des letzten Videos erheblich eingrenzen.

»Danke«, sagte Alex und steckte seinen Notizblock wieder ein.

»Sind wir dann fertig?« Jan sah ihn nervös an. Sein rechtes Bein wippte schnell auf und ab, als wäre er wahnsinnig unruhig.

»Spielen Sie Flöte?«, fragte Alex.

»Was?« Verdutzt sah er ihn an.

»Die Kollegen auf dem Revier würden sich darüber freuen, wenn Sie ihnen ein bisschen was vorspielen.«

Um den Alkohol-Test würde Jan nicht herumkommen. Zwar war es sicher schon über zwölf Stunden her, dass er etwas getrunken hatte, trotzdem wollte Alex wissen, wie betrunken Jan gestern Abend gewesen war. Denn ganz bei Verstand wirkte der Täter auf dem Video auch nicht. Und wer wusste schon, ob die Kamera nicht nur umgefallen war, weil der Täter ein bisschen zu viel getrunken hatte.

Kapitel 13

DIE Hauptzentrale vom Autoverleih Hertz lag am anderen Ende von Bielefeld, und so hatte Emma Alex angeboten, ihn mit dem Auto an der FMK abzuholen. Auf dem Weg hatten sie ihre neuen Erkenntnisse abgeglichen. Als sie auf dem Parkplatz vor dem Info-Service ausstiegen, fragte sie sich, ob Anna und Melina mehr getan hatten, als lediglich ihre Ex-Freunde abzuservieren. Irgendwie musste Melina in Verbindung mit dem Video im Freibad stehen. Konnte es tatsächlich sein, dass die beiden jemandem so schlimm geschadet hatten, dass sich das Opfer nun an ihnen rächte? Auf so eine Art? Hatten sie von Annas Ex-Freunden vielleicht Videos aufgenommen, die etwas Peinliches, vielleicht sogar Illegales zeigten? Konnten die beiden zu so etwas fähig gewesen sein?

»Was beschäftigt dich?«, unterbrach Alex ihre Gedanken, während sie auf den Eingang zugingen.

»Ich glaube nicht, dass es einer ihrer Ex-Freunde war.« Die beiden blieben vor dem Eingang stehen, ganz zum Missfallen der Angestellten, die ihre klimatisierte Luft nur ungern durch die automatischen Schiebetüren entweichen sahen.

»Bloß weil Jan keine Rückstände mehr im Blut hatte?«, fragte Alex. »Der kann das auch nüchtern getan haben.«

Emma bedeutete Alex, ein paar Schritte zurückzugehen, damit sich die Tür nicht immer wieder öffnete und schloss. »Deine Idee, dass das Video in der Frauendusche ein Remake ist, passt einfach nicht. Es sieht vielmehr nach einer lang geplanten Rache aus, nicht wie eine Kurzschlussreaktion von einem ihrer Ex-Freunde. Ich glaube immer noch eher, dass Melina und Anna jemanden auf die Art gedemütigt haben wie in dem Freibad-Video, und das vielleicht nicht bloß einmal. Und wenn dann noch jemand dahintergekommen ist, dass Max in Wahrheit Melina ist … Ich glaube wirklich, sie könnte die Nächste sein.«

»Oder sie ist diejenige, die die Videos gemacht hat.«

»Du glaubst immer noch an ein Fake?«

»Nein. Ich glaube, dass Melina es leid war, in Annas Schatten zu stehen. Jan Hausmann hat nicht erkennen können, mit wem Anna sich in dem Freibad getroffen hat. Er hatte zunächst an Max gedacht.«

»Den es aber gar nicht gibt.«

»Genau. Als am Morgen darauf die Videos online waren, dachte Jan Hausmann als Erstes, dass es Melina war, die mit Anna diese Filme produziert hat. Deshalb hat er uns auch nichts davon erzählt. Er wollte bei Anna punkten, indem er dichthält.«

»Um dann, wenn sich alles als Farce herausstellt, als Mitverschwörer gut bei ihr dazustehen.«

»Vielleicht. Andererseits könnte es natürlich auch so sein, wie du sagst. Dass Melina die Nächste ist.«

»Dann sollten wir sie unter Polizeischutz stellen.«

»Hören wir erst mal, ob sie überhaupt einen Van gemietet hat.«

»Und was machen wir dann?«

»Nach dem Papierkram machen wir Feierabend.«

Dann fiel Emma es wieder ein. »Das Konzert heute Abend.«

»Genau das Richtige, um abzuschalten.«

»Ich werde es versuchen.«

Emma folgte Alex nun durch die Schiebetüren und erntete abermals missmutige Blicke.

»Ich finde, du hast in den letzten Monaten wirklich gute Fortschritte gemacht, was das Abschalten angeht«, sagte er auf dem Weg zum Empfangstresen.

»Sollte es mich beruhigen, dass du weißt, wie gut ich privat abschalte?«

»Du hast mir doch nun schon öfter von den Treffen mit deinen BFFs erzählt.«

»Die heute Abend auch mit dabei sind übrigens. Nina ist seit Anfang des Jahres Single.«

»Spiel bitte nicht die Kupplerin«, sagte er amüsiert. »Du bist mir gerade erst sympathisch geworden.«

»Gerade erst?«, fragte sie gespielt empört.

Alex lächelte und wandte sich dann der jungen Frau hinter dem Tresen zu, die erst von ihrem Bildschirm aufsah, als Alex sie höflich im Namen der Kripo Bielefeld begrüßte.

»Entschuldigung«, sagte A. Wessel, was Emma dem bronzenen Namensschild auf ihrer Brust entnehmen konnte. Der Name war eingraviert, die Buchstaben an manchen Stellen etwas abgegriffen. Sie arbeitete wohl schon länger hier. »Heute ist die Hölle los. Nicht nur wegen der Hitze.« Sie presste so etwas wie einen erschöpften Lacher heraus. »Was kann ich für Sie tun?« Abwechselnd sah sie zu Emma und Alex.

»Wir suchen einen weißen Van«, sagte Emma. »Einen Mercedes, der entweder heute Morgen zurückgegeben wurde oder sich noch in der Ausleihe befindet.«

»Ein weißer Van, Mercedes?«, fragte A. Wessel.

Alex nickte bestätigend.

»Einen Moment bitte.« Sie tippte in einem Rekordtempo auf der Tastatur herum und scrollte anschließend mit der Maus, dann stutzte sie. »Oh«, sagte sie nur.

»Stimmt was nicht?«, fragte Alex, lehnte sich auf den Tresen und versuchte, einen Blick auf den Bildschirm zu erhaschen.

»Sehen Sie mal«, sagte sie und drehte den Bildschirm so, dass die beiden drauf schauen konnten. Eine lange Liste war zu erkennen. Erst als A. Wessel auf eine der unteren Reihen zeigte, erkannte Emma, was sie meinte. »Ein solcher Wagen ist seit heute Morgen von demjenigen, der ihn gemietet hat, als gestohlen gemeldet worden.«

Kapitel 14

EMMA dachte über die neuen Erkenntnisse nach, die sie von den ermittelnden Kollegen bezüglich des gestohlenen Vans kurz vor Feierabend noch erhalten hatten. Sie hatten den jungen Mann, der ihn gemietet hatte und damit eigentlich heute seinen Umzug hatte bestreiten wollen, bereits am Morgen verhört. Gestern Abend hätte der Van noch vor seiner Tür gestanden, und als er heute um sechs mit dem Einladen beginnen wollte, war er nicht mehr da gewesen. Eine Fahndung war natürlich längst rausgegangen, doch glaubte Emma nicht daran, dass der Täter ihn einfach am Straßenrand geparkt hatte, bis er sich damit zur nächsten Tat auf den Weg machen würde.

Annas Eltern hatte die Nachricht wie zu erwarten geschockt. Eine Befragung durch die Kollegen Klose und Möller war nicht möglich gewesen. Annas Vater hatte das deutlich klargemacht. Dennoch würde Emma morgen noch einmal versuchen, mit ihnen zu reden. Vielleicht ergab sich dann etwas, das ihnen weiterhelfen würde.

Der bedächtige Applaus riss sie aus ihren Gedanken und bereitete ihr gleichzeitig ein schlechtes Gewissen. Sie war mit ihren Freundinnen auf Alex' Konzert und alles, woran sie dachte, war die Arbeit. Sie stimmte in den Applaus mit ein, was sie sich hätte sparen können, bei den zwei Klatschern, die sie noch beisteuern konnte. Von nun an würde sie sich auf die Musik konzentrieren und auf Nina und Lisa, die sich an diesem Mittwochabend außerplanmäßig freigenommen hatten.

»Danke schön«, sagte Alex, der neben seinem Freund Torben auf einem Barhocker der kleinen Bühne saß, die kaum mehr als drei Musiker fassen konnte. Man sollte vielleicht überhaupt nicht von einer Bühne reden. Es war eher eine Empore auf Höhe einer Treppenstufe. Die Kneipe an sich war klein und gemütlich, und Emma fragte sich, warum sie noch nie in der mit alten Blechschildern und Postern zugepflasterten kleinen Bar gewesen war. Dank Alex und seinen

Konzerten hatte sie in den letzten Monaten die ein oder andere Location für sich entdeckt. Diese kam mit auf die Liste derer, die sie in Zukunft öfter besuchen wollte.

»Der nächste Song ist ganz neu und auch unser letzter für heute Abend«, sagte Alex.

»*Bittersweet Life*«, kündigte Torben an, der im Vergleich zu Alex so drahtig wirkte, dass er ohne Gitarre nur eine Verlängerung des Barhockers gewesen wäre. Alex stimmte die ersten Akkorde an. Dann stieg sein Freund mit ein und begann zu singen. Mit dem Gesang wechselten sie sich ab, und auch wenn Emma Alex' Stimme bisher immer lieber gemocht hatte, revidierte sie ihre Meinung bei diesem Song bereits während der ersten Strophe und stellte beide Sänger auf die gleiche Stufe.

»Du hattest recht«, sagte Nina und lehnte sich verschwörerisch zu Emma rüber, »dein neuer Partner ist ganz süß.«

»Das habe ich nie gesagt.«

»Vielleicht nicht mit Worten.«

»Gar nicht.« Emma wusste wirklich nicht, wovon ihre Freundin da sprach.

»Dann hast du nichts dagegen, wenn ich mein Glück versuche?«

»Nicht im Geringsten.«

»Soll ich dir helfen?«, fragte Lisa. »Dich mit einem vollen Drink in der Hand gegen ihn schubsen?«

»Warum nicht? Dann müsste er sein Shirt ausziehen.«

Emma amüsierte der Plan ihrer Freundinnen, obwohl sie genau wusste, dass sie inzwischen zu alt für so was waren. Früher aber hatten sie solche Aktionen tatsächlich noch durchgezogen.

Der Song war ausgespielt und das Konzert vorbei. Dieses Mal klatschte Emma als eine der Ersten, und Nina konnte es sich nicht nehmen lassen, mit lautem Pfeifen und Zugaberufen auf sich aufmerksam zu machen. Lisa stimmte mit ein, wenn auch nicht so laut wie Nina. So lief es meistens ab. Und Emma stand einfach nur da und amüsierte sich darüber.

Als das Bühnenlicht ausging und die normale Beleuchtung die Bar in angenehm seichten Dämmer tauchte, sah Emma zu den Holzbalken über der Bühne, an denen die Konzertlichter angebracht waren, und für den Bruchteil einer Sekunde sah sie Anna dazwischen baumeln.

»Hat es dir nicht gefallen?«, fragte Nina und holte Emma wieder in die Realität zurück.

»Doch«, sagte sie und lächelte gekünstelt. »Ich fand es super.« Was stimme, doch sie war gerade ganz woanders. Nina schien das zu bemerken und sah Emma vorwurfsvoll an, was dazu führte, dass Emma sich nur noch schlechter fühlte. Verstohlen sah sie noch einmal zu den Balken nach oben, dann zu Alex, der zu ihnen an den Stehtisch kam.

»Hi«, sagte Nina.

»Hey«, sagte Alex und wandte sich ohne Umschweife Emma zu.

»Ihr wart super«, sagte Emma.

»Ich fand dich am besten«, sagte Nina.

»Ich entschuldige mich für sie«, sagte Lisa. »Eigentlich hatten wir die Drink-Nummer geplant. Jetzt macht sie alles kaputt.«

»Was für eine Nummer?« Alex' Verwirrung war sicher nicht gespielt.

»Das erzähle ich dir ein anderes Mal«, sagte Emma.

»Ey«, rief Torben von der Bühne aus, »ich bin nicht dein Rowdy.«

»Entschuldigt mich, ich muss schnell noch abbauen. Bis gleich«, sagte Alex und wandte sich um, seinem Freund zu helfen.

»Ich glaube, der steht nicht auf mich«, sagte Nina. Dabei klang sie alles andere als enttäuscht und drehte ihren Kopf zu Emma mit einem Ausdruck im Gesicht, als würde sie gerade ihrer Konkurrentin in die Augen sehen.

»Wir sind nur Kollegen.«

»Ja, sicher.«

Emma nahm es hin, dass sie aus dieser Nummer nicht so einfach wieder herauskommen würde. Schließlich war es nicht das erste Mal.

***

Alex befand sich Backstage, oder eher im Lagerraum Schrägstrich Hinterzimmer, in dem gerade einmal genug Platz war, um die Instrumente samt Zubehör über den Hintereingang in Torbens Wagen zu bringen. Eigentlich war das nicht mal ein richtiger Hinterhof, sondern eine Schneise, in der absolutes Halteverbot galt. Alex hatte es aufgegeben, Torben über derlei Verkehrsdelikte zu belehren, er widersetzte sich dem dann erst recht. Mit seinem Gitarrenkoffer in der einen und dem Mikrozubehör in der anderen Hand zwängte sich Alex durch den engen kleinen Gang hinaus, darauf bedacht, keines der alten Konzertplakate von den Wänden zu reißen.

Am Auto hatte er niemanden erwartet, da Torben noch die Tische und Stühle zurück auf die Bühne räumte, um weitere Sitzgelegenheiten für die Gäste zu schaffen. Wobei er einen Tisch für sich, Emily und Alex reservieren würde. Alex fragte sich nun, ob Torben noch einen vierten Platz mit eingeplant hatte. Denn neben dem offenen Kofferraum des Mercedes stand Linda. Alex' Ex-Freundin.

Überrascht blieb er stehen, und es war ihm schon fast unangenehm, dass sein Herz einen Satz machte. In den letzten Monaten hatte er kaum an sie denken müssen. Erst am Morgen war er durch Jans Geschichte wieder daran erinnert worden, warum er schlussgemacht hatte. Es grenzte schon fast an eine Perversion des Universums, dass sie plötzlich vor ihm stand. Als hätten seine Erinnerungen sie dazu bewegt, heute hier aufzutauchen.

»Hey«, sagte sie mit einem Lächeln, das irgendwie schuldbewusst wirkte.

»Hey«, sagte Alex und hoffte, dass es ausladend genug klang. Doch sie bewegte sich nicht vom Fleck. Anstatt sie anzusehen, fokussierte er den offenen Kofferraum, verstaute die Instrumente und knallte den Deckel heftiger zu, als er beabsichtigt hatte. Dann drehte er sich zu Linda um. »Was willst du hier?«, fragte er.

Ihr unsicheres Lächeln verschwand, und anstatt ihm in die Augen zu sehen, sah sie überall hin, nur nicht zu ihm. »Es tut mir leid. Ich weiß auch nicht, was mich geritten hat. Ich wollte dich sehen. Mehr nicht.« Nachdem sie das ausgesprochen hatte, sah sie ihn wieder an und versuchte sich an einem weiteren Lächeln.

Alex wusste nicht warum, aber er verspürte plötzlich Mitgefühl, und nicht nur das. Da war noch mehr. Viel mehr, als er zugeben wollte. Er hatte so darauf gehofft, ihr dank seines Umzugs nicht mehr über den Weg zu laufen, was sicherlich auch funktioniert hätte, wenn sie sich nicht dazu entschlossen hätte, aus einer Laune heraus auf einem seiner Konzerte aufzulaufen.

»Du warst gut da drin«, sagte sie und nickte Richtung Hintertür.

Sie hatte nicht nur hier auf ihn gewartet, sondern sich die Show angesehen? Das wurde ja immer besser.

»Was macht die denn hier?«, fragte Torben, der überraschend im Türrahmen stand und Linda sauer anstarrte. Aber auch das schien sie nicht dazu zu bewegen, zu verschwinden.

»Ist schon okay. Ich komm gleich rein«, sagte Alex.

»Hoffentlich allein«, sagte Torben, schloss den Wagen per Funkbedienung ab und ging wieder hinein.

»Mir ist klar, dass ich keinen guten Stand bei euch habe«, sagte Linda. »Ich möchte Frieden schließen.«

»Warum? Weil dein Neuer dich verlassen hat?« Sie sah traurig zu Boden, und Alex fühlte sich mies, ja fast schuldig für das, was er gerade gesagt hatte. »Tut mir leid, das war nicht fair.«

»Ich hätte vermutlich dasselbe gesagt.«

»Nein, hättest du nicht.«

Beide versuchten immer wieder, den Blickkontakt zum anderen aufrecht zu erhalten, doch es gelang ihnen nicht sonderlich gut.

»Wo wir hier schon so peinlich berührt herumstehen«, sagte sie, »könnten wir es noch peinlicher werden lassen.«

»Kann man das noch toppen?«

»Kommt drauf an, was du sagst, wenn ich dich frage, ob wir zusammen was trinken gehen.«

»Jetzt?«

»Na ja, wo ich schon mal hier bin.«

»Besser nicht.«

»Okay, verstehe. Ich wollte dir eigentlich auch nur sagen, dass es mir leidtut. Die ganze Sache. Ich war einfach nicht ich selbst und wusste nicht, wohin ich wollte.«

»Und das weißt du jetzt?«

»Ja«, sagte sie und sah ihm dabei tief in die Augen.

Alex glaubte, dass sie es ehrlich meinte, dennoch sagte er: »Ich kann das, was passiert ist, nicht mit ein paar Drinks wegspülen.«

»Aber es wäre ein Anfang.«

Der Anfang von was?, fragte er sich. *Um mich noch mal mit einem anderen über Monate hinweg zu hintergehen?* »Ich melde mich bei dir«, sagte er, obwohl er wusste, dass er ihre Nummer und alles, worüber er mit ihr in Kontakt treten könnte, längst gelöscht hatte. Mehr aus Selbstschutz, um sie nicht doch noch anzuschreiben oder auf Instagram ihre neuesten Fotos anzustarren, wie er es kurz nach der Trennung getan hatte.

»Ich schicke dir meine Nummer«, sagte sie und lächelte. »An deiner Stelle hätte ich sie auch gelöscht.«

Alex kam nicht umhin, nun auch zu lächeln. Sie erwiderte es eine Spur zu stark, und ihn durchfuhr eine Wärme, die er lange nicht mehr gespürt hatte und die er eigentlich auch gar nicht mehr spüren wollte.

»Wir sehen uns«, sagte er und ging zum Hintereingang.

»War schön, dich wiederzusehen«, rief sie ihm hinterher.

»Bis dann«, brachte er kaum hörbar hervor und fragte sich, warum diese Wärme, die ihn so kurz überfallen hatte, plötzlich wieder verschwunden war.

Kapitel 15

»NIMM die Binde ab«, sagte er.

Es war schwer für Emma mit anzusehen, wie unbeholfen Cecilia Lopez das bewerkstelligte. Er hatte ihre Handgelenke vor dem Körper mit Gaffa-Tape zusammengebunden. Dass sie nackt war, schien sie gar nicht so sehr zu stören wie Anna, die noch ständig versucht hatte, irgendwie ihre intimsten Stellen zu verdecken.

Sie ließ die Augenbinde fallen und erschrak, als sie realisierte, dass sie immer noch nichts sehen konnte. *In was für einer Zeit wir doch leben, in der auch Mördern so viele neue Möglichkeiten offenstanden,* dachte Emma. Die Vermutung lag nahe, dass der Täter eine Nachtsichtbrille trug. Anscheinend gab es derartige Vorrichtungen auch für Mobiltelefone. Andernfalls hätten Emma und der Rest der Anwesenden im Besprechungsraum einem Hörspiel lauschen müssen. Emma war sich unsicher, ob das die ganze Sache erträglicher machte oder ob ihr Kopfkino schlimmer wäre als die Realität. Letzteres glaubte sie nicht, wenngleich sie sich in diesem Moment an ihre Entführung vor neun Monaten zurückversetzt fühlte. Da hatte Stefan Bauer auch mit seinen Opfern gespielt und Emma lange Zeit mit einer fast zu Tode geprügelten Frau im Dunkeln gelassen. Anders als Cecilia wusste Emma nicht, ob Bauer die ganze Zeit mit im Raum gewesen war oder nicht.

Emma drängte die Erinnerungen beiseite, doch die Emotionen, die sie damals empfunden hatte, blieben und wurden mit jeder weiteren Sekunde, die sie das Video mit ansehen musste, unerträglicher. Sie versuchte, sich auf sachliche Dinge zu konzentrieren, wie die Tatsache, dass er das Handy dieses Mal weiter weg platziert hatte. Vielleicht, damit es nicht wieder aus Versehen umgeworfen wurde. Er lernte aus seinen Fehlern.

»Wo bin ich?«, fragte Cecilia.

Sie erhielt keine Antwort. Der Täter schien sich ruhig zu verhalten. Wie Stefan Bauer damals. Sie konnte nicht anders als sich daran zu erinnern, dass sie ihn nicht einmal hatte atmen hören können, und dann hatte er plötzlich vor ihr gestanden. Es war kaum zu glauben, wie viel Spaß es Typen wie ihrem Peiniger machen konnte, ihre Opfer leiden zu sehen. Obwohl Emma gefühlsmäßig noch einmal alles durchlebte, kam in ihr etwas hoch, das sie bei Stefan Bauer erst fühlen konnte, als er tot war. Wut. Sie wünschte sich, in das Video hineinsteigen zu können, um den Täter auszuschalten und die junge Frau zu befreien. Denn eins hatte sie im Fall Stefan Bauer gelernt: dass es manchmal Menschen gab, die erst dann aufhörten, anderen wehzutun, wenn sie nicht mehr lebten.

»Hallo?«, fragte sie zögerlich. »Ist da jemand?«

Abermals erhielt sie keine Antwort.

»Bitte, tu mir nichts«, sagte sie, und Emma konnte nicht umhin zu denken, wie sinnlos das war.

»Trink«, sagte eine verzerrte Stimme.

Es überraschte Emma nicht, dass Cecilia vor Schreck zusammenzuckte, selbst sie spürte so ein unangenehmes Kribbeln im Magen. Panik stieg in ihr auf, und sie hatte alle Mühe, sich nichts anmerken zu lassen. Sie atmete langsam in die Nase ein und aus. Geräuschlos. Wie sie es gelernt hatte.

Als sie wieder etwas entspannter war, sah sie flüchtig zu den anderen im Raum und stellte erleichtert fest, dass alle auf das Video konzentriert waren.

»Was?«, fragte Cecilia.

»Trink«, sagte die Stimme lauter. »Neben dir steht ein Eimer. Trink.« Ob rechts oder links neben ihr, sagte er ihr nicht. Das sollte sie wohl selbst herausfinden, und vermutlich war es Teil seines perfiden Spiels.

»Ich will nicht«, sagte sie und tat nun doch, was sie anfangs von Anna unterschieden hatte. Sie versuchte krampfhaft, ihre Intimbereiche zu verdecken. Noch dazu fing sie an zu weinen, was in Emma das Mitgefühl nur noch verstärkte.

***

Alex fragte sich, wann das Video von dem armen Mädchen endlich zu Ende sein würde. Wie bei Anna war es über die eigenen Accounts des Opfers hochgeladen worden. Der einzige Vorteil daran war, dass man sofort einen Namen hatte. Das Profil von CeciLo hatte sich dank der IT-Kollegen, die dieses Mal mit im Raum waren, schnell als das von Cecilia Lopez herausgestellt. Sie war im gleichen Alter wie Anna. Eine Verbindung hatten sie allerdings noch nicht ausmachen können. Ihre Profile waren nicht miteinander verknüpft, auch sonst gab es keine offensichtliche Verbindung der beiden.

Cecilia war im Video mehrmals dazu aufgefordert worden, aus dem Eimer zu trinken, tat es aber nicht. Der Täter schien dabei die Ruhe wegzuhaben. Zumindest spielte er ihr das vor. Durch den Stimmenverzerrer war es nicht so leicht herauszuhören, ob es Veränderungen in seiner Gefühlslage gab, ob er vielleicht ungeduldig wurde oder Ähnliches. Umgebungsgeräusche waren keine zu hören. Vermutlich befand sie sich in einem abgeschiedenen Kellerraum, ähnlich wie im Fall von Stefan Bauer, der letztes Jahr in der ehemaligen Psychiatrie Eckardtsheim, einem bekannten Lost Place, seine Opfer gefoltert und ermordet hatte. Und dem um ein Haar seine Partnerin zum Opfer gefallen wäre. Daran wollte Alex jetzt nicht denken und zwang sich, dem Video auf der Leinwand weiter zu folgen.

Im Gegensatz zum Täter war Alex auf jeden Fall aufgebracht, und wie so oft in solchen Situationen machte sich das sonst kaum wahrnehmbare Fiepen seines Tinnitus bemerkbar. Es hinderte ihn zwar nicht daran, die Geräusche herauszufiltern, dennoch nervte es ihn und ließ ihn unkonzentriert werden, wenn er es nicht irgendwie schaffte, es zu ignorieren. Auch alle anderen Geräusche im Raum, und wenn es nur eine leichte Bewegung oder ein gelegentliches Räuspern war, musste er ausblenden.

»Wenn du nicht trinkst«, sagte die verzerrte Stimme, »bringe ich dich gleich hier um.«

Es war genau wie bei Anna. Sie wussten, dass er sie töten würde, und konnten es lediglich hinauszögern, wenn sie taten, was er von ihnen verlangte. Ein perverses Spiel.

»Los«, schrie die verzerrte Stimme nun. Anscheinend war er doch nicht so geduldig, wie Alex gedacht hatte.

Cecilia zuckte zusammen. Vorsichtig ging sie in die Hocke und tastete mit ausgestreckten Armen im Halbkreis um sich, bis sie tief genug war, um mit dem rechten Arm gegen den Blecheimer zu stoßen. Sie erschrak, dann wandte sie sich ihm zu und umfasste ihn mit beiden Händen. Der Täter musste ihre gefesselten Hände mit einkalkuliert haben. Wäre der Umfang des Eimers nur ein paar Zentimeter größer, hätte sie ihn nicht umfassen können.

Sie hob ihn an, und er schien schwerer zu sein, als sie gedacht hatte. Alex hoffte, dass sie nicht dazu gezwungen wurde, Urin zu trinken. Katzenpisse stank ziemlich heftig. Daran konnte er sich noch erinnern. Alex war gerade acht Jahre alt gewesen, als er seinen Kater Timmy, damals noch ein kleines Kätzchen, bekommen hatte, das ihm anfangs manchmal ins Bett gepinkelt hatte. Der Gestank war unerträglich gewesen.

Mit dem Eimer in der Hand stand Cecilia unbeholfen wieder auf. Sie blickte in die Richtung, aus der sie die Stimme des Täters vermutete. »Was ist da drin?«

»Wenn ich dir das verrate, macht das Spiel doch keinen Spaß mehr.«

Was sollte das für ein krankes Spiel sein?

»Ich hab das Video gesehen, das du gefilmt hast. Du solltest die Regeln doch am besten kennen.«

»Bitte, es tut mir leid. Okay? Ich wollte das nicht.«

»Wer wollte es dann?«

»Mel. Melina.«

Alex hob verwundert die Brauen. Jetzt hatten sie also nicht nur ihre Verbindung zu Anna, sondern auch zu Melina.

»Sie war es. Sie hat diese kranken Ideen gehabt.«

Ein eindeutiges Indiz dafür, dass Melina nicht mehr als Täterin infrage kam, war das trotzdem nicht. Immerhin konnte es gut sein, dass Melina nur maskiert auftrat, dazu der Stimmenverzerrer und vermutlich wieder dieser Overall aus den ersten Videos, der Alex an Michael Myers aus den *Halloween*-Filmen erinnerte.

»Klar. Es waren immer die anderen. Und ihr habt einfach nur mitgemacht, total unschuldig und so.«

Dieser Wortlaut klang nun wirklich eher nach Melina als nach der üblichen Sprechweise des Täters. Es konnte auch nur eine Masche sein, um die Polizei zu verwirren. Sie mussten davon ausgehen, dass der Täter seine Opfer lang genug beobachtet hatte, um ihre Art zu sprechen gut imitieren zu können. Womöglich kannte er sie sogar persönlich. Und sie hatten keine Ahnung, mit wem sie es zu tun hatten.

»Bitte, ich will das nicht trinken.«

»Okay. Stell es ab und komm her, damit ich dich aufschlitzen kann.«

»Nein«, schrie sie. »Ich mach's ja.« Flüsternd wiederholte sie den letzten Satz mehrere Male und hob dabei den Eimer immer weiter an, bis der Rand schließlich an ihre Unterlippe stieß. Sie kniff die Augen zusammen und kippte den Eimer hastig hoch. Dunkle Flüssigkeit lief ihre Wangen hinab. Sie würgte bereits beim zweiten Schluck, zwang sich dann aber, weiter zu trinken, und hob den Eimer höher. Vermutlich hoffte sie, dass dadurch das meiste von dem, was auch immer sie da trinken sollte, auf ihren Körper und den Boden lief – überall hin, nur nicht ihren Hals hinab.

Das tat sie, bis sie etwas im Gesicht traf, das aus dem Eimer gerutscht war. Würgend und hustend ließ sie den Eimer fallen, der mit einem lauten Scheppern auf dem Boden aufschlug. Dort lag nun etwas, das von der Flüssigkeit durchtränkt war, und in dem Alex eine tote Katze erkannte. Demnach musste die Flüssigkeit Blut gewesen sein.

Ihm wurde schlecht. Und er dachte an seinen Kater Timmy, den man damals so ähnlich zugerichtet am Straßenrand gefunden hatte. Dann sah er, dass es sich nicht um ein echtes Tier handelte. Es war eine Plüschkatze, eine aus dem Film *Aristocats*. Die großen Kulleraugen allein hätten es gleich verraten sollen. Doch Cecilia konnte das in ihrem Zustand natürlich nicht wahrnehmen.

»Was war das?«, hustete sie nun mehr, als dass sie es aussprach.

»Etwas, das du seit ein paar Tagen vermisst«, sagte die verzerrte Stimme, und dieses Mal war Alex sicher, dass ein freudiger Unterton in ihr zu hören war. »Oder besser gesagt, jemand.«

Cecilias Augen weiten sich. Instinktiv hob sie ihre gefesselten Hände vor den Mund und schrie. Es war kein langer Schrei, einen Augenblick später brach er durch einen Schwall dunkler Kotze ab.

»Jerry?«, fragte sie dann und sackte auf die Knie, nach dem Stofftier tastend. In dem Moment, in dem sie es berührte, zuckte sie zusammen und stieß hinten gegen die Wand. Sie weinte bitterlich und wiederholte immer wieder den Namen des Katers. Sie krümmte sich und vergrub ihr Gesicht in die Hände, die mit dem Blut und ihrer eigenen Kotze beschmiert waren.

»Ich schätze, du hast gewonnen«, sagte die Stimme. »Du hast erkannt, was wir dir untergejubelt haben. Es war keine überfahrene Ratte wie in deinem Video, aber ich denke, es kommt dem schon sehr nahe, oder?«

Er hatte ihr weismachen wollen, dass er ihren Kater getötet hatte. Anscheinend hatte er ihn zuvor entführt, nur um diese Nummer zu inszenieren. Getötet hatte er ihn vielleicht nicht. Vielleicht war er ja zumindest tierlieb. Wie einer dieser James-Bond-Bösewichte.

Mit dem Rücken trat die Gestalt vor die Kamera und trug, wie von Alex vermutet, wieder den gleichen dunklen Overall. In der rechten Hand hielt sie eine Spraydose, die sie schüttele. Das Klacken der Kugel klang laut aus den Lautsprechern. Der Deckel ploppte auf und fiel geräuschvoll zu Boden. Cecilia versuchte, weiter nach hinten auszuweichen, aber dann hätte sie durch die Wand flüchten müssen. Es war reine Panik, die sie dazu antrieb. Die Gestalt ging in die Hocke, um auf Cecilias Höhe die Buchstaben zu sprühen. Die ersten wurden sichtbar, links von Cecilia. »Zum Ko«. Mehr konnte man nicht erkennen.

Als der Täter fertig war, erhob er sich wieder, ging ein paar Schritte zurück, um sein Werk zu betrachten, und versperrte dadurch nicht nur die Sicht auf Cecilia, sondern auch auf die Buchstaben.

»Das können wir so stehen lassen.« Er ging aus dem Bild und ließ es auf die Betrachter wirken. »Zum Kotzen« stand an der blanken

Betonwand geschrieben, wobei nur das O auf Cecilia gesprüht worden war, die wieder an der Wand gelehnt dasaß und weinte.

»Na, war das nicht lustig?«, fragte die Stimme, und genau wie beim Video von Anna huschte das Gesicht ins Bild. Er trug wieder eine Maske. Das darauf abgelichtete Gesicht konnte Alex erst sehen, als der Täter die Nachtsichtbrille hochschob. Das Bild mit den ausgeschnittenen schwarzen Löchern wirkte gespenstisch. Durch den Nachtsichtmodus der Kamera wurden zudem nur die Pupillen reflektiert, die silbern schimmerten. Wie bei einem Tiefseefisch.

Die Maske zeigte ein Bild von Cecilia, auf dem sie mit offenem Mund lachte. Wieder hatte der Täter es mit Clownsschminke verunstaltet – noch mehr als bei Anna. Es sah aus, als hätte der Joker zu lange im Regen gestanden. Die Schminke war komplett zerlaufen.

»Oder was meint ihr?«

Kurz darauf fror das Bild ein.

Gestern erst hatte Staatsanwältin Aufderheide ein kleines Team dafür abstellen lassen, auf Social-Media-Plattformen nach derartigen Videos Ausschau zu halten. Nun schaltete sie den Beamer aus und ihr war anzusehen, dass sie dieses Video vorher noch nicht gesichtet hatte. Genau wie Emma, Chef Krüger, die Kollegen Paul Klose und Sabrina Möller sowie der noch junge Profiler Pilgrim, der erst heute Früh aus Münster angereist war und den Emma und Alex beim Fall Stefan Bauer kennengelernt hatten. Ein zuverlässiger Spezialist, noch dazu seinem Alter weit voraus.

»Die Verbindung zu Melina Wagner könnte uns einen wichtigen Schritt voranbringen«, sagte Emma.

»Sofern es sich um Wagner handelt«, gab Möller zu bedenken.

»Das ist naheliegend«, schaltete sich Pilgrim ein, während er beiläufig mit dem Kugelschreiber in der rechten Hand spielte. »Sie sind gleich alt, verkehren in denselben Kreisen und haben beide unseriöse Videos auf ihren Accounts veröffentlicht. Es würde mich nicht wundern, wenn sie auf dieselbe Schule gegangen sind.«

»Nach diesem Video ist es doch offensichtlich«, sagte Emma, »dass es sich um jemanden handelt, der sich für etwas rächt, was diese beiden Frauen – vermutlich zusammen mit Melina – ihm oder ihr angetan haben.«

»Sie meinen Mobbing?«, fragte Aufderheide.

»Könnte sein«, antwortete Emma.

»Offensichtlich standen die drei miteinander in Verbindung«, sagte Pilgrim. »Melina Wagner wird als Annas Schatten bezeichnet und jemand, der ihr nicht von der Seite weicht. Glaubt man dem, was Cecilia Lopez gesagt hat, ist Melina alles andere als Annas Schatten.«

»Sie zieht in Wahrheit die Strippen«, sagte Emma.

»Was sie auch zur Zielscheibe macht«, sagte Alex.

»Oder zum Täter«, warf Pilgrim ein.

So viele Richtungen, in die ermittelt werden muss, dachte Alex. Aber mit welcher Man-Power? Sie waren chronisch unterbesetzt. So wie es inzwischen in jeder anderen Stadt war.

»Sehen Sie es mal so«, fuhr Pilgrim fort. »Wir haben hier eine junge Frau, die jahrelang nur der Schatten einer anderen war. Einer Person, die sie selbst gerne wäre. Eine echte Persönlichkeit. Dabei geht es nicht um Beliebtheit oder gute Noten. Es ist der Status, dem sie nachjagt. Melina Wagners Eltern sind seit Jahren pleite. Sie hat drei Jobs, um den Schein zu wahren, natürlich einzig und allein für sich selbst. Alle anderen wissen um ihre Lebensumstände. So was spricht sich schnell rum, denn so viele Wohlhabende wie die Nowaks, oder wie die Wagners es einmal waren, gibt es hier nun auch nicht. Und wenn Melina insgeheim glaubt, dass sie aus ihrer reellen Situation niemals herauskommen, dass ihr niemand eine zweite Chance geben wird, dann kann es gut sein, dass sie über die Jahre Hass auf alles entwickelt hat, was sie sich so sehr wünscht und von dem sie weiß, dass sie es nie bekommen wird. Andere hingegen schon. Ohne etwas dafür tun zu müssen.«

»Anna und Cecilia«, sagte Emma. »Dann könnte es sein, dass sie es auf wohlhabende junge Frauen abgesehen hat?«

»Richtig«, bestätigte Pilgrim. »Andererseits, wenn der Täter lediglich eines ihrer Opfer ist und ein Angehöriger, könnte es danach jeden treffen.«

»Und wenn es Melina Wagner ist«, sagte Polizeihauptkommissar Krüger, »könnte Cecilia ihr letztes Opfer gewesen sein.«

»Sofern es nicht noch mehr von ihrer Sorte gibt«, sagte Alex. »Melina könnte sich an jedem rächen wollen, der über sie gelacht oder sie anders behandelt hat, seit sie kein Geld mehr hat.«

»Das sind ganz schön viele Möglichkeiten«, sagte Aufderheide. »In jedem Fall werde ich veranlassen, Melina Wagner rund um die Uhr zu beobachten.«

»Warum bringen wir sie nicht an einen sicheren Ort?«, warf Kollege Klose ein.

»Weil wir dann den Täter vielleicht nie zu fassen bekommen«, merkte Sabrina Möller an.

»Aber«, sagte Emma, »wenn sie der Täter ist, verhindern wir den nächsten Mord.«

»Beides ist durchaus realistisch. Aber das macht es nicht leichter«, bestätigte Pilgrim. »Ich bin wahrlich kein Freund davon, potenzielle Opfer als Lockvögel zu instrumentalisieren. Doch bleibt uns vorerst keine andere Möglichkeit. Wenn wir sie nur beschatten, so, dass sie es auch mitbekommt, und dann kein weiterer Mord geschieht, können wir in die Richtung weiter ermitteln, die sie als Täterin ins Visier nimmt.«

»Wenn wir damit falsch liegen«, gab Emma zu bedenken, »Könnte der wahre Täter dahinterkommen, dass sie vielleicht etwas ausgeplaudert hat oder wir ihm auf der Spur sind. Das kann dazu führen, dass er entweder unbedacht handelt und Melina tötet, sobald er die Gelegenheit dazu bekommt, oder er taucht unter und wartet ab, bis etwas Ruhe eingekehrt ist und er wieder zuschlagen kann.«

»Dieses Risiko sollten wir eingehen«, sagte Krüger.

»Ich werde alles Notwendige veranlassen«, sagte Aufderheide. »Verfolgen wir dennoch die Theorie von der Rache eines Mobbing-Opfers«, lenkte Aufderheide die Diskussion in eine andere Richtung. »Welche Orte wären dafür prädestiniert? Die Schule, der Sportverein, die Fachhochschule? Was noch? Jemand eine Idee?«

»Ich denke, das können wir vorerst noch etwas eingrenzen«, sagte Pilgrim. »Mobbing-Fälle im Sportverein kommen erfahrungsgemäß schnell ans Licht, und auch wenn Mobbing bereits an den

Grundschulen angekommen ist, besagen Untersuchungen, dass es auf weiterführenden Schulen tiefere Einschnitte in die Psyche der Opfer hinterlässt. Vor allem im Zeitraum der Pubertät, da in dieser Zeit die meisten Jugendlichen ohnehin mit Selbstzweifeln zu kämpfen haben. Kommt dann noch Mobbing hinzu, kann das den Grund für derartige Taten liefern, wie wir sie seit gestern sehen.«

»Gut«, sagte Aufderheide. »Klose und Möller, Sie kümmern sich um die Schule und Fachhochschule. Teilen Sie sich auf. Wenn wir Glück haben, finden wir dort sogar Informationen zu unserem Täter. Bajetzky und Kuper, Sie werden Melina Wagner noch einmal befragen und in diesem Tennis-Klub vorbeischauen.«

»Können wir Wagner denn heute schon wieder befragen?«, gab Alex zu bedenken.

»Der psychologische Dienst sieht keinen Grund, der dagegen spricht. Frau Wagner hat sich gestern sogar relativ schnell wieder erholt und konnte sogar weiterarbeiten.«

Emma nickte. »In Ordnung.«

»Wir checken dann gleich das Video«, sagte Schwarz. »Vielleicht haben wir dieses Mal Glück mit den Metadaten oder können anhand des Bildmaterials herauslesen, wo das Video aufgenommen wurde. Leider haben wir bei der ersten Betrachtung keine Anhaltspunkte erhalten wie beim ersten Video. Sie?« Er sah in die Runde, alle schüttelten nur den Kopf.

Alex war auch nichts Besonderes aufgefallen. »Könnte der oder die Täter eine Verbindung zu den Orten haben?«, fragte er.

»Das liegt nahe«, sagte Pilgrim, »wenn wir davon ausgehen, dass es sich um Rache handelt. Um das aber sicher sagen zu können, wissen wir zu wenig.«

»Wir können nur darauf hoffen«, fügte Neumann hinzu, »dass er einen Fehler begangen hat, der uns beim erstmaligen Sichten nicht aufgefallen ist.«

»Das glaube ich nicht«, sagte Profiler Pilgrim. »Nicht zum jetzigen Zeitpunkt. Die ersten Videos gingen gestern online, heute hat er bereits das nächste Opfer, und bis er das Video von ihrem Tod online stellt, wird es nicht mehr lange dauern.«

»Glauben Sie«, fragte Krüger, »dass es dazu kommen wird?«

»Wenn ich ehrlich bin, rechne ich jeden Moment damit. Er scheint im Vorfeld alles minutiös geplant zu haben. Andernfalls wäre es kaum möglich, innerhalb von zwei Tagen zwei junge Frauen zu entführen, Videos zu drehen, die möglicherweise an frühere Taten erinnern, und sie dann an einem anderen Ort umzubringen und das alles in ein und derselben Nacht. Sollte Melina Wagner sein nächstes Opfer sein, gibt es danach immer noch zwei Möglichkeiten: Entweder hat er weitere Morde geplant oder es passiert etwas, das man häufig bei Serienmördern beobachten kann, die die Öffentlichkeit in ihre Taten mit einbeziehen.«

»Und das wäre?«, fragte Sabrina Möller.

»Er erhält Zuspruch. Ich meine, sehen Sie sich die Kommentare mal an.« Er hielt sein Smartphone hoch. Alex konnte sehen, dass er das Video auf Cecilias Profil geöffnet hatte. »Mehr als doppelt so viele Likes und Shares wie beim ersten Video. Kommentare wie ›Das hat sie verdient‹ oder ›Ich wünschte, jemand würde so was auch für mich tun‹ häufen sich und sind jetzt schon zahlreicher als bei Anna Nowak, und das obwohl sie nicht einmal halb so viele Follower hat.«

»Sie meinen«, begann Alex, »er könnte so etwas wie ein Rächer für die Allgemeinheit werden? Eine Art Batman für Mobbingopfer?«

»Wenn Sie es so nennen wollen«, sagte Pilgrim, der immer noch das Handy in der Hand hielt, das gerade mit einem lauten Ton einen neuen Upload meldete. »Oh.«

Alex ahnte sofort, was das zu bedeuten hatte: Gerade wurde das Video von Cecilias Mord hochgeladen.

»Wenn wir Glück haben, können wir die Spur noch zurückverfolgen«, sagte Schwarz. Die beiden IT-Kollegen Schwarz und Neumann sprangen auf und verließen beinahe fluchtartig den Raum.

»Ich verbinde mich mit dem Beamer«, sagte Pilgrim, noch bevor die Tür hinter den ITlern ins Schloss gefallen war.

Krüger sprang ebenfalls auf. »Ich beordere umgehend Schutz für Melina Wagner. Oder wie auch immer wir das jetzt bezeichnen wollen.«

»Tun Sie das«, sagte Aufderheide.

Krüger eilte hinaus.

Dann startete das Video auf der Leinwand.

***

Cecilia stand auf einem Melkschemel, mit den aufgeschnittenen Taperesten an den Handgelenken, und hatte große Mühe damit, das Gleichgewicht zu halten. Sie schützte ihren Intimbereich, auch wenn bereits eine Schlinge um ihren Hals lag. Emma konnte das gut nachvollziehen. Immerhin sollte Cecilia im Moment der Aufnahme bereits wissen, dass sie sterben würde, und wollte dabei nicht auch den letzten Rest Würde verlieren.

»Es war alles Melinas Idee«, wimmerte Cecilia. »Bitte glaub mir. Ich hatte nichts damit zu tun.«

Wenn sie weiter so herumzappelte, wäre es überflüssig, die Seilwinde zu betätigen. Sie würde sich selbst strangulieren und tot sein, bevor sie oben neben Anna hängen würde, die aufgrund des Spotlights, das auf Cecilia gerichtet war, nicht gänzlich zu sehen war. Doch der Halbkreis des Lichtkegels reichte aus, um ihre rechte Körperhälfte und die milchigen Augen sehen zu können. Ihr Kopf war durch die Schlinge seltsam geneigt, und es schien, als hätte sich ihr Hals um ein paar Zentimeter verlängert. Sie sah auf Cecilia herab und irgendwie durch sie hindurch.

Wieder einmal überkam Emma der Drang, ins Bild zu springen und Cecilia zu retten. Doch dann wurde ihr klar, dass es dafür längst zu spät war. Das Video war eine Aufzeichnung, und Cecilia baumelte jetzt bereits neben Anna.

Die Seilwinde setzte sich in Bewegung, und Cecilias Hände schossen hoch an ihren Hals. Jetzt war ihr Würde völlig egal. Ein natürlicher Reflex, der aber nichts bewirkte. Und obwohl Emma klar war, dass die junge Frau längst tot war, spürte sie gemeinsam mit Cecilia, wie das Leben aus ihr wich.

Profiler Pilgrim unterbrach die Verbindung zum Beamer, als das Standbild mit einer toten Cecilia neben Anna das Video beendete.

Emma wandte ihren Blick ab. Das würde sich zu den anderen Erinnerungen in ihr Gedächtnis brennen, die sie nie wieder loswerden würde. Dass Anna immer noch an dem Balken hing, erschwerte ihre Ermittlungen nicht nur ungemein, da sie keine Leiche hatten, die sie untersuchen konnten, es war auch an Perversion kaum noch zu überbieten. Die Echtheit der Videos würde sicher niemand mehr infrage stellen.

»Der Täter weiß, was er tut«, sagte Pilgrim. »Die Videos sind kein Vergleich zu jenen, die in der Regel schnell wieder von den Plattformen gelöscht werden.«

»Was meinen Sie damit?«, wollte Aufderheide wissen.

»Üblicherweise sind Selbstverstümmelungsvideos, Aufnahmen von Folter, Enthauptungen …«

»Ich denke«, unterbrach ihn Aufderheide, »das Bild ist klar.«

»Ja, entschuldigen Sie«, sagte Pilgrim. »Es sieht aus wie ein gut gemachter Film. Das Licht ist gut gesetzt, die Kamerawinkel erscheinen passend zu den Locations inszeniert. Selbst der Sturz der Kamera aus dem ersten Video wirkt, als wäre alles genauso geplant gewesen. Vielleicht war es das sogar, damit der Eindruck entsteht, dass es sich nicht um echte Aufnahmen handelt. Sie sollen wirken wie Kurzfilme, die aufzeigen, was mit Mobbern passieren könnte oder sollte. Wenn man die Kommentare der Viewer mit einbezieht, scheinen die meisten das ja auch so zu sehen. Und wenn die Plattformbetreiber glauben, das sind fiktive, nachgestellte Geschichten, entfernen sie die Videos nicht, sondern versehen sie mit einer Trigger-Warnung oder setzen eine entsprechende Altersfreigabe fest.«

»Dazu verbreiten sie sich rasend schnell«, sagte Aufderheide.

»Stimmt. Bisher haben es schon über hundert Nutzer gespeichert, Tausende angeklickt und mehrere hundert kommentiert«, sagte Pilgrim mit Blick auf sein Handy. »Das geht alles so rasend schnell.«

»Unser Täter hat sich wohl dem Zeitgeist angepasst«, sagte Emma. »Je mehr ich davon sehe und die kurze Zeit berücksichtige, zweifle ich immer mehr daran, dass das eine Person allein bewerkstelligen kann.«

»Vermutlich nicht«, bestätigte Pilgrim.

Kapitel 16

MELINA machte keine schlechte Figur auf dem Tennisplatz, das war unbestritten, doch Emma fand es schon dreist, dass sie immer noch mitten im Spiel war, obwohl sie sich bei ihr telefonisch angekündigt hatte. Nun saß sie neben Alex auf einer der Bänke am Rand und sah dem Treiben zu. Melinas Trainer war eine Labertasche vor dem Herrn und redete sogar ununterbrochen weiter, wenn er dem Ball nachjagte. Er sprach von irgendeinem Match, irgendeiner Taktik, verschiedenen Techniken. Alex sah und hörte anscheinend begeistert zu.

»Dass du dich für Tennis begeisterst, hätte ich nicht gedacht«, flüsterte sie ihm zu.

»Tu ich nicht. Ich bin nur froh, kurz sitzen zu können und nichts tun oder denken zu müssen.«

»Bist du etwa müde?«, fragte Emma scherzhaft.

»Kommt schon mal vor«, antwortete Alex ernst.

Emma wollte gerade irgendwas Einfühlsames sagen, als Melina rief: »Ich bin sofort …«, sie unterbrach sich für einen Schmetterball, »… bei Ihnen.« Der Trainer gab den Angriff gekonnt zurück und brachte Melina um ihren Punkt.

»Fuck«, schrie sie, und Emma verstand nun, warum sie immer noch spielte. Es war ihr Ventil. Entweder weil sie wütend darüber war, dass man ihr auf die Schliche gekommen war, oder sie tat es, um mit der ganzen Sache fertig zu werden. Gestern erst hatte sie vom Tod ihrer besten Freundin erfahren, und dann war heute ein weiteres Video erschienen, von dem sie sicherlich bereits wusste. Der Umstand, dass sie von der Polizei beobachtet wurde, war ihr dadurch hoffentlich entgangen.

»Reicht für heute«, sagte der Trainer, der im Gegensatz zu Melina aussah, als hätte er sich gerade erst warm gemacht. »Gut gespielt.«

»Ja, ja«, sagte Melina, zog ihr Cap zurecht und ging zu Emma und Alex, die sich beinahe simultan erhoben. Neben der Bank befand sich

Melinas Sporttasche, in die sie den Schläger pfefferte. »Entschuldigen Sie bitte«, sagte sie, ohne die beiden anzusehen. Sie klaubte sich eine Flasche heraus und schraubte sie auf. »Das gehört sich nicht.« Sie nahm ein paar kräftige Schlucke.

»Ist schon okay«, sagte Alex. »Ich kann's nachempfinden.«

»Spielen Sie auch Tennis?«

»Nein. Aber ich mach Kampfsport. Mixed Martial Arts. Da spielt man sich auch den Ball zu.«

»Das ist nichts für mich«, sagte Melina. »Ich kann kein Blut sehen.«

Einen derartigen Kampf würde Emma sich auch niemals ansehen. Im Gegensatz zu Melina wusste sie aber, dass Alex keine Turniere mehr bestritt und nur noch das Training mitmachte. »Ihre Filme sprechen eine andere Sprache«, sagte sie nun.

»Das ist kein echtes Blut.«

»Haben Sie das Video von Cecilia Lopez gesehen?«, lenkte Emma die Unterhaltung aufs Wesentliche.

»Reden wir doch im Café weiter«, sagte Melina und ging auf die große Terrasse zu, die an die Tennisplätze grenzte und von der aus man einen guten Blick über das gesamte Areal hatte.

Melina stellte ihre Tasche an einem freien Tisch im Schatten unter einem großen Sonnensegel ab und ließ sich erschöpft in einen der vier Sessel nieder. Emma und Alex setzten sich zu ihr.

»Ich weiß schon, warum Sie wieder hier sind«, sagte sie und warf einen Blick in die Eis-Karte, dessen Hochglanzbilder Emma dazu verleiteten, jedes einmal probieren zu wollen. »Ceci hat mich im Video erwähnt.«

Sie nannte sie bei ihrem Spitznamen, sie mussten sich also gut gekannt haben. Dennoch schien sie nicht besonders geschockt zu sein. Eine ganz andere Reaktion als noch bei Anna Nowak.

»Woher kennen Sie sie?«, fragte Alex.

»Wir sind zusammen zur Schule gegangen.« Sie klappte die Karte zu und hielt sie Emma hin, die dankend ablehnte. Alex ebenso. Sie ließ sie auf den Tisch fallen, lehnte sich über die rechte Schulter nach hinten und rief zum Tresen im Inneren. »Wir würden gerne was bestellen.«

Eine betuchte ältere Frau zwei Tische weiter sah pikiert von ihrer Zeitung auf, bevor sie umblätterte und ihre Augen wieder den neuen Schlagzeilen widmete. Emma wollte gerade die nächste Frage stellen, als ein junger Kellner an den Tisch trat. »Tut mir leid, dass Sie warten mussten.«

»Ich bekomme einen Kaffee«, sagte Melina. »Und was immer die beiden wollen.«

Die beiden wollten nichts.

»Waren Sie befreundet?«, fuhr Emma die Befragung fort.

»Da Sie in der Vergangenheit von ihr reden, nehme ich an, dass ihre Videos auch echt sind.«

»Davon ist auszugehen«, sagte Alex. »Tut uns leid.«

»Auch wenn es mich verdächtig erscheinen lässt, aber um Ceci trauere ich nicht.«

»Warum nicht?«, hakte Emma nach.

»Weil sie eine verräterische Bitch war.«

»Weil sie Sie im Video erwähnt hat?«, fragte Emma.

»Nein.«

»Warum dann?«, hakte Emma nach.

»In der Schule waren wir unzertrennlich. Bis zur zehnten Klasse. Dann hat sie sich von uns abgekapselt.«

»Einfach so?«, fragte Alex.

»Einfach so nenne ich sie bestimmt keine verräterische Bitch. Sie hatte sich plötzlich dazu entschieden, dass sie uns überlegen sei. Hat sich neue Freunde gesucht, bei denen sie sein konnte, wer sie sein wollte, und sich nicht verstellen musste.«

»Wie wollte sie denn sein?«, bohrte Alex nach.

»Anders als Anna und ich. Wir drei waren früher nicht gerade nett zu den meisten. Vor allem, wenn sie nicht aus unseren Kreisen stammten.«

»Sie haben also das verkörpert, was von reichen Menschen erwartet wird«, stellte Alex fest.

Emma sah ihn an, um ihm zu signalisieren, nicht weiter auszuteilen. Er nickte ihr kaum merklich zu und lehnte sich zurück. Er wusste, dass

Emma das nicht böse meinte. Manchmal brach der Punk in ihm einfach durch und dann war es an ihr, ihn zu bremsen.

»Wenn Sie das sagen«, entgegnete Melina.

»Heute gehören Sie aber auch nicht mehr dazu, wahren aber weiter den Schein«, sagte Emma und goss mit voller Absicht Öl ins Feuer. Sie glaubte, dass sie Melina dadurch aus der Reserve locken konnte. Offenbar war sie heute in etwas ungehaltener Stimmung und hatte sich nicht so gut unter Kontrolle. Eine gute Ausgangslage für ein Verhör.

»Schon traurig, oder?«, sagte Melina nun, allerdings mit einer derartigen Ruhe, mit der Emma nicht gerechnet hatte. »Die ganzen Jahre habe ich mir dieses Image aufgebaut, und nun muss ich seit vier Jahren krampfhaft versuchen, es zu wahren. Was glauben Sie, warum ich drei Jobs habe?«

»Schon mal drüber nachgedacht«, begann Alex, »sich unters normale Volk zu mischen?«

»Da haben wir zu viel verbrannte Erde hinterlassen.«

»Bereuen Sie das?«, fragte Emma.

»Ich bereue, dass wir pleite sind.«

»Ihre Eltern auch?«

»Die haben sich mit ihrem Schicksal abgefunden. Zumindest tun sie so, als hätten sie das. Ich glaube, sie reden sich ein, dass es ihnen so besser geht. Der ganze Druck ist weg und so weiter.«

»Sie glauben ihnen nicht?«, wollte Emma wissen.

»Ich kann mir nicht vorstellen, dass sie damit zufrieden sind.« Sie sah Emma direkt an und senkte ihre Stimme. »Sie haben doch gesehen, wo und wie wir leben.«

Eigentlich gar nicht so schlecht, dachte Emma, und trotzdem klangen Melinas Worte, als hätte sie sie hochgewürgt.

»Wann hatten sie das letzte Mal Kontakt zu Cecilia?«, fragte Emma.

Melina schnaubte verächtlich und wartete, bis der Kellner den Kaffee vor ihr abgestellt hatte. Zu einem »Danke« ließ sie sich nicht hinreißen, obwohl der junge Mann wirklich nett war. Emma war versucht, sich in ihrem Namen zu bedanken, tat es aber nicht.

»Ich bin da ziemlich straight«, sagte Melina nun, als sie wieder allein waren. »Als sie uns mitgeteilt hat, dass sie mit uns nichts mehr zu tun haben will, habe ich sie nur noch wie Luft behandelt. Wenn ich ehrlich sein soll, war sie für mich nicht einmal mehr das.«

»Das ist ein ziemlich harter Schnitt«, sagte Emma. »Haben Sie nicht versucht, darüber zu reden?«

»Warum? Sie war doch sehr klar.«

»Was hat sie denn gesagt, das so eindeutig war?«, fragte Alex.

»Das weiß ich nicht mehr.«

»Etwas, das so aussagekräftig war und keinen Raum für Diskussionen bot, ist Ihnen nicht mehr in Erinnerung?« Es war offensichtlich, dass Alex ihr kein Wort glaubte.

Sie sah ihn an, ziemlich sauer, wie Emma fand. »Ich habe damit abgeschlossen.«

»Hat Anna das auch?«, fragte er.

»Sie hat sich schwerer damit getan. Ich musste sie immer wieder daran erinnern, was für ein Miststück Ceci war, bevor Anna sich endlich von ihr lösen konnte.«

Offenbar verband Anna Nowak und Cecilia Lopez eine engere Freundschaft. War Melina vielleicht immer das fünfte Rad am Wagen gewesen, und hatte Cecilia sich eigentlich nur von Melina lossagen wollen? Könnte es sein, dass Cecilia versucht hatte, weiter mit Anna befreundet zu sein?

Könnte und hätte brachte Emma nicht weiter, also hakte sie nach: »Wie haben Sie es geschafft, dass Anna sich von Cecilia gelöst hat?«

»Ich hab ihr einfach klargemacht, wie toxisch sie war.«

»Inwiefern?«

»Warum ist das so wichtig für Sie? Können Sie es nicht einfach so stehen lassen?«

»Das könnten wir«, sagte Emma. »Wenn da nicht der Verdacht naheläge, dass Sie das dritte Opfer werden könnten.« … *oder die Täterin sind.* Doch diesen Gedanken behielt Emma für sich.

Melina lachte bitter auf. »Kommen Sie schon … Aber ja, mich würde es nicht wundern, wenn die beiden bis zu ihrem Tod noch

Kontakt miteinander hatten und wer weiß was angestellt haben. Ich habe mit alldem nichts mehr zu tun.«

»Womit haben Sie nichts mehr zu tun?«

»Mit dieser ganzen Mobbing-Scheiße.« Melina trank einen großen Schluck. Emma glaubte, sie tat das, um sich selbst den Mund zu verbieten. Dass sie jemanden gemobbt haben, hatte sie vorher nie erwähnt.

»Das ist ein schweres Wort«, sagte Alex.

»War auch nicht so gemeint.«

»Gab es in Ihrer Schulzeit jemanden, dem Sie besonders haben spüren lassen, dass er oder sie nicht Ihrem Stand entspricht?«, fragte Emma.

»Nein.«

»Sind Sie sicher?«, hakte Alex nach.

»Ich bin mir sicher, dass mir hier etwas unterstellt wird, und ich frage mich, ob es besser wäre, einen Anwalt hinzuzuziehen.«

»Das tun normalerweise nur die, die sich schuldig fühlen«, sagte Emma.

»Ich habe nie gesagt, dass ich mich nicht schuldig wegen dem fühle, was früher passiert ist. Aber nicht so schuldig, wie Sie vielleicht denken.«

»Dann in die andere Richtung?«, fragte Alex. »Haben Sie Anna und Cecilia ermordet, weil Sie eifersüchtig auf ihre noch bestehende Freundschaft waren?«

Melina lachte auf. »Wenn Sie nur ein Fünkchen Ahnung vom Filmemachen hätten, dann hätten Sie sehen müssen, dass die Videos nicht meinem Stil entsprechen. Ich hätte das besser abgefilmt, selbst bei einer Realityshow.« Sie sah auf ihre Armbanduhr. »Danke für die angenehme Pause. Ich muss jetzt duschen und dann zur Arbeit.« Sie stand auf und nahm ihre Tasche. »Wenn Sie mich das nächste Mal verhören wollen, sagen Sie rechtzeitig Bescheid, damit ich meinen Anwalt informieren kann.« Damit stürmte sie in das Gebäude, ohne sich zu verabschieden.

»Irgendwas passt da nicht«, sinnierte Alex, als Melina außer Hörweite war.

»Entweder ist sie die Täterin oder das nächste Opfer«, sagte Emma. »Aber das dachten wir vorher schon.«

»Vielleicht ist sie nur zur Hälfte Täterin. Könnte doch sein, dass sie diejenige ist, die zuschaut oder den Killer mit Infos versorgt.«

»Selbst wenn sie bloß zuschaut, muss sie einen guten Grund dafür haben. Außerdem müsste sie die ganze Zeit vermummt oder maskiert auftreten. Sonst hätte Cecilia sie in dem Video direkt angesprochen und nicht in der dritten Person über sie geredet. Und Anna hätte sie auch erkannt.«

»Wenn Melina bisher angenommen hat, dass sie Annas einzige beste Freundin war – und sie sagte ja selbst, dass sie mehrfach auf Anna einwirken musste, bis sie von Cecilia abließ –, dann könnte es durchaus sein, dass bei ihr eine Sicherung durchgebrannt ist, als sie erfahren hat, dass Anna und Cecilia immer noch befreundet waren.«

»Aber warum dann diese Videos? Warum diese demütigenden Nummern?«

»Vielleicht haben sie derartige Videos von Melina gemacht?«

»Und wie passt das dann damit zusammen, dass Cecilia sagte, es wäre alles Melinas Idee gewesen?«

»Ich weiß auch nicht.«

Emmas Handy klingelte. Es war Schwarz aus der IT.

»Wir haben das Katzen-Video lokalisieren können.«

Schön, dass du mich dran erinnerst, dachte Emma. Ihr wurde beim Gedanken daran abermals schlecht, auch wenn sie wusste, dass es keine echte Katze gewesen war. Für Cecilia war sie echt gewesen.

»Es wurde im Keller des Adenauer Gymnasiums gedreht.«

»Gute Arbeit«, sagte Emma.

»Danken Sie nicht mir, sondern dem Hausmeister, der die Schmiererei und das Blut für den schlechten Scherz eines Schülers gehalten und uns deswegen informiert hat. Der Hausmeister weiß auch schon Bescheid, dass ihr kommt.«

Alex nickte zum Zeichen, dass er alles verstanden hatte.

»Danke«, sagte Emma.

»Kein Problem, Bajetzky.«

Emma stand auf und steckte das Handy zurück in die Gesäßtasche.

»Jetzt?«, fragte Alex.

»Es sei denn, du willst noch weiter das Ambiente hier genießen.«

»Ich sehe mich hier schon sitzen mit Gitarre und Mate-Tee.«

Emma lächelte und ging die Terrasse hinunter. Immerhin war er wieder zu Scherzen aufgelegt. Warum er eben so abweisend reagiert hatte, konnte Emma sich nicht erklären. Vielleicht hatte er private Probleme?

Auf dem Weg um das Gebäude herum zum Parkplatz bekam Emma eine Textnachricht, die ihre Gedanken wieder auf den Fall lenkte. Beim Adenauer Gymnasium handelte es sich nicht nur um einen Tatort. Es war auch die Schule, die Anna Nowak, Cecilia Lopez und Melina Wagner besucht hatten.

Kapitel 17

DAS Adenauer Gymnasium war in Bielefeld die elitäre Schule, auf die zukünftige Anwälte, Richter, Vorstandsmitglieder und alle diejenigen geschickt wurden, die Wert darauf legten, zu den höheren Kreisen zu gehören. Davon abgesehen hatte die Schule einen guten Ruf, und den wollte sie natürlich nicht beschmutzt wissen. Diese Anforderung nahm der Hausmeister sehr ernst. Zusammen mit der Konrektorin Vordersandfort hatte er die beiden Ermittler in Empfang genommen und unter bestürzenden Kommentaren in den Keller geleitet.

»Ich bin noch nicht lange hier«, sagte Konrektorin Vordersandfort auf die Frage zu den drei ehemaligen Schülerinnen. »Aber ich sehe gleich für Sie nach.«

Im besagten Kellerraum, nicht weit von der Treppe entfernt, hatten die Kollegen der Kriminaltechnik gerade ihre Koffer aufgeklappt und waren kurz davor, mit ihrer Arbeit zu beginnen.

»Dass ihr mal genauso schnell auflauft wie wir …« Kein Zweifel, dass es Kollege Meyer war, der sich hinter der Brille und dem Mundschutz verbarg. »Das ist für euch.« Er deutete auf zwei Ausführungen der kompletten Montur bestehend aus einem weißen Ganzkörperanzug, Mundschutz, Handschuhe und Überziehern für die Schuhe.

Emma war dankbar dafür, dass sie in einem kühlen Kellerraum einen Tatort inspizieren mussten und nicht im obersten Stockwerk, wo sich die Hitze sicher nur so staute. »Danke«, sagte sie.

»Bereit?«, fragte Meyer seine Kollegin.

Mit der Kamera schoss sie ein Foto und prüfte die Belichtung. »Wir können loslegen«, sagte sie in einem fröhlichen Singsang. Ihre Stimme klang sehr jung, und aufgrund der gegebenen Umstände musste sie entweder total abgebrüht sein, dass sie so gut gelaunt an die Sache heranging, oder sie war viel erfahrener, als Emma vermutete.

Zumindest kannte sie die Stimme nicht. Vielleicht eine neue Kollegin oder jemand aus dem Umkreis, der gerade zur Verfügung stand.

»Wer macht denn so was?«, hörte Emma Konrektorin Vordersandfort hinter sich fragen.

Emma zog den Reißverschluss des Ganzkörperanzugs hoch und wandte sich ihr zu. »Um das herauszufinden, sind wir hier.«

»Das hatte ich angenommen. Doch seit wann kommt bei einer derartigen Bagatelle die Kripo?«

Wusste sie wirklich nichts von dem Video, oder verdrängte sie, dass ihre Schule Drehort für so etwas gewesen war? Aufgrund der Geschwindigkeit, in der sich die Videos in den sozialen Medien verbreiteten, hatte Emma angenommen, dass sie inzwischen jeder gesehen haben musste, der, wie die Konrektorin, in ihrer Altersklasse oder jünger war. »Wir vermuten, dass diese Tat mit anderen in Verbindung steht.«

»Verstehe«, sagte sie und kam interessiert näher.

»Ich schätze, wir sind hier in zehn Minuten durch«, sagte Alex. »Wenn Sie in der Zwischenzeit die Unterlagen der drei jungen Frauen heraussuchen könnten, würde uns das sehr weiterhelfen.«

Vordersandfort stockte einen Moment, bevor sie diese nett formulierte Ausladung verstanden hatte. »Natürlich. Entschuldigen Sie mich bitte. Wenn Sie mich suchen, ich bin in meinem Büro.«

»Vielen Dank«, sagte Alex mit einem charmanten Lächeln, das Vordersandfort erwiderte, bevor sie ging.

Fertig angezogen betraten sie den kargen Raum.

»Vorsicht«, warnte sie Meyer und deutete vor ihnen auf den Boden. Emma musste ihren Betrachtungswinkel etwas ändern, um im schummrigen Deckenlicht das getrocknete Blut auf dem dunklen Betonboden zu erkennen. Schuhprofile und Abdrücke einzelner Zehen führten aus dem Raum und verloren sich im Flur.

Bis auf die Heizungsanlage neben der Tür gab es nichts in diesem Raum. Bei den Temperaturen war die Anlage ausgeschaltet und ihnen dadurch akustisch in dem Video nicht aufgefallen. Vor der Wand gegenüber der Tür standen die Buchstaben. Emma und Alex machten links und rechts einen großen Bogen um die Blutspuren.

Das Stofftier lag in einer Lache, so wie sie es im Video gesehen hatten. Der Geruch von Blut war intensiv und ließ Emmas Magen kurz verkrampfen.

»Zwei unterschiedliche Paar Schuhe«, kommentierte Meyer in sein Smartphone von der Hocke aus. »Interessant.«

»Die These von zwei Tätern ist damit wieder auf dem Tisch«, sagte Alex.

»Ich fürchte«, meldete sich der Hausmeister verlegen, »ein Paar ist von mir. Ich habe mich erst nur auf die Schmiererei konzentriert und dachte, das auf dem Boden wäre Farbe. Erst, als ich drin stand, zog mir dieser Gestank in die Nase, und da wusste ich erst, dass es was anderes ist.«

Verunreinigungen an einem Tatort, vor allem durch Zeugen, waren leider nichts Neues. Emma fühlte dennoch den Frust darüber aufsteigen.

»Storno der letzten Aufnahme«, sprach Meyer genervt in sein Smartphone und erhob sich wieder. »Vermutlich sind Teile der Abdrücke vom Hausmeister.« Meyer sah zu den Spuren in Richtung Tür. »Sind die auch von Ihnen?«

Mit den Händen in den Taschen zog der Hausmeister die Schultern hoch.

»Nina? Bist du so lieb, nimmst die Abdrücke von dem Herrn?«

»Klaro.« Sie gab ihm die Kamera, und Meyer übernahm ihre Aufgabe. »Kommen Sie«, sagte sie zum Hausmeister und nahm ihren Koffer mit, »wir machen das lieber im Flur.«

»Tut mir leid«, sagte er reumütig und folgte ihr.

Emma warf einen Blick in die linke Ecke. Dort lag die Spraydose. »Vermutlich werden wir darauf auch keine Fingerabdrücke finden.«

»Vermutlich nicht«, sagte Meyer. »Allerdings stehen die Chancen besser als im Freibad. Ich denke, dass abgesehen vom Hausmeister nur Täter und Opfer in diesem Raum waren. Und es sieht nicht danach aus, dass hier sauber gemacht worden ist, nachdem sie mit ihrem Kurzfilm fertig waren.«

»Aber wenn der Täter bisher noch nicht straffällig geworden und im System ist, helfen uns die Abdrücke auch nicht weiter«, sagte Emma.

»Zumindest könnten wir dann Leute ausschließen«, sagte Alex.

»Immerhin«, entgegnete Emma. »Und wir haben hier einen Ort, der Anna Nowak, Cecilia Lopez und Melina Wagner miteinander verbindet. Wenn es um Rache geht, ist der Täter oder die Täterin vielleicht auch hier zur Schule gegangen, und dann könnte das Freibad auch eine Verbindung gewesen sein. Vielleicht hat die Schule Schwimmkurse dort angeboten.«

»So weit weg von der Schule?«, fragte Alex.

»Wenn's nur da freie Kapazitäten gab, warum nicht?«

»Okay. Und wenn es sich um eine ehemalige Schülerin oder einen Schüler handelt, die beziehungsweise der von den beiden oder den dreien gemobbt wurde …«

»… dann sollten wir die Listen der Ehemaligen durchgehen.«

»Bei einer so großen Schule kostet uns das ein paar Tage, selbst mit Verstärkung. Wir wissen ja noch nicht mal, ob sie überhaupt mit dem potenziellen Täter auf einer Schule gewesen sind.« Er schüttelte den Kopf. »Das dauert alles zu lange. Es sind zwei Videos innerhalb von zwei Tagen aufgetaucht …«

Was er sagte, war richtig, und genau das war es, was Emma gerade so nervte. Es war einfach »Zum Kotzen«, so wie es an der Wand stand.

»Sollte eine Verbindung zwischen den dreien und einer ehemaligen Schülerin oder eines Schülers bestehen«, führte Emma weiter aus, »dann kann Melina eine Verbindung zu diesen und noch weiteren Orten herstellen. Und ich werde das Gefühl nicht los, dass sie über die Videos mehr weiß, als sie uns gesagt hat.«

»Oder zugeben würde«, bemerkte Alex. »Ich glaube nicht, dass sie uns dazu mehr verraten wird, solange wir keine Beweise haben. Wie auch immer die aussehen könnten.«

»Vielleicht kann uns die Konrektorin etwas liefern, das mehr als ein Bauchgefühl ist.«

Kapitel 18

»KOMMEN Sie rein«, rief ihnen Konrektorin Vordersandfort zu, nachdem Alex angeklopft hatte. Er drückte die Tür auf und ließ Emma den Vortritt in das lichtdurchflutete Büro, das ans Sekretariat grenzte. Von hier aus hatte man einen guten Blick auf die Altstadt und auf das kunstvolle Eisengewölbe auf der kleinen Wiese vor dem Gebäude, von dem Emma nicht wusste, was es darstellen sollte. Der Lärm der stark befahrenen Hauptstraße drang durch das offene Fenster zu ihnen hinein.

»Setzen Sie sich. Ich hab's gleich«, sagte sie mit dem Rücken zum Schreibtisch gewandt, an dem Emma und Alex Platz nahmen. Vordersandfort zog eine dritte Akte aus einem Schrank hervor und wandte sich dann hektisch den beiden zu. Sie ließ sich in ihren Stuhl fallen, dessen Federung einen Moment nachgab, rutschte dann an den Tisch und breitete umgehend die drei Akten aus, wobei die letzte auf ihrem Telefon landete. »Bis zum Abitur vor fünf Jahren waren die drei Mädchen, die Sie nannten, zusammen in einer Stufe. Ob und wie sie befreundet waren, kann ich Ihnen nicht sagen. Ich bin erst seit zwei Jahren hier. Wie gesagt. Aber …« Sie machte eine Pause und sah aus, als würde sie jeden Moment einen Hasen aus einem Zylinder zaubern. »… eine von den Ehemaligen aus ihrer Stufe macht hier ihr Referendariat. Vielleicht kann sie Ihnen Ihre Fragen besser beantworten.«

Bevor Emma oder Alex fragen konnten, um wen es sich dabei handelte, klopfte es an der Tür, und eine junge Blondine trat mit einem schüchternen »Hallo« unaufgefordert ein, als hätte sie vor der Tür auf ihr Zeichen gewartet.

»Frau Hermeling, das sind Frau Bajetzky und Herr Kuper von der Kripo Bielefeld. Sie können sich gerne den Gang runter im Klassenraum der 10B unterhalten. Dort findet gerade kein Unterricht statt.«

Emma kam sich so vor, als wären sie im Besprechungsraum auf dem Revier, so steril war es in dem Raum gehalten. Einzig an der Wand hinter der letzten Tischreihe hingen ein paar selbst gemachte Plakate über alternative und umweltschonende Energie. Irgendwie passte das nicht zu diesem modernen Raum, der mit einem Whiteboard und Beamer ausgestattet war und dessen Stühle doch recht bequem aussahen.

In der ersten Reihe setzte sie sich neben Alex. Vanessa Hermeling nahm hinter dem Lehrerpult Platz. Sie wirkte nicht wie eine Autoritätsperson, die man auf so einem Stuhl erwarten würde. Der Umstand, dass sie zwei Kripo-Ermittlern gegenübersaß, spielte da sicherlich mit rein. Sie strich sich die Haare hinters Ohr und faltete die Hände auf dem Pult, dann sah sie Emma direkt an, und die Ermittlerin merkte, dass sie sich bezüglich dieser Frau getäuscht hatte. Sie war viel sicherer, als ihr erstes Auftreten vermuten ließ.

»Wie kann ich Ihnen helfen?«

»Hat man Sie nicht in Kenntnis gesetzt?«, fragte Emma.

»Nein, man hat mich bloß aus dem Unterricht geholt.«

»Wir ermitteln in einem besonderen Fall, der mit drei ehemaligen Klassenkameradinnen von Ihnen zu tun haben könnte.«

»Meinen Sie das Bermudadreieck?«

»Wie bitte?«, fragte Emma.

»Anna, Ceci und Mel. Wer zwischen sie geriet, wurde hinabgezogen.«

»Sie auch?«, fragte Alex.

»Sie haben es versucht, aber ich habe mich davon nicht beeindrucken lassen.«

»Das zeugt von einem starken Charakter«, sagte Emma.

»Den braucht man hier auch.«

»Das klingt, als hätten Sie es nicht leicht gehabt«, fuhr Emma fort. »Warum hat es Sie wieder hierher verschlagen?«

»Ich habe einfach den Wunsch, dafür zu sorgen, dass es andere nicht so schwer haben wie ich damals.«

»Spielt der soziale Status dabei eine Rolle?«, fragte Alex.

»Wo spielt der denn keine?«, konterte sie. »Ich weiß natürlich von den Videos«, sagte sie dann. »Die hat doch jeder gesehen, oder nicht?«

»Es waren nicht wenige«, sagte Emma.

»Sind die immer noch online?«, fragte sie bestürzt.

»Zumindest nicht auf Social Media«, versicherte Emma.

»Einmal im Netz, bleibt das Zeug drin«, sinnierte Vanessa Hermeling. Für einen kurzen Moment sah sie gedankenverloren zwischen Emma und Alex hin und her, bevor sie weitersprach. »Es ist schrecklich, was den beiden passiert ist. Trotzdem empfinde ich kein Mitleid für sie – was mir nicht gefällt. Ich bin eigentlich nicht so. Anders empfinden kann ich trotzdem nicht.«

»Haben Sie eine Ahnung, wer den beiden das angetan haben könnte?«, fragte Emma.

»Die Frage, wer dafür keinen Grund gehabt hätte, würde zu einer deutlich kürzeren Antwort führen.«

»Waren sie so berüchtigt?«, fragte Alex.

»Vor allem nach dem Selbstmord.«

»Welcher Selbstmord?«

Sie sah die beiden an, als verstünde sie nicht, dass sie nichts davon wussten. »Der von Kim Scholz?«

»Der Name sagt uns nichts«, bemerkte Alex und notierte ihn sich.

»War sie auch in Ihrer Jahrgangsstufe?«

»Nein, sie war ein Jahr unter uns. Es gibt da auch nichts Offizielles, das ist nur so eine Vermutung«, druckste Vanessa Hermeling herum. »Ich habe damals aber angenommen, dass sie sich wegen den dreien umgebracht hat. Die Ereignisse davor und danach passen einfach.«

»Erläutern Sie das bitte«, bat Emma.

»Ich weiß, dass Kim früher mit Mel befreundet war, und dann war sie es plötzlich nicht mehr. Dann fingen Mel und die anderen an, sie fertigzumachen. Bei jeder Gelegenheit.«

»Ging das von Melina Wagner aus?«, fragte Emma.

»Ganz sicher bin ich mir nicht, aber ich glaube schon. Anna und Ceci, die waren nicht immer so. Klar, sie waren schon arrogant und hielten sich für was Besseres, weil ihre Eltern reich sind. Aber sie waren nicht wie Mel.« Abermals schien sie für einen Moment in

Gedanken versunken. »Ich weiß nicht, wie ich es beschreiben soll. Nach außen hin sah es nie so aus, als hätte Mel die Initiative ergriffen oder mit etwas angefangen. Sie wirkte immer eher wie die Mitläuferin. Aber ich bin mir sicher, sie hat Anna und Ceci zu alldem angestiftet. Und nicht nur, was Kim angeht. Da gab es noch ein paar andere, die Mel ein Dorn im Auge waren. Hatte jemand bessere Leistungen als sie erbracht, war das ein halbes Jahr später nicht mehr der Fall und der oder diejenige wirkte wie ein völlig anderer Mensch. Genauso war es bei Kim. Ich kannte sie aus dem Kunstkurs. Kim war witzig, immer gut drauf und nicht gerade unbeliebt. Im Gegenteil. Die meisten mochten sie, und die Erfolge ihrer Familie waren für sie nie ein Grund gewesen, sich über andere zu stellen. Dass das viele ebenso empfunden haben wie ich, hat man auf ihrer Beerdigung gesehen.«

»Wie hat sie sich umgebracht?«, fragte Alex.

»Sie hat sich erhängt.«

»Wissen Sie das genau?«, fragte Emma, die nun fest daran glaubte, auf der richtigen Spur zu sein. Das wäre zumindest die erste Verbindung zum Tathergang.

»So hat man es sich erzählt.«

»Wann ist das passiert?«, fragte Emma.

»Vor zehn Jahren.« Wieder versank sie in Gedanken, bis sie sich schließlich selbst daraus befreite. Sie redete bedächtiger, und Emma konnte Trauer und ehrliches Mitgefühl in ihrer Stimme hören. »Sie war erst dreizehn Jahre alt. Im Nachhinein denke ich, dass es schon ein paar Anzeichen gab, die ich hätte sehen müssen. Sie war ruhiger geworden, in sich gekehrt und war irgendwann nicht mal mehr auf dem Schulhof irgendwo zu sehen gewesen. In den Pausen, meine ich. Als hätte sie sich versteckt.«

Emma vermutete, dass diese Geschichte einer der Gründe für Vanessa Hermeling war, hierher zurückzukehren. Um die Anzeichen bei den Schülern und Schülerinnen dieses Mal eher zu erkennen und ihnen helfen zu können, bevor sie taten, was Kim Scholz getan hatte. »Haben Sie diese Aussage damals bereits getätigt?«, fragte Emma, obwohl sie sich nicht vorstellen konnte, dass derartige Informationen von ihren Kollegen absichtlich ausgelassen oder schlichtweg vergessen worden waren.

»Ich habe gar nichts dazu gesagt. Das konnte ich damals nicht. Wir hatten Angst vor ihnen. Jemand, den wir alle kannten, hat sich das Leben genommen, weil sie keinen anderen Ausweg wusste. Viele haben geglaubt, dass es ihnen auch so ergehen würde, wenn sie gesagt hätten, was ich Ihnen gerade erzähle.«

»Sie sagten eben«, begann Alex, »dass sie es auch bei Ihnen versucht hatten. Wie genau sah das aus?«

Bei dieser Frage schien sich Vanessa Hermeling nicht wohlzufühlen. »Ist das wichtig?«, fragte sie daher auch.

Emma wollte es ihr gern ersparen, doch das war keine Option. »Ich kann verstehen, dass es unangenehm für Sie ist«, sagte Emma einfühlsam. »Aber ich glaube, Sie können mit Ihrer Aussage uns und den Opfern helfen. Sie könnten heute das tun, was Sie damals nicht konnten.«

»Sie haben recht«, sagte Vanessa. »Tut mir leid. Das war egoistisch von mir.«

»Das war es nicht«, sagte Emma, und am liebsten hätte sie ihr gesagt, dass sie wisse, wie Vanessa sich fühlte. Emma fiel es ebenso schwer, über ihr traumatisches Erlebnis vor neun Monaten zu reden. Sicher konnte man argumentieren, dass es bei ihr noch nicht so lange her war. Doch hatten Polizisten nicht die Wahl wie andere Menschen. Sie konnten nicht selbst bestimmen, wann sie einen Therapeuten aufsuchten, und Emma wusste aus eigener Erfahrung, dass es besser war, zeitnah darüber zu reden, als ein Trauma jahrelang in sich aufkeimen zu lassen. Die Pflichtstunden – so wurden sie intern genannt – lagen längst hinter ihr. Und obwohl sie für diensttauglich erklärt worden war, konnte sie nicht von sich behaupten, die Ereignisse gut verarbeitet zu haben. Selbst die wöchentlichen Termine bei ihrer neuen Therapeutin halfen ihr lediglich dabei, sich von Woche zu Woche zu hangeln. Nicht einmal Alex wusste, dass sie noch in Behandlung war. Ihre anderen Kollegen sollten erst recht nichts davon erfahren, sonst würde man ihr diesen Fall womöglich entziehen und sie für Schreibtischaufgaben abstellen, mit denen sie nur noch unglücklicher werden würde.

»Ich gehörte zu den Besten in meiner Jahrgangsstufe und hätte weiterhin dazugehören können, wenn ich nicht solche Angst vor ihnen gehabt hätte. Es gab einen Jungen bei uns, der war noch besser. Der Beste. Einser in jedem Fach. Den haben die Mädchen komischerweise in Ruhe gelassen. Mich hingegen haben sie bei jeder Gelegenheit dumm dastehen lassen.«

»Können Sie uns sagen, wie genau das aussah?«

»Nicht sonderlich schön. Sie haben so Dinge mit mir gemacht, die man aus amerikanischen Teenie-Filmen kennt. Beim Duschen nach dem Sport meine Klamotten versteckt, mir ein Bein in der Mensa gestellt. Solche Sachen eben. Das ging ein paar Monate, bis ich die ersten schlechten Klausuren zurückbekam. Danach haben sie mich in Ruhe gelassen.«

»Konnten Sie mit niemandem darüber reden?«, fragte Emma. »Mit Lehrern oder Ihren Eltern?«

»Vielleicht, wenn meine Eltern mehr Geld in den Fördertopf der Schule geschmissen hätten.«

Emma sah zu Alex, der Mühe hatte, sich zu beherrschen. Dass seine Kieferknochen zuckten, kam wirklich nicht oft vor. Emma konnte das voll und ganz verstehen, so langsam kamen auch in ihr negative Gefühle gegenüber den Reichen in der Gesellschaft auf. Das durfte sie nicht zulassen. Nicht alle waren so.

»Na ja, das ist lange her und spielt jetzt keine Rolle mehr«, sagte die Frau.

Emma glaubte ihr kein Wort. Sie spielte nur die Starke. So wie Emma, die sich jetzt fast dafür schämte, Vanessa zu verurteilen, wo sie doch selbst krampfhaft versuchte diese harte Schale aufrechtzuhalten. Doch genau wie Vanessa hatte sie keine andere Wahl. Die äußeren Umstände erforderten es, und keiner von ihnen konnte etwas dagegen tun. »Und um auf Lehramt zu studieren«, fuhr Vanessa fort, »braucht man heutzutage keinen guten NC mehr. Ich bin glücklich mit meiner Wahl.«

»Danke, dass Sie das mit uns geteilt haben«, sagte Emma.

»Da gibt es noch etwas«, sagte Vanessa Hermeling. »Ceci war nach der ganzen Sache ein völlig anderer Mensch. Und ich glaube, ab der Zehnten rum hing sie nicht mehr mit Anna und Mel ab. Was die beiden davon hielten, haben sie ihr gezeigt. Sie war so viel stärker als ich und all die anderen. Die hat sich wirklich nichts anmerken lassen und jeden in Schutz genommen, der ungerecht behandelt wurde. So, als ob sie ihre Schuld gegenüber Kim begleichen wollte.«

Kapitel 19

CECILIAS Eltern Maike und Juan Lopez wurden noch psychologisch betreut, als Emma und Alex bei ihnen zu Hause eintrafen. Die Mutter war laut Aussage des Betreuers Tom Seidensticker kaum zu beruhigen gewesen. Seit knapp einer halben Stunde lag sie auf dem Sofa und schlief.

»Ich habe ihr eine Spritze zur Beruhigung gegeben«, sagte der junge Psychotherapeut, der dem Präsidium schon oft zur Seite gestanden hatte. Er war stets kooperativ und somit immer die erste Wahl, wenn es um derartige Situationen ging. Vermutlich kümmerte sich seine Frau Louisa gerade um Cecilias Vater. Tom bedeutete Emma und Alex, ihm von der großen Flügeltür des Wohnzimmers in den kühlen Eingangsbereich der Villa zu folgen. »Ihr Mann befindet sich momentan im Zimmer des Opfers«, sagte er mit gesenkter Stimme. »Louisa kümmert sich um ihn.«

»Meinst du, wir können ihm ein paar Fragen stellen?«, fragte Alex.

»Lasst mich das mit meiner Frau abklären. Wartet kurz«, sagte er und stieg die halbkreisförmige breite Eichenholztreppe mit dem roten Läufer empor. Kein Vergleich zu dem ausgelatschten Ding im Hausflur zur Wohnung der Wagners.

Emma wandte sich zur Haustür um, vor der ein junger Streifenbeamter in Uniform stand; mitten in der Sonne in voller Montur. Sie konnte sich daran erinnern, wie undankbar derartige Situationen waren, weil sie sie selbst erlebt hatte, als sie bei der Polizei angefangen hatte. Hätte der Kollege nicht gerade eine große Wasserflasche angesetzt, hätte sie ihm was zu trinken besorgt.

»Wenn wir hier fertig sind, sollten wir noch einmal Melina aufsuchen und die Familie von Kim Scholz befragen«, schlug Alex vor.

»Ja. Melina Wagner hat ebenso gute Gründe, die beiden Frauen umzubringen, wie sämtliche Mitglieder der Familie Scholz, sollten sie tatsächlich damit in Verbindung stehen.«

Tom Seidensticker erschien am oberen Ende der Treppe. »Ihr könnt raufkommen.«

***

Cecilias Zimmer befand sich am Ende des Flurs. Es war riesig, und als wäre das noch nicht genug, verfügte es zusätzlich über ein eigenes großes Bad, dessen Tür offen stand. Der angenehme Duft von Lavendel zog Alex in die Nase. Damit bekam dieser Raum, mal abgesehen von der Inneneinrichtung, einen ganz anderen Flair als der Rest der Villa.

Das Zimmer war hell, besaß ein großes Himmelbett und riesige Sprossenfenster, von denen der jeweils linke Flügel nach innen geöffnet worden war. Das eintretende Sonnenlicht betonte die farblich abgestimmte Einrichtung.

Juan Lopez saß mit Louisa Seidensticker auf der geräumigen Couch, die von zwei Seiten mit Bücherregalen eingerahmt war und sich gegenüber dem Bett befand.

»Entschuldigen Sie die Störung. Bajetzky von der Kripo Bielefeld«, sagte Emma und reichte dem Mann mit den verweinten Augen die Hand.

Er sah zu ihr auf und wirkte plötzlich wütend. »Hätten Sie Ihren Job richtig gemacht, wären Sie gar nicht hier.«

Emma benötigte einen Moment, um zu verstehen, was er damit meinte, während Alex klar war, worauf das hinauslief. Cecilias Vater suchte einen Schuldigen. Den suchten sie ebenfalls, und solange sie keinen hatten, mussten Emma, Alex sowie die gesamte Belegschaft der Bielefelder Polizei dafür herhalten. So war es immer, und so würde es immer sein.

»Dürfen wir uns setzen?«, fragte Emma mit einem Lächeln und deutete auf die beiden Sessel, die vor dem kleinen Nierentisch standen.

»Von mir aus«, sagte Juan Lopez resigniert und wandte den Blick von ihr ab, aus dem offenen Fenster neben dem Regal.

»Es tut uns wirklich leid, was Ihrer Tochter widerfahren ist und dass wir Sie ausgerechnet jetzt …«

»Was ihr widerfahren ist?«, unterbrach er sie. »Sie hatte keinen traurigen Verkehrsunfall. Sie wurde ermordet, und die ganze Welt konnte dabei zusehen.«

»Wir wollen herausfinden, wer das getan hat«, sagte Alex im Versuch, Juan nicht noch wütender zu machen. Dann würden sie gar nichts mehr aus ihm herausbekommen. »Ihre Aussagen könnten uns dabei wirklich helfen.«

»Was ändert das schon? Cecilia ist tot.«

»Und Anna Nowak auch«, ergänzte Alex.

Juan sah ihn fragend an. »Anna ist tot?«

»Wir vermuten, dass sie demselben Täter zum Opfer gefallen ist wie Ihre Tochter.« Juan schien diese Nachricht zu überrumpeln. »Helfen Sie uns, den Täter zu fassen, bevor er noch jemandem etwas antut«, ergänzte Emma einfühlsam.

Zivilisten zu suggerieren, sie könnten beim Fassen eines Täters helfen, war immer eine gute Methode, sie zum Reden zu bringen.

»Sie glauben, es ist ein Serienkiller?«

»Im Moment müssen wir das annehmen«, sagte Emma.

»O Gott!« Juan brach in Tränen aus.

Louisa sprach beruhigend auf ihn ein, bis er aufhörte zu weinen, doch er zitterte am ganzen Körper. Tränen liefen ihm über die Wangen, als er sagte: »Ich verstehe nicht, warum es ausgerechnet meine Kleine getroffen hat. Sie hat doch niemandem was getan.«

»Wann haben Sie sie zum letzten Mal gesehen?«, fragte Emma.

»Gestern Abend. Hier, in ihrem Zimmer.« Er sah zu Louisa, und es schien, als würde er durch sie hindurch sehen. »Sie hat gelesen und wollte bald schlafen gehen. Heute Morgen wollte ich sie wecken, da war sie nicht mehr da. Es sah auch nicht danach aus, als hätte sie hier geschlafen. Sehen Sie.« Er deutete auf das akkurat gemachte Bett. »Cecilia macht es jeden Morgen selbst, aber nicht so wie Evgenia. Sie ist unsere Haushälterin und kommt nicht vor zwölf Uhr mittags. Dann macht sie auch immer das Zimmer unserer Tochter und ihr Bett. Das da ist ihr Werk.«

»Demnach war Ihre Tochter über Nacht außer Haus.«

»Was ich nicht verstehe. Sie geht nie raus, ohne uns Bescheid zu sagen.«

»Vielleicht hat sie spontan einer Verabredung zugestimmt und wollte Sie nicht wecken«, sagte Alex.

»Nein«, sagte Juan bestimmt. »So etwas tut meine Kleine nicht.«

Was Kinder alles taten, wenn die Eltern nicht hinsahen, behielt Alex für sich. Er stand auf, ging beiläufig zum ersten offenen Fenster und sah sich den Rahmen an – nur für den Fall, dass vielleicht jemand von außen hier eingestiegen war und Spuren hinterlassen hatte. Er hielt es zwar für unwahrscheinlich, dass jemand wie Spiderman an der Außenfassade emporkletterte und Cecilia entführt hatte, aber möglich war heutzutage einfach alles. »Hatte sie einen festen Freund?«

»Nein.«

»Einen Ex-Freund?«, fragte Alex, während er das nächste Fenster begutachtete.

»Auch nicht. Sie hatte noch nie eine feste Beziehung.«

Es war möglich, dass sie ihren Eltern nur nichts davon gesagt hatte, vielleicht stand sie auch auf Frauen und traute sich nicht, es ihren Eltern zu sagen, oder sie hatte Bindungsschwierigkeiten, aber dennoch hier und da unverbindlich ein bisschen Spaß. Der Vater, der seine Tochter so gut zu kennen glaubte, würde all das nicht hören wollen.

Am vierten und letzten Fenster konnte Alex auch nicht die kleinste Spur eines Einbruchs oder etwas erkennen, das darauf hindeutete, dass sich jemand von außen Zutritt verschafft hatte oder jemand von innen nach draußen geklettert war.

»Da fällt mir ein«, sagte Juan, »sie hatte doch mal einen Freund. Das ist schon eine ganze Weile her und auch nichts von langer Dauer gewesen. Sie war vierzehn. Ich komme gerade nicht auf den Namen.«

»Hat sie die Beziehung beendet?«, fragte Emma, als Alex einen prüfenden Blick in das offene Badezimmer warf. Zwar gab es hier ein Fenster, doch das wäre für einen Erwachsenen viel zu klein gewesen. Dann war da noch ein schmales Oberlicht, sonst nichts.

»Das weiß ich nicht mehr.«

Konnte es mit Kim Scholz zu tun haben?, fragte sich Alex auf dem Weg zurück zum Sessel. *War sie nach ihrem Tod vor Schuldgefühlen nicht mehr dazu in der Lage gewesen, eine Beziehung einzugehen?* Das klang reichlich weit hergeholt, und er verdrängte diesen Gedanken. Jedenfalls konnten sie den rachsüchtigen Ex ausschließen.

»Fällt Ihnen jemand ein, der auf Cecilia nicht so gut zu sprechen gewesen war?«, fragte Emma.

»Sie hat sich mehr um andere gekümmert als um sich selbst. Deswegen kam sie mit ihrem Studium auch nicht so gut voran, weil es immer wieder Leute gab, die ihre Hilfe brauchten.«

»Was hat sie studiert?«

»Psychologie. Sie wollte ihre eigene Praxis aufmachen und sich dann hauptsächlich um Jugendliche kümmern. Nicht um Leute wie uns. Wobei sie damit sicher schnell sehr viel Geld verdient hätte. Nein. Sie hat immer gesagt, sie wolle für die da sein, die sich keine gute Therapie leisten können und von sonst niemandem gesehen werden. Sie leistet viel ehrenamtliche Arbeit. Ein so gutes Mädchen … Mein Mädchen.« Weitere Tränen bahnten sich ihren Weg. »Warum hat es nur mein Mädchen getroffen?« Er fing wieder an zu weinen.

Für Alex ergab alles mehr und mehr Sinn. Cecilia war mit einem Jungen zusammen und machte Schluss mit ihm, kurz nach Kim Scholz' Selbstmord. Dann löste sie sich von Anna und Melina, um ihre Tat wiedergutzumachen. Sie hatte Reue empfunden und es sich zur Aufgabe gemacht, jungen Menschen zu helfen, sie vielleicht sogar vor dem Suizid zu bewahren. Einerseits war es nicht fair, dass sie ungestraft davongekommen war. Andererseits war sie ein gutes Beispiel dafür, dass man seine Taten bereuen und sich zu einem besseren Menschen entwickeln konnte. Und nun hatte das Karma sie doch noch eingeholt.

»Glauben Sie, der Wunsch Ihrer Tochter hat etwas mit dem Selbstmord von Kim Scholz zu tun?«, fragte Alex.

Juan hörte abrupt auf zu schluchzen und sah Alex an, als verstünde er nicht, warum er so etwas überhaupt ansprach. »Wie kommen Sie darauf?«

»Unsere bisherigen Ermittlungen haben ergeben«, schaltete Emma sich ein, »dass Ihre Tochter, zusammen mit Anna Nowak und Melina Wagner, Kim Scholz so sehr gemobbt haben, dass sie sich deswegen das Leben genommen haben könnte.«

Juan ließ die Schultern sinken. »Ja, das könnte damit zu tun haben«, sagte er leise.

»Sie wussten davon?«, fragte Alex.

»Meine Tochter und ich … Wir haben ein sehr inniges Verhältnis. Sie hat es mir nicht sofort erzählt, und ihre Mutter weiß nichts davon. Das soll auch bitte so bleiben.«

»Geht in Ordnung«, sagte Alex, weil er sah, dass Juan auf eine derartige Bestätigung wartete.

»Danke … Sie hat es mir zwei Jahre danach erzählt. Ich wusste nicht, was ich dazu sagen oder was ich tun sollte. Ich konnte doch nicht zur Polizei gehen oder zu Familie Scholz. Was mit ihrer Tochter passiert ist, ist grausam. Und ich verstehe leider erst jetzt, wie man sich fühlt, wenn das eigene Kind stirbt, und wie man unbedingt einen Schuldigen finden will. Und ich werde das Gefühl nicht los, dass ich etwas hätte unternehmen sollen. Dass ich besser auf meine Kleine hätte achtgeben müssen, anstatt durch die Welt zu reisen, um mehr Geld zu verdienen, als wir ausgeben können.« Er fing wieder an zu weinen. »Mein Mädchen. Mein Baby. Bitte, verzeih mir.« Er sackte in sich zusammen, schrie, weinte, wurde von Louisa gehalten, die ihn zu trösten versuchte. Sie gab Alex und Emma mit einem Nicken zu verstehen, dass es nun an der Zeit war, wieder zu gehen.

Alex hatte plötzlich ein wenig Mitgefühl für diesen Mann entwickelt und konnte verstehen, wie machtlos er sich bei all der Macht fühlte, die er durch seinen Reichtum errungen hatte. All das brachte ihm nun nichts mehr.

Emma stupste Alex an. Er sah zu ihr auf, und es schien, als würde sie schon eine Weile neben ihm stehen und auf ihn warten. Alex erhob sich, steckte seinen Notizblock ein und folgte Emma aus dem Raum. Den Geruch von Lavendel hatte er im Flur immer noch in der Nase, und er fragte sich, wie lange dieser Geruch wohl noch in dem Zimmer verweilen und wann er sich abgenutzt haben würde. Bei dem

Gedanken daran, dass ausgerechnet Cecilia, die ihre Taten offensichtlich aufrichtig bereut hatte und alles irgendwie wiedergutmachen wollte, diesen Geruch nie wieder würde wahrnehmen können, wurde er wütend – auf den skrupellosen Täter und ein bisschen auch darauf, dass er so voreingenommen gewesen war.

»Hast du an den Fenstern was gefunden?«, fragte Emma, als sie den Flur entlang zur Treppe gingen.

»Nein.«

»Dann muss sie sich rausgeschlichen haben, um sich mit jemandem zu treffen.«

»Vielleicht hatte sie doch einen Freund, zu dem sie wollte, von dem aber niemand etwas wusste.«

»Oder der Täter hat sie rausgelockt. Vielleicht weil er wusste, was mit Kim passiert war und damit ein Druckmittel hatte.«

»Dann könnte der Täter jemand sein, den sie kannte.«

Alex blieb am Fuß der Treppe stehen und sah zu dem Wohnzimmer, in dem Cecilias Mutter immer noch schlief. Sie würden sie ein anderes Mal befragen müssen. Durch die offene Haustür sah Alex an dem uniformierten Kollegen vorbei Tim Seidensticker unweit vom Eingang stehen und vapen.

»Ich weiß nicht, ob wir mit Kim Scholz richtig liegen«, sagte er auf dem Weg nach draußen. Kurz bevor der harte Übergang vom Schatten des Hauses auf die pralle Sonne traf, setzte er die Sonnenbrille auf.

»Warum nicht?«, fragte Emma und trat neben ihn.

»Es ist der Zeitfaktor. Klar könnte man sagen, dass zehn Jahre eine runde Zahl ist, aber das allein reicht mir nicht. Warum so lange warten, wenn man doch weiß, wer für das, wofür man sich rächen will, verantwortlich ist?«

»Und wenn der Täter es erst kürzlich herausgefunden hat?«

»Einfach so?«

»Das vielleicht nicht. Wir würden mehr wissen, wenn wir an die Daten herankommen könnten, die auf Annas und Cecilias Handy sind.«

Sie verabschiedeten sich stumm von Tom Seidensticker und gingen den breiten Weg aus weißem Kies zu dem großen durchsichtigen schmiedeeisernen Tor, das sich wenige Meter vor ihnen automatisch öffnete.

»In der Cloud der beiden haben die Kollegen bisher nichts gefunden, das man als Mobbing werten könnte«, sagte Alex.

»Das meinte ich gar nicht«, sagte Emma. »Es könnte auch nur ein einfacher Post auf Insta oder Facebook gewesen sein, der zunächst harmlos aussieht. Einzig der Täter könnte darin etwas gesehen haben, das ihn getriggert hat.«

»Oder ihm sogar dann erst verraten hat, dass die drei für den Tod von Kim Scholz verantwortlich sind.«

Kapitel 20

EMMA wollte gerade losfahren, als sie eine Nachricht auf ihrem Diensthandy erhielt. Es handelte sich dabei um die Akte von Kim Scholz, die sie vor ihrem Besuch bei Familie Lopez angefordert hatte. Eine kurze Notiz darüber, dass die Kollegen nicht mehr als das finden konnten, schob sich als Pop-up-Nachricht aufs Display. Emma drehte den Zündschlüssel um, und die Klimaanlage sprang an.

Mit dem Smartphone in der rechten Hand lehnte sie sich auf die Mittelkonsole, Alex kam ihr entgegen, um ebenfalls einen Blick auf die Akte werfen zu können. Sie wusste nicht, warum sie jetzt hoffte, dass ihr Deo nicht versagte. Alex dagegen roch interessant, vermutlich irgendein Männerparfum, das sie nicht kannte. Für einen kurzen Moment wurde ihr heiß, was ganz sicher nur am Wetter lag.

Das Foto von Kim zeigte ein hübsches Mädchen, nur schlief sie nicht, sondern lag auf einem Obduktionstisch. Heute wäre sie vierundzwanzig Jahre alt. *Eine Schande*, dachte Emma.

Kims Gesicht war übersäht von Sommersprossen, dazu die kleine Nase und die schmalen Lippen, all das aber war zerstört worden. Die geplatzten Adern an ihrem Hals deuteten auf Strangulation hin.

»Die Hälfte aller Selbstmorde werden durch Erhängen verübt«, sagte Alex. »Die andere Hälfte nimmt sich mit einer Überdosis Tabletten oder Drogen das Leben.«

»Weiß ich«, sagte Emma, und dann wurde ihr klar, dass er nur laut gedacht hatte. Die Hitze machte einem echt zu schaffen. »Dennoch kann es ja sein, dass der Täter weiß, wie Kim gestorben ist, und die Frauen deswegen erhängt.«

»Er weiß es, weil er sie entweder gut kannte oder es sich damals herumgesprochen hat. Er könnte neben einem Familienmitglied genauso gut ein Nachbar gewesen sein. Oder ein Lehrer aus der Schule.«

Emma wischte einmal über das Display und gelangte zu den Einträgen der Angehörigen. Mutter Annika Scholz, vierundfünfzig Jahre. Vater Frederik Scholz mit einer ergänzenden Notiz, handschriftlich verfasst, vermutlich von Schwarz, der eine angenehm lesbare Handschrift besaß: Verstorben unter natürlichen Umständen vor zwei Jahren.

»Wie natürlich kann es sein, mit fünfundfünfzig Jahren aus dem Leben zu treten«, bemerkte Alex, und Emma gab ihm recht.

Kim hatte noch zwei Brüder, las Emma weiter. Oscar Scholz, einundzwanzig Jahre alt, und Lennard Scholz, zweiunddreißig. Demnach war die Mutter Annika Scholz erst zweiundzwanzig gewesen, als sie ihr erstes Kind bekommen hatte.

Emma navigierte zum Bericht mit dem Teil des Tatverlaufs und wer die Tote gefunden hatte. Sie hielt das Handy quer und scrollte langsam den Text nach oben. Alex las mit.

»Stopp mal bitte«, sagte er.

»Zu schnell?«

»Nein, nein. Mir kommt da nur so ein Gedanke, wenn ich das lese.« Er deutete mit dem Finger auf den Text. »Da steht, sie hat sich an dem Abend umgebracht, an dem ihre Eltern für zwei Tage verreist sind. Sie sollte auf ihren damals zehnjährigen Bruder Oscar aufpassen. Stattdessen erhängt sie sich auf dem Dachboden, und ihr Bruder bleibt ganze zwei Tage bei ihr, bis die Eltern ihn zusammengekauert unter der baumelnden Leiche seiner Schwester finden. Das reicht doch aus, um einen Menschen für sein Leben zu traumatisieren und über die Jahre Rachegelüste entwickeln zu lassen. Und dann, nach genau zehn Jahren, überkommt es ihn, und er lässt seiner Fantasie freien Lauf. Zwei Tage. Und zwei Leichen, die er nicht vom Balken nimmt. Genau wie seine Schwester lässt er sie dort hängen.«

Emma schaltete das Handy aus. »Dann bleibt immer noch die Frage offen, wie er dahintergekommen ist, wer seine Schwester in den Selbstmord getrieben hat. Sofern es überhaupt so gelaufen ist und nicht andere, vielleicht familiäre Umstände sie dazu gebracht haben.«

»Missbrauch?«

»Oder Leistungsdruck.« Das passierte leider häufiger, als man glauben mochte. Bereits Anfang des Jahres gab es drei dieser Fälle an drei Bielefelder Gymnasien.

»Es besteht auch die Möglichkeit, dass Cecilia ein schlechtes Gewissen entwickelt hat und irgendwann um den Jahrestag herum Familie Scholz alles gestanden hat«, sagte Emma.

»So könnte der kleine Bruder seine Opfer gefunden haben.«

Kapitel 21

DIE Anwaltsfamilie Scholz wohnte seit neun Jahren in einem kleinen beschaulichen Haus in Bielefeld-Quelle, eines der Vorzeigeviertel, in dem sich die gehobene Mittelklasse niedergelassen hatte. Nachdem ihre Söhne ausgezogen und ihr Mann verstorben war, lebte Annika Scholz allein in dem Haus mit der schönen Fassade, dem gepflegten Vorgarten und dem weißen Weidezaun drum herum. Stadtlärm war nicht zu hören, nur das Zwitschern der Vögel und das Motorengeräusch eines Rasenmähers ein paar Häuser weiter. Das versetzte Emma für einen Augenblick zurück in ihre Kindheit, in ihr Elternhaus in Berlin, das am Rande eines Wendehammers stand und wo nur bei günstigem Wind etwas vom Lärm der Großstadt zu hören gewesen war.

Als sie die kleine Pforte öffnete, schoss ein Kopf mit Strohhut aus dem Rosenbusch neben der Haustür empor.

»Kann ich Ihnen helfen?«, fragte die Frau und sah mit ihrem sommersprossigen Gesicht zu den beiden Ermittlern. Die Ähnlichkeit mit Kim war verblüffend.

»Bajetzky, das ist mein Kollege Herr Kuper. Wir sind von der Kripo Bielefeld. Sind Sie Annika Scholz?«

»Die bin ich.« Ihre Miene verfinsterte sich. Sie stand auf und klopfte sich mit den Gartenhandschuhen den Dreck von den Knien. »Ist was mit meinen Jungs?«, fragte sie besorgt.

Emma wunderte es nicht, dass sie beim Erscheinen der Kripo so reagierte. Schließlich hatte sie bereits ein Kind verloren. Die Angst, dass es wieder passieren könnte, würde sie wohl nie wieder loswerden.

»Nein«, sagte Emma besänftigend. »Wir möchten nur mit Ihnen reden.«

»Geht es um Kim?«, fragte sie.

»Ja«, antwortete Emma.

»Okay. Bitte, kommen Sie doch mit in den Garten.« Sie deutete auf die linke Seite des Hauses, wo ein schmaler Pfad auf eine Terrasse führte. Auf dem Weg ums Haus tat sich der Garten auf. Es herrschte geordneter Wildwuchs. Alles wirkte, als wäre es genauso hergerichtet worden und doch ganz natürlich entstanden. Bis auf die Wiese mit dem kurz gehaltenen Gras und dem kleinen Brunnen, in dem drei ungleich hohe Fontänen vor sich hin plätscherten.

Sie nahmen auf den Korbstühlen auf der mit Naturstein gepflasterten Terrasse Platz. Annika Scholz bückte sich zu einem kleinen Kühlschrank, der sich neben der Schiebetür zum Wohnzimmer befand. »Möchten Sie etwas trinken?«

»Wasser, bitte«, sagten Emma und Alex beinahe gleichzeitig.

Umgeben von so vielen Pflanzen auf so engem Raum war die Luftfeuchtigkeit in dem Garten deutlich höher als noch vor dem Haus. *Vermutlich höher als in der ganzen Stadt*, dachte Emma. Bereits jetzt fühlte sie sich klamm am ganzen Körper. Als hätte sich schlagartig ein Feuchtigkeitsfilm auf sie gelegt.

»Gibt es einen besonderen Grund, warum Sie nach zehn Jahren etwas über Kim wissen möchten?« Sie stellte drei kleine Wasserflaschen auf dem Tisch ab und öffnete sie mit einem Flaschenöffner.

»Wir gehen ein paar Hinweisen nach, die uns bei einem aktuellen Fall helfen könnten«, sagte Emma.

Annika Scholz setzte sich. Sie zupfte an ihrem Sommerkleid, bevor sie ihre Beine übereinanderschlug und den Saum über ihre dreckigen Knie zog. »Und was hat ein aktueller Fall mit meiner Tochter zu tun?«

»Es geht um ehemalige Klassenkameradinnen Ihrer Tochter, die mit etwas in Verbindung gebracht werden, das vor Kims Selbstmord passiert sein muss.« Emma war klar, dass sie die Sachlage, gerade für eine Anwältin wie Annika Scholz, sehr vage ausgedrückt hatte. Mehr Informationen darüber wollte sie dennoch nicht preisgeben. Jetzt noch nicht.

»Und Sie glauben, dass meine Tochter vielleicht darüber gesprochen hat?«

»Das nehmen wir an.«

»Sie hat mir nicht viel erzählt. Nur das Übliche, was Teenager sagen, wenn man fragt, wie es in der Schule war.«

»Und was wäre das?«

Annika Scholz zog eine Augenbraue hoch. »Gut«, sagte sie, als müsste das jeder wissen. »Mehr bekommt man aus ihnen nicht heraus. Kim hat ohnehin viel mit sich allein ausgemacht. Und sie war ein so netter Mensch. Sie sah immer erst das Gute in allen anderen und hatte immer ein Lächeln auf den Lippen. In der Schule war sie beliebt.«

»Auf welche Weise hat sie viel mit sich allein ausgemacht?«, fragte Emma, die ein wenig verwundert über Annika Scholz' ungefragte Beschreibung war. Es klang wie vorbereitet.

»Sie hat viel gemalt, wenn Sie das meinen.«

»Haben Sie die Bilder noch?«, fragte Alex.

Annika sah in Gedanken verloren auf ihre Wasserflasche. Millimeter um Millimeter drehte sie sie mit Daumen und Zeigefinger im Kreis. »Nein. Wir hielten es für besser, nach dem Umzug nichts von ihr aufzubewahren. Hier weiß auch niemand von ihr. Sie lebt in unseren Erinnerungen weiter. Und das ist Schmerz genug.«

»Wie gehen Ihre Söhne mit diesem Schmerz um?«, fragte Emma.

»Jeder auf seine Weise. Lennard, unser ältester, macht es wie mein Mann und ich es all die Jahre getan haben. Er stürzt sich in die Arbeit, um den Schmerz zu verdrängen.« Sie ließ von der Flasche ab und sah zwischen den beiden Ermittlern hindurch zum Brunnen. »Oscar ist ganz anders. Er verliert sich in Videospielen.« Sie sah Emma an, wirkte irgendwie enttäuscht, vielleicht von ihrem Sohn, vielleicht von sich selbst. »Seit mein Mann tot ist«, fuhr sie fort, »glaube ich, konnte keiner von uns es tatsächlich noch erfolgreich verdrängen.«

»Woran ist Ihr Mann gestorben?«

»An einem Herzinfarkt. Seitdem bin ich in der Kanzlei kürzergetreten und gehe nur noch zweimal die Woche hin. Kleine Fälle, nichts Großes mehr. Das übernehmen Lennard und unsere Partner. Ich wünschte nur, wir hätten das schon eher getan. Dann wäre mein Mann vielleicht noch am Leben. Und Oscar … Wer weiß.«

»Hatten Sie viel Stress bei der Arbeit?«, fragte Emma.

»Ja, doch das hat uns nie etwas ausgemacht. Im Gegenteil. Wir haben dafür gesorgt, dass es so zuging. Je stressiger es war, umso zufriedener waren wir am Ende des Tages. Und umso weniger haben wir an unsere Tochter gedacht.« Sie griff wieder nach der Flasche und spielte damit. »Kim war für meinen Mann sein Ein und Alles. Sie waren sich so ähnlich, obwohl sie äußerlich eher nach mir kam. Ich bin sicher, dass er über die Jahre den Verlust immer weniger verkraften konnte. Irgendwann war er nicht einmal mehr in der Lage, mich richtig anzusehen.«

Gestorben an gebrochenem Herzen, dachte Emma. Dass es so was gab, daran glaubte sie tatsächlich. Vielleicht war das der Grund, warum ihre Mutter so schnell mit ihrem Vater abgeschlossen hatte, nachdem er verschwunden war. Das war ihr persönlicher Cold Case. Seit fast zwanzig Jahren glaubte sie, dass die Berliner Polizei schlampig gearbeitet hatte und ihr Vater noch irgendwo war – lebendig. Und selbst wenn nicht, musste doch herauszukriegen sein, was mit ihm passiert war. Das war damals einer der Hauptgründe, warum sie überhaupt zur Polizei gegangen war. Sie wollte es besser machen und für sich und ihre Mutter die Wahrheit herausfinden, um damit abschließen zu können. Natürlich war sie immer wieder alle Möglichkeiten durchgegangen, in denen ihr Vater entweder Geheimagent, Entführungsopfer oder ein Feigling war, der ohne seine Frau und Tochter ein neues Leben angefangen hatte. Mit den Jahren hatte Emma zwar eine gewisse Nüchternheit zu diesem Fall entwickelt, aufgeben und wie ihre Mutter die Akte einfach zuklappen, konnte und wollte sie trotzdem nicht. Irgendwann würde sie ihn finden. Das Verhalten ihrer Mutter jedoch hatte sie nicht mehr ertragen können und war aus Berlin weggezogen. Und um nicht an jeder Straßenecke an ihren Vater erinnert zu werden.

»Seit Frederik, mein Mann, tot ist, ist mit Oscar noch weniger los.«

»Er war es, der sie damals gefunden hat, richtig?«, fragte Emma.

»Gefunden? Er war die ganze Zeit bei ihr. Nicht eine Sekunde ist er von ihrer Seite gewichen. Zwei Tage hat er nichts gegessen, nichts getrunken und lag auf dem Dachboden, bis wir …« Sie verstummte. Der Brunnen plätscherte vor sich hin und begleitete ihr Schweigen.

»Wir hätten uns besser um ihn kümmern müssen«, sagte Annika Scholz weiter. »Dann hätten wir wenigstens noch Kontakt zueinander.«

»Wie lange haben Sie den nicht mehr?«, fragte Alex.

»Seit eineinhalb Jahren.« Sie atmete schwer ein und aus. »Es ist nicht so, dass ich nicht weiß, was er macht oder wo er sich rumtreibt. Lennard kümmert sich um ihn und erzählt mir, wie es ihm geht. Wobei mir auch klar ist, dass Lennard das ein oder andere beschönigt. Oscar hat wirklich sehr gelitten, und tut es immer noch.«

»War er in psychologischer Behandlung?«, fragte Emma.

»Das ist er bis heute. Die Rechnungen seines Psychiaters kommen regelmäßig. Die Termine scheint er wahrzunehmen. Immerhin eine Konstante in seinem Leben.«

»Wo wohnt er zur Zeit?«, fragte Alex.

»In einer Studenten-WG nahe der Uni. Ich glaube, außer ihm wohnen noch ein Mann und eine Frau dort. Dass ich das bei Lennard erfragt habe, ist schon eine Weile her.«

»Warum haben Sie keinen Kontakt mehr zu Oscar?«

»Wie ich bereits sagte: Das haben wir selbst zu verschulden.«

»Hat er Ihnen das so gesagt?«

»Nein. Seit Kims Tod hat er kaum noch gesprochen.«

»Hat er sich anders ausgedrückt? So wie Ihre Tochter mit der Malerei?«

»Er spielt Videospiele. Sonst weiß ich nicht, was er für Interessen hat.« Ihre Augen schimmerten feucht.

»Haben Sie denn nicht mal versucht, mit ihm zu reden?«, bohrte Emma weiter.

»Doch, aber er hat mich stets abgeblockt, und jetzt ist schon wieder so viel Zeit vergangen … Wir haben uns so lange nicht mehr gesehen und gesprochen, dass ich nicht weiß, wie ich überhaupt Kontakt aufnehmen soll.«

Emma wurde bei der traurigen Geschichte flau im Magen. Ob es ihrer Mutter auch so ging? Hatte auch sie versucht, mit Emma alles ins Reine zu bringen und nur durch ihren Starrsinn eine Versöhnung bisher verhindert? »Wie würden Sie das Verhältnis zwischen Lennard und Oscar beschreiben?«

»Geht es hierbei in Wahrheit um meine Jungs?« Annika Scholz lehnte sich ein Stück vor und starrte Emma an. Kein Zweifel, dass diese Mutter im Verteidigungsmodus war und ihre Söhne schützen würde, egal vor wem oder was. Aber es waren erwachsene Männer und keine kleinen Kinder, um die es hier ging. Emma fragte sich, ob es sein konnte, dass Annika Scholz ihre Söhne nach Kims Tod so sehr vernachlässigt hatte, dass sie nun unbewusst nachzuholen versuchte, was sie schon vor vielen Jahren hätte tun sollen. »Um welche Klassenkameradinnen geht es denn explizit?«, fragte sie nun, bevor Emma reagieren konnte. Sie agierte nun offensichtlich als Annika Scholz, die Anwältin, und nicht mehr als Mutter. Das Interessante daran war, dass sie das in Bezug auf ihren Mann oder ihre Tochter nicht getan hatte. Wollte sie ihre Söhne schützen, wahrte sie ein Geheimnis von ihnen, oder war ihr Mutterinstinkt aufgrund ihrer Verluste einfach nur ausgeprägter, als es sonst der Fall gewesen wäre?

»Wir glauben, es besteht eine Verbindung zwischen dem Selbstmord ihrer Tochter, Anna Nowak, Cecilia Lopez und Melina Wagner.« Als sie die Namen aufgezählt hatte, sah sie Annika bewusst an, und lediglich bei der Nennung von Melinas Namen konnte sie, wenn auch nur kurz, eine verächtliche Regung in ihrem Gesicht erkennen.

»Melina war Kims beste Freundin, bis sie sich mit dieser Anna eingelassen hat. Dann war Kim plötzlich nicht mehr gut genug.«

»Wie kam es dazu?«

»Das weiß ich nicht. Darüber hat Kim nicht gesprochen. Ich hatte mich schon gewundert, dass sie nur noch in ihrem Zimmer saß. Ich habe es abgetan als eine Phase in der Pubertät, bis ich sie eines Nachts weinen hörte. Ich bin zu ihr gegangen. Das war keine vier Wochen bevor sie … Sie hat gesagt, es sei nichts und sie wolle allein sein.«

»Haben Sie sie danach noch einmal darauf angesprochen?«

»Ja. Aber da erzählte sie auch nur was von Teenager-Kram, ein bisschen Rumgezicke, so was in der Art.«

»Haben Sie ihr Handy noch?«, fragte Emma.

Sie setzte an, etwas zu sagen, tat es dann aber doch nicht. Schließlich antwortete sie mit einem schlichten »Nein«. Sie zupfte am Saum ihres Kleides und schwang die Beine einmal andersherum über Kreuz. »Wie gesagt, wir haben all ihre Sachen entsorgt.«

Obwohl Emma ihr das nicht glaubte, ließ sie das so stehen. Es hatte keinen Sinn, jetzt Druck aufzubauen.

»Haben Ihre Söhne vielleicht noch Andenken von Ihrer Tochter?«, fragte Alex schließlich.

»Das müssten Sie sie schon selbst fragen. Ich glaube aber nicht, dass sie das haben. Wir waren uns damals alle einig.«

»Haben Sie eine der drei besagten Frauen in letzter Zeit gesehen?«, fragte Alex.

»Nein. Ich wüsste nicht mal, wie sie heute aussehen.«

»Erkennen Sie diese Frau?« Alex zeigte ihr ein aktuelles Bild von Cecilia auf seinem Handy. Emma erinnerte sich an das Foto auf ihrem Instagram-Profil.

»Wer soll das sein?«

»Das ist Cecilia Lopez«, sagte er.

»Die ist mir nie begegnet.« Sie stand auf und begann den Tisch abzuräumen und die leeren Flaschen in eine kleine Kiste unter der Holzbank neben dem Kühlschrank zu stellen. »Ist ihr was zugestoßen, oder warum lenken Sie Ihre Fragen auf sie?«

»Das können wir Ihnen nicht sagen.«

»Na gut, dann hoffe ich aber, dass Sie bei Ihren Ermittlungen, um was auch immer es geht, erfolgreicher sein werden als bei meiner Tochter.«

»Wie meinen Sie das?«, fragte Emma.

»Ist das nicht offensichtlich? Sie wurde in den Selbstmord getrieben. Sie hätte sich nie einfach so das Leben genommen. Nicht meine Kim.« Sie konnte sich nicht mehr zurückhalten und fing an zu wimmern. Dabei rutschte ihr eine der Flaschen aus der Hand, die klirrend neben der Kiste landete und am Fuße der Bank liegen blieb.

»Wir hatten so viel gemeinsam vor«, sagte sie in Gedanken verloren mit Blick auf die Flasche am Boden. »Das hätte sie nie so einfach weggeworfen.«

Kapitel 22

»WIR müssen Melina Wagner noch einmal auf den Zahn fühlen«, sagte Emma, als sich Alex kauend und mit einem Teller Currywurst und Pommes ihr gegenüber an den kleinen Tisch auf dem Bürgersteig vor einem Dönerladen am Kesselbrink setzte. »Ich muss wissen, warum Melina und Kim so plötzlich nicht mehr befreundet waren. Irgendwas ist da faul, und ich glaube, dass Kims Mutter etwas weiß.«

»Das Gefühl habe ich auch«, sagte Alex.

Gott sei Dank war die Sonne bereits um das Gebäude herum gewandert und bot ihnen damit einen Platz im Schatten. Es war so heiß, dass Emma glaubte, der Geruch des Essens vermischte sich mit dem vom heißen Plastik, den die billigen Möbel ausdünsteten.

»Andererseits«, sagte Emma, »ist es wahrscheinlich besser, Annas Mutter noch einmal zu befragen, bevor ich zu Melina gehe. Ich würde mich gerne in Annas Zimmer umsehen. Immerhin ist sie als erstes Opfer auserwählt worden. Was wenig Sinn macht, wenn sie tatsächlich verantwortlich für das Mobbing ist.«

»Du meinst, weil die Initiatoren meist als Letztes erledigt werden? Kann sein.« Alex legte Emma eine Pommesgabel vor die Nase und schob seinen Teller in die Mitte, und das, obwohl sie ihm gesagt hatte, dass sie nichts essen wollte.

»Das tun Täter auch, um ihre nächsten Opfer zu verunsichern«, sagte Emma. »Melina könnte wissen, dass sie als Nächstes dran ist. Vielleicht hat sie sogar Nachrichten vom Täter bekommen. Auf Anna und Cecilia könnte das auch zutreffen. Ich glaube, dass der Täter sie dazu gebracht hat, sich mit ihm zu treffen. Nirgendwo gibt es Anzeichen einer Entführung. Ich bin sicher, dass die Techniker auch bei den Lopez' nichts finden werden, was darauf hindeutet.«

»Glaub ich auch. Was ich nicht glaube, ist, dass du bei Anna Nowak einen Brief oder so was in der Art finden wirst. Ihr Handy hat vermutlich noch der Täter.«

»Eine Sache haben wir dabei nicht bedacht.«

»Welche?« Alex pikste sich die Gabel voll.

Emma sah einer jungen Mutter, die mit dem Handy am Ohr ihr schreiendes Kind über den Gehweg schob, hinterher. »Dass heutzutage viele junge Menschen, vor allem vermögende, mehr als nur ein Handy besitzen.«

»Guter Gedanke«, sagte er und steckte sich ein paar Pommes in den Mund.

»Und da der Täter wahrscheinlich sein Tempo beibehalten wird, bleibt uns nichts anderes übrig, als uns aufzuteilen.«

»Kein Ding. Dann nehme ich mir die Brüder Scholz vor.«

»Danke«, sagte sie und spießte sich ein paar Pommes auf. Das Frühstück war schon eine Weile her, und bei dem Wetter würde sie die Kalorien schnell wieder ausschwitzen.

»Das Essen kann ich als Spesen absetzen.« Er tauchte seine Pommes in Mayo.

Emma lächelte. »Schmeckt nicht wie im Freibad.«

»Currywurst isst man mit Asphalt unter den Füßen, nicht mit Chlor.«

»Ich wusste gar nicht, dass du kulinarisch so bewandert bist.«

Alex lächelte amüsiert und aß weiter, spülte den letzten Bissen mit einem Schluck Sprite runter und sagte dann: »Glaubst du, dass wir in Zukunft mehr solcher Fälle haben werden?«

»Das weiß ich nicht.« Nachdenklich stocherte sie mit der Gabel in den Pommes herum. »Diese Nummer ist schon sehr speziell und aufwendig. Ein Täter, der seine digitalen Spuren so gut verwischt, kommt sicher nicht häufig vor. Den meisten werden diese Fähigkeiten fehlen, und dann wird es zu riskant. Überall hört man doch, dass man Spuren im Internet hinterlässt.« Sie legte die Gabel an den Tellerrand.

»Willst du nicht mehr?«

»Setz ruhig den kompletten Betrag ab. Dann bleibt mehr für die Rente«, sagte sie scherzhaft. Alex zuckte mit den Schultern, pikste sich ein paar Pommes auf die Gabel und hielt inne. Er sah zu Emma auf. »Was ist, wenn wir an der falschen Stelle suchen?«

»Was meinst du?«

»Gehen wir noch mal zurück zu der Theorie mit den zwei Tätern. Vielleicht männlich und weiblich.«

»Worauf willst du hinaus?«

»Auf die Rente. Kims Mutter.«

»Die nicht mal Mitte fünfzig ist.«

»Ja, klar. Aber sie ist schon so gut wie in Rente. Zwei Mal die Woche arbeiten, den Garten auf Vordermann bringen, und dann so empfindlich reagieren, wenn es um ihre Söhne geht. Und ist dir aufgefallen, dass sie über ihren Ältesten kaum ein Wort verloren hat? Es könnte doch sein, dass es Mutter und Sohn sind, die sich für Kims Tod rächen.«

»Es ist nicht bekannt, dass Anna, Cecilia oder Melina Kim soweit gemobbt haben, dass sie deswegen Selbstmord begangen hat. Wir vermuten es bloß, mehr ist da nicht. Außerdem hat sie gesagt, dass sie Pläne hatte für Kim, wahrscheinlich sollte sie in die Kanzlei einsteigen. Was, wenn Kim ganz andere Vorstellungen von ihrem Leben gehabt und geglaubt hat, dass sie die für sie geplante Zukunft nicht verhindern könnte? Dann war der Tod für sie der einzige Ausweg.«

»Könnte sein.« Nachdenklich sah Alex auf seine Gabel. »Trotzdem passt ihre Reaktion auf die Kinder in meinen Augen dabei nicht ins Bild. Dann noch der Tod ihres Mannes, der, wie ich es verstanden habe, vor lauter Kummer gestorben ist.«

»Und was ist mit Cecilias Geständnis ihrem Vater gegenüber?«

»Es könnte genauso gut sein, dass Cecilia so gedacht hat wie wir. Dass das Bermudadreieck Kim in den Selbstmord getrieben hat.«

»Oder sie ist zu Annika Scholz gegangen und hat ihr alles gestanden«, hielt Alex an seiner Theorie fest.

»Warum ist sie damit dann nicht zur Polizei gegangen?«

»Weil sie ihnen nichts nachweisen kann. Eine Anwältin weiß so was.«

»Das erklärt aber noch nicht den ganzen Aufwand.«

»Der kleine Bruder scheint dafür genug Zeit zu haben. Die Mutter auch.«

»Dann solltest du dir Oscar Scholz als Erstes vornehmen.«

»Vorher mache ich mir ein genaueres Bild über seinen psychischen Zustand, und wie es scheint, kann mir sein Bruder dabei wohl am besten helfen.«

Kapitel 23

»DANKE, dass Sie sich die Zeit nehmen«, sagte Alex, nachdem er das Büro mit dem Erker zum Willy-Brandt-Platz hin in der Kanzlei Scholz & Werning betreten hatte. »Es hat mich meinen ganzen Charme gekostet, so schnell einen Termin bei Ihnen zu bekommen.«

»Wenn Ihr Dienstausweis so viel Charme versprüht, hätte ich auch gerne einen«, sagte Lennard Scholz, als er ihm über seinen Schreibtisch hinweg freundlich die Hand schüttelte. Dadurch konnte Alex einen flüchtigen Blick auf den aufgeschlagenen Terminkalender werfen. Das Datum für jeden Tag stand per Hand ausgeschrieben hinter jeder Zahl. Dass Anwälte seltsame Marotten hatten, war nichts Neues. Aber diese hatte Alex zuvor noch nie gesehen.

»Bitte«, Lennard deutete mit offener Hand auf einen der Lederstühle vor sich und klappte mit der anderen seinen Kalender zu, »setzen Sie sich. Was kann ich für Sie tun?«

Er redete ruhig und geschäftig. Entweder aus Gewohnheit oder um eine gewisse Distanz zu wahren, denn sicherlich wusste er durch seine Mutter längst, worum es ging. »Ich habe ein paar Fragen, die mit Ihrer Schwester zu tun haben«, sagte Alex ohne Umschweife.

Er lächelte, was Alex im ersten Moment befremdlich fand. Dann dachte er, dass Lennard, im Gegensatz zum Rest der Familie, seinen Frieden mit der Vergangenheit gemacht haben könnte. Oder es war das komplette Gegenteil. »Ich weiß. Meine Mutter hat mich bereits über Ihren Besuch in Kenntnis gesetzt«, gestand er.

»Ich hoffe, es hat sie nicht zu sehr aufgewühlt.«

Sein Lächeln blieb, wirkte jedoch nicht mehr authentisch. »Was wollen Sie über Kim wissen?«

Alex musste aufpassen, was er als Nächstes sagte. Immerhin war er hergekommen, um mehr über Oscar zu erfahren. Direkt nach ihm fragen, wollte er nicht. Er konnte sich nicht sicher sein, wer der oder die Täter waren oder ob sie alle involviert waren. Alex zog seinen Notizblock hervor und fuhr den Kugelschreiber aus – ein und wieder aus. Eine Angewohnheit, die er einfach nicht loswurde.

»Wie standen Sie zu ihr?«, fragte Alex.

»Wir waren uns nicht besonders nah. Dafür waren wir zu weit auseinander. Heute würde das nicht mehr so viel ausmachen, aber zwischen einer Pubertierenden und einem Neunzehnjährigen liegen Welten.«

»Gab es nichts, was Sie zusammen unternommen haben?«

Er lächelte verträumt. »Wir sind gerne ins Kino gegangen. Meistens ins *Astoria*. Das war ein kleines Arthouse-Kino, das es heute nicht mehr gibt.«

Arthouse war nichts für Alex. Klar mochte er auch anspruchsvolle Filme, vor allem Dramen. Doch lieber war es ihm, wenn möglichst viel in die Luft flog. Dabei konnte er am besten abschalten.

»Danach sind wir meist zu Mäckes und haben über den Film philosophiert. Sie hatte schon sehr früh ein gutes Gespür für Geschichten. Wer weiß, wohin sie das geführt hätte.«

»Ich nehme an, in den Gerichtssaal.«

Er lachte kurz auf. »Auf keinen Fall.«

Alex war überrascht, die Mutter hatte noch etwas anderes angedeutet.

»Ein Freigeist wie Kim wäre da, wo ich jetzt bin, nie glücklich geworden.«

»Das eine schließt das andere nicht unbedingt aus«, sagte Alex und machte sich Notizen.

»Klar, ich habe auch meine Hobbys, aber Kim dachte nicht in derartigen Kategorien. Sie dachte wie eine Künstlerin, lebte wie eine und hat jede freie Minute mit Malen, Lesen oder Filmen verbracht. Sie ist sogar oft allein ins Kino gegangen, manchmal auch, wenn sie eigentlich in der Schule hätte sein müssen.«

»Wenn sie Ihnen das anvertraut hat, standen Sie sich doch näher, als Sie sagen.«

»Das ist nichts im Vergleich zu Kim und Oscar. Die beiden waren unzertrennlich, mal abgesehen von den Kinobesuchen. Er war ja damals erst zehn.«

Alex konnte sehen, wie Lennards Blick, der bei seiner Erzählung auf dem Füllerständer ruhte, zunehmend ernster, anscheinend trauriger wurde. Dann blinzelte er einmal, sah Alex an und schien sich zumindest äußerlich wieder gefangen zu haben.

»Ich gehe davon aus, dass Ihre Mutter Sie darüber informiert hat, warum wir Ihnen diese Fragen stellen?«

»Das hat sie.« Lennard klang verbittert.

»Kannten Sie eine von den drei jungen Frauen?«

»Melina Wagner. Sie war Kims beste Freundin.«

»Wissen Sie, warum sie das so plötzlich nicht mehr war?«

»Das konnte mir Kim auch nicht erklären. Oder sie wollte es nicht. Keine Ahnung. Von einem Tag auf den anderen hat Melina ihr nur noch dumme Sprüche an den Kopf geworfen und sie gefragt, wie sie darauf kommt, dass sie überhaupt jemals Freunde gewesen wären. Sie wäre nur ein Platzhalter gewesen. Für wen oder was, weiß ich nicht.«

»Hat sie Ihnen das nicht erzählt?«

»Ich weiß es nicht mehr. Vermutlich hat sie es, und es kann schon sein, wie meine Mutter vermutet, dass sie von anderen in den Selbstmord getrieben wurde. Anzeichen dafür haben wir aber nie gesehen. Ich glaube, dass es meiner Mutter mit diesem Gedanken einfach nur besser geht. Aber wie schon gesagt, ich war neunzehn, sie dreizehn, und ich hatte meine eigenen Probleme. Das Abitur, das richtig gut werden musste, der anstehende Umzug nach Paderborn, um dort zu studieren, die erste richtige Freundin. Das ganze Programm. Mein Weg war klar, und ich hatte mich entschieden, ihn zu gehen.«

Oder es wurde schlicht erwartet, dachte Alex.

»Ich habe nur an mich gedacht«, fuhr Lennard fort. »Wenn sie mir etwas erzählen wollte und ich hatte keine Lust zuzuhören, habe ich ihr das gesagt. Viel zu oft. Es vergeht kein Tag, an dem ich das nicht bereue.«

Alex wusste, wohin das führte. »Sie hätten sie nicht vor dem bewahren können, was sie getan hat.«

»Vielleicht nicht, vielleicht doch. Erfahren werde ich es wohl nie.«

Alex musste an Linda denken. Ob er es auch bereuen würde, wenn er sie nicht kontaktierte und so nie erfahren würde, was sie wollte? Sollte er ihr vielleicht doch zuhören?

»Was glauben Sie, war der Grund für ihren Selbstmord?«, versuchte Alex sich selbst abzulenken. Normalerweise hatte Privates keinen Platz in seinem Job, doch er beruhigte sich damit, dass er in letzter Zeit nicht ausreichend Schlaf bekommen hatte und das der einzige Grund sein musste, warum er nicht ganz bei der Sache war.

»Ich weiß es nicht«, sagte Lennard Scholz, »und wenn ich ehrlich bin, will ich es auch gar nicht wissen.«

Um nicht Gefahr zu laufen, die Gewissheit, dass er doch etwas hätte tun können, ein Leben lang mit sich rumzuschleppen. Das ging den meisten Hinterbliebenen so, selbst wenn es einen Abschiedsbrief oder eindeutige Hinweise für den Grund eines Selbstmordes gab. Egal wie eindeutig oder mysteriös es war, sie machten sich immer Vorwürfe.

»Sie sagten, Ihr Bruder habe eine innigere Beziehung zu Ihrer Schwester gehabt?«

»Ja, das stimmt.« Er löste seinen starren Blick wieder und richtete seine Weste, obwohl das nicht nötig war. »Von ihm werden Sie aber nichts erfahren. Er redet nicht über Kim und schon gar nicht über ihren Tod.« Er senkte den Blick und presste die Lippen aufeinander. »Wäre ich wenigstens da gewesen. Dann hätte er nicht die ganzen Tage …« Er brach ab.

»Ich weiß, was Sie meinen«, sagte Alex. »Dennoch möchte ich mich gerne mit ihm unterhalten.«

»Bitte, tun Sie das nicht. Er hat es schon schwer genug. Vor allem nach dem Tod unseres Vaters.«

»Mir ist bewusst, wie schwer das für Sie alle sein muss, und dass wir Ihre Familie damit belasten und alte Wunden aufreißen, tut uns wirklich leid.«

»Ich unterstelle Ihnen keinen bösen Vorwand. Ich weiß, dass Sie nur Ihre Arbeit machen. Aber Oscar weiß das nicht. Seit Kim tot ist, haben wir kaum ein Wort über sie verloren. Bitte. Halten Sie ihn da raus.«

»Ich fürchte, das kann ich nicht tun.« Alex hasste sich dafür. War er anfangs noch davon ausgegangen, mit einem potenziellen Täter zu reden, sah er im Moment einen Menschen vor sich, der bei seinem Bruder wiedergutzumachen versuchte, was er bei seiner Schwester versäumt hatte. So ähnlich wie Cecilia es vorgehabt hatte.

»Gut, wenn es unbedingt notwendig ist, werde ich Sie begleiten«, sagte er wieder in seinem geschäftigen Ton.

Kapitel 24

»SIE haben Mut, das muss ich Ihnen lassen«, war die freundliche Begrüßung von Richard Nowak, mit der er Emma an der Haustür empfing. »Ich habe Ihnen gesagt, dass Sie meine Tochter finden sollen. Stattdessen müssen wir erfahren, dass sie tot ist.«

»Das tut uns aufrichtig leid, und wir versuchen, denjenigen zu finden, der das getan hat.«

»Hier werden Sie ihn sicher nicht finden.« Er wollte die Tür schließen, hielt aber inne, als seine Frau hinter ihm auftauchte. »Ist schon in Ordnung«, sagte sie zu ihrem Mann. »Lass sie bitte rein.«

Er zögerte einen Moment, dann ließ er die Tür los und verschwand aus Emmas Sichtfeld. Sie lugte durch den schmalen Schlitz und konnte Marie Nowak sehen, wie sie ihrem Mann hinterherblickte, der erst ins Wohnzimmer und dann nach draußen verschwand.

Marie Nowak sah ein wenig verlegen aus. Vielleicht lag das am Verhalten ihres Mannes oder an ihrer Erscheinung, die von dem Prunk des Vortages nichts mehr erahnen ließ. »Entschuldigen Sie.« Sie klang müde und erschöpft, kaum dazu in der Lage, in normaler Lautstärke zu reden. Geschweige denn mit irgendeiner Art der Intonation. »Kommen Sie rein.«

Die Villa hatte sich nicht verändert, und dennoch wirkte alles anders als gestern. Es war kühler und dunkler, obwohl die Sonne am wolkenfreien Himmel stand.

»Entschuldigen Sie, dass ich Sie im Moment Ihrer Trauer stören muss.«

»Sie machen nur Ihren Job«, sagte sie wie in Trance.

Emma fragte sich, ob sie überhaupt realisierte, dass sie sie ins Haus gelassen hatte.

»Wenn es Ihnen nichts ausmacht, würde ich mich gerne einmal in Annas Zimmer umsehen.«

»Welches?«, fragte sie nur.

»Alle?«, antwortete Emma etwas unsicher.

»Kommen Sie.« Sie wandte sich zur Treppe und schritt voran.

Emma folgte ihr, und sie war fast schon versucht, Marie Nowak zu fragen, ob sie sie stützen sollte. Es wirkte, als stellte das Erklimmen jeder weiteren Stufe eine kräftezehrende Herausforderung für sie dar.

Über das brusthohe Geländer hinweg konnte Emma einen Blick durch die Glasfront im Wohnzimmer erhaschen. Der Zigarettenrauch, der sich draußen vor der Scheibe ausbreitete, war der einzige Hinweis auf Richard Nowaks Anwesenheit.

Oben ging Marie weiter, bis sie ohne Vorwarnung links durch eine offene Tür schritt. »Das ist ihr Wohnzimmer«, sagte sie und blieb im Türrahmen stehen, als würde ein Bannspruch sie daran hindern, den Raum zu betreten.

Emma ging an ihr vorbei und fand sich in einem riesigen Zimmer wieder, in dem sie die üblichen Dinge wie Couch, TV und Stereoanlage fand. Dann gab es noch eine Vertiefung, die mindestens drei mal drei Meter betrug und mit Kissen ausgelegt war. Außerdem gab es noch ein Klavier, sechs Bassgitarren aufgereiht in einem dafür vorgesehenen Ständer, umgeben von fünf unterschiedlichen Gitarrenverstärkern. Emma hatte davon keine Ahnung, aber derartiges Equipment kannte sie bisher nur aus Videos großer Rock-Bands. Alex hätte das sicher gefallen.

»Sie hat gerne gespielt«, sagte Marie verträumt. »Und sie war wirklich gut. Aber in eine Band wollte sie nie.«

»Warum nicht?«

»Sie hatte einfach keine Lust darauf, hat sie gesagt.«

»Haben Sie ihr das geglaubt?«

»Ich glaube, sie hatte Hemmungen, auch wenn man das nicht von ihr denken würde.« Jetzt betrat sie den Raum doch, ging zu den Instrumenten und strich über den Hals einer apfelroten Bass-Gitarre. »Das war ihre liebste. Eine Fender, ein besonderes Modell.«

Emma konnte sehen, dass dieser Markenname am Ende des Halses bei drei weiteren Gitarren stand. Die zwei übrigen waren lediglich mit einem großen W versehen, was auch immer das bedeuten sollte.

»Um sie zu kaufen, musste ich mit ihr extra nach München fahren. Wir haben sie von einem Sammler, neu gibt es die nicht mehr.« Sie nahm die Hand von der Gitarre. Nur ihr Blick blieb darauf haften. »Nachdem wir sie gekauft und im Hotel eingecheckt hatten, wollte ich mit ihr noch etwas Essen gehen. Wenn man schon mal da ist, sollte man sich auch mal ein bisschen umsehen. Wissen Sie, was sie den ganzen Abend gemacht hat?« Emma konnte es sich denken. »Sie hat Bass gespielt, und ich habe uns das Essen aufs Zimmer kommen lassen und ihr die ganze Zeit dabei zugesehen.« Sie ließ ihren Blick durch den Raum schweifen. Eine Träne rann ihre Wange hinab, doch das schien sie gar nicht wahrzunehmen. »Was machen wir denn jetzt damit?« Sie fing an zu weinen. »Entschuldigen Sie mich bitte«, sagte sie und rannte hinaus.

Emma sah sich weiter um. Neben der Tür war eine große Leinwand mit dutzenden Fotos angebracht – von Partys, Urlauben, netten Abenden. Auf allen sah Anna fröhlich, glücklich und ausgelassen aus. Fast immer mit dabei war Melina. Und viele unbekannte Gesichter. Cecilia war nirgends zu sehen. Keines der Fotos erweckte den Anschein, dass sich jemand in Annas Nähe unwohl gefühlt hatte. Was Emma hier sah, war das krasse Gegenteil von dem, was sie bisher über Anna gehört hatte. Warum redeten sie alle so schlecht von ihr? Waren sie eifersüchtig oder voreingenommen, bloß weil sie reich war?

»Sie war immer gerne unter Menschen«, hörte sie Marie Nowak sagen. Sie klang nicht mehr so monoton wie eben. Gänzlich abgestellt hatte sie es allerdings noch nicht. Trotzdem erweckte es den Anschein, als hätte das kurze Zulassen ihrer Trauer eine Blockade gelöst. Diese Stimmungsschwankungen bei Hinterbliebenen hatte Emma schon oft erlebt. Weinen konnte im Minutentakt in ein Lächeln umschlagen, wenn sich die Trauernden plötzlich an schöne Momente erinnerten. »Im gleichen Maß war sie gern für sich und allein mit ihrer Musik. In letzter Zeit eher weniger, aber eine Stunde am Tag hat sie sich die Zeit dafür genommen. Früher konnten es auch mal sechs werden.«

Marie blieb neben Emma stehen und besah sich mit ihr zusammen die Bilder. Einen Moment lang sagte keiner von ihnen ein Wort. Dann musste Emma auf die Frage zu sprechen kommen, wegen der sie hergekommen war und die sie sich in den verschiedensten Varianten zurechtgelegt hatte. »Bei so vielen Freunden stand ihr Handy wohl niemals still.«

»Deswegen hatte sie auch mehr als eins. Gestern gingen viele Anrufe und Nachrichten ein. Ich habe aber alles ignoriert.«

»Macht es Ihnen etwas aus, wenn ich einen Blick darauf werfe?« Emma wandte sich Marie zu, die weiter die Bilder betrachtete und abzuwägen schien, ob sie dem zustimmen sollte oder nicht. »Es könnte uns vielleicht weiterhelfen«, fügte Emma in der Hoffnung an, sie damit zu überzeugen.

»Glauben Sie, der Täter befindet sich in ihren Kontakten?« Jetzt sah sie Emma an. Fast flehentlich, als würde sie erwarten, dass Emma ihre Frage mit »Ja« beantworten würde.

»Ausschließen können wir das nicht. In vielen Fällen kannten die Täter ihre Opfer persönlich. Oftmals befinden sie sich sogar im familiären Umfeld.«

»So viel Familie gibt es bei uns nicht. Vor allem nicht in der näheren Umgebung.« Sie sah verträumt an Emma vorbei. Dann sah sie sie wieder an. »Kommen Sie. Ich gebe Ihnen die Telefone.«

»Wie viele sind es denn?«, fragte Emma verwundert.

»Insgesamt hat sie drei«, sagte Marie, während sie eine Tür weiter gingen und ein kleineres Zimmer betraten, das offenbar Annas Schlafzimmer war. Neben dem begehbaren Kleiderschrank befand sich eine geschlossene Tür, hinter der Emma ein eigenes Badezimmer vermutete.

»Ich hab sie hier reingelegt«, sagte Marie, »und auf stumm geschaltet.« Sie zog die kleine Schublade des Nachttisches neben dem Himmelbett auf, über dem sich Poster von Guns n' Roses, Led Zeppelin und Jimi Hendrix befanden. Dass sie diese Musik, die sogar älter als Emma war, kannte, überraschte sie doch ein wenig. Emma war ebenfalls ein Fan, was sie eine plötzliche Verbundenheit zu Anna spüren ließ. Derartiges empfand sie oft, wenn sie tiefer in das Leben der Opfer eintauchte. Zum letzten Mal war das bei Zoe D'Amato der Fall gewesen, Stefan Bauers erstem Opfer.

Marie drehte sich zu Emma und betrachtete fragend die beiden iPhones in ihrer Hand. »Das ist mir gestern gar nicht aufgefallen. Das

12er und das 14er«, sagte sie und hielt das neuere hoch. »Das ist eigentlich ihr Haupthandy. Das nimmt sie überall mit hin. Die anderen beiden lässt sie immer zu Hause.«

»Welches fehlt?«, fragte Emma und holte einen kleinen Plastikbeutel aus ihrer Umhängetasche.

»Das 10er.«

Emma hielt den Beutel vor Marie auf, die daraufhin die beiden Telefone hinein legte. Sie bedankte sich und verstaute sie in ihrer Tasche. »Wenn wir sie ausgewertet haben, bringe ich sie Ihnen umgehend zurück.«

»Warum hat sie das 10er mitgenommen?«, richtete Marie die Frage mehr an sich selbst und wieder so monoton wie anfangs. »Das ist doch uralt.« Sie sah Emma fragend an und doch wieder nicht. Emma war, als würde Marie durch sie hindurchsehen.

Eine gute Frage, dachte Emma. Dazu fand die IT vielleicht Hinweise auf den verbliebenen Handys. Natürlich war sie versucht, sie sich sofort selbst anzusehen, doch die Vorschrift besagte, dass alles, was mit Computertechnologie zu tun hatte, von Experten gesichtet werden musste.

»Mir fällt gerade ein: Als ich das Handy auf stumm geschaltet habe, rief Melina an. Sie war heute sogar hier. Richard hat sie nicht reingelassen. Unfreundlich wie immer.«

»Hat sie ihm gesagt, was sie hier wollte?«, fragte Emma.

»Wir haben seit gestern nicht mehr miteinander geredet. Bevor ich überhaupt erfahren habe, dass sie da war, waren Stunden vergangen.«

»Hat Anna mal mit Ihnen über Melina geredet?«

»Spielen Sie auf etwas Bestimmtes an?« Marie klang überraschend streng.

»Wir haben herausgefunden, dass Ihre Tochter zusammen mit Cecilia Lopez und Melina Wagner ein Trio gebildet haben, das alles andere als beliebt auf ihrer alten Schule war.«

»Meine Tochter soll nicht beliebt gewesen sein? Dann fragen sie doch mal die ganzen Lehrer und sehen sich ihre Noten an. Ein Abitur von eins Komma drei, dazu die ganzen ehrenamtlichen Tätigkeiten – so was macht einen doch nicht unbeliebt.«

»Welche Tätigkeiten waren das?« Diese Frage lenkte das Gespräch hoffentlich in eine andere Richtung. Emma ärgerte sich darüber, dass sie diese Beliebtheitsfrage überhaupt gestellt hatte. Natürlich wollte Annas Mutter so kurz nach der Nachricht vom Tod ihrer Tochter nichts Schlechtes über sie hören.

»Hausaufgabenbetreuung, Nachhilfe in der Schule. So was eben. Wenn jemand unbeliebt war, dann Melina.«

»Warum?«

»Sie war kein guter Umgang.«

»Weil sie kein Geld hat?«

»Das hat nichts damit zu tun«, sagte sie, als hätte Emma sie beleidigt. »Sie wollte immer alles bestimmen.«

Interessant, dachte Emma. Etwas in der Art hatte Kims Mutter ihr auch erzählt. Die Vermutung lag nahe, dass Melina mit ihrer Art bei Kim nicht mehr angekommen war und mit Anna jemand Neues gefunden hatte, bei dem es funktionierte. Das wäre ein guter Grund für einen Egomanen, eine Freundschaft von heute auf morgen zu beenden.

»Warum haben Sie uns gestern nichts davon erzählt?«

»Ich dachte wirklich, die Videos wären das Werk von Melina und Anna, und ich wollte sie beide persönlich dafür geradestehen lassen.«

Marie Nowak hatte den Verdacht erhärtet, dass es Melina gewesen sein konnte, die die beiden Frauen umgebracht hatte, also fragte Emma nach: »Wie hat Melina Wagner Ihre Tochter beeinflusst?«

»Dafür habe ich kein Beispiel. Ich vermute es nur. Manchmal habe ich mitbekommen, wie Melina etwas vorgeschlagen hat, worauf Anna aber keine Lust hatte. Nach einer halben Stunde auf ihrem Zimmer hat sie es dann doch getan. Ich habe mir nichts dabei gedacht. Wenn man jung ist, ändert man seine Meinung auch mal schnell und das aus den banalsten Gründen. Derartige Situationen gab es öfter, wenn ich so darüber nachdenke.«

Emma konnte sehen, wie es in Marie arbeitete und wie sie wütend wurde. Was nur verständlich war.

»Können Sie sich vorstellen, dass Melina Wagner zu so etwas wie Mobbing fähig wäre?« Sie hielt dieses Mal Anna ganz bewusst aus der Frage raus.

»Zuzutrauen wäre es ihr«, sagte sie knapp und bitter zugleich.

»Wenn sie größtenteils mit Anna zusammen war und es jemanden oder mehrere gab, die einen guten Grund hatten, sauer auf Melina zu sein, liegt der Verdacht nahe, dass Ihre Tochter mit hineingezogen wurde.«

»Meine Tochter hat so etwas nie getan. Sie war beliebt.«

»Ich unterstelle ihr nicht, dass sie etwas tatsächlich getan hat«, versuchte Emma sie zu beschwichtigen.

»Ich kenne meine Tochter. Wenn jemand zu so etwas im Stande ist, dann Melina.«

Emmas Diensthandy klingelte. Sie fummelte es aus ihrer Gesäßtasche, entschuldigte sich bei Marie Nowak und nahm den Anruf im Flur entgegen.

»Schwarz hier. Wir haben ein neues Video. Es ist aber anders als die vorherigen.«

Kapitel 25

LENNARD Scholz klopfte dreimal laut an die Wohnungstür im vierten Stock und schloss sie auf, ohne auf eine Antwort zu warten.

»Ich bin's, Lennard«, sagte er laut und betrat die Wohnung.

Alex folgte ihm in den schmalen Flur, von dem links zwei und rechts drei geschlossene Türen abgingen. Bei drei Bewohnern blieb eine für die Küche und eine für das Badezimmer. Der Flur war schmal und für jemanden wie Alex, der aufgrund des regelmäßigen Trainings alles andere als schmale Schultern hatte, war es durch die vollbehangene Kleiderstange gegenüber der offenen Tür etwas zu eng.

»Oscar, bist du da?«

Niemand antwortete. Entweder waren die anderen beiden Mitbewohner ausgeflogen oder sie schliefen noch. Bei Studenten konnte beides möglich sein. *Schrödingers Katze in der Studenten-WG*, dachte Alex und schloss die Wohnungstür. Er folgte Lennard ans Ende des Flurs zur Tür auf der rechten Seite.

Lennard klopfte. »Oscar?«

Wieder hörten sie nichts.

Er öffnete die Tür und trat in einen verdunkelten und muffig riechenden Raum, in dem lediglich ein großer Computerbildschirm etwas Licht spendete. Oscar saß mit Kopfhörern davor und spielte ein Strategiespiel, bei dem er die Maus ständig in Bewegung halten musste. Auf dem Bildschirm lief alles sehr schnell ab, und Alex, der seit seiner Jugend nicht mehr intensiv gezockt hatte, konnte dieser Geschwindigkeit und der grafischen Reizüberflutung nicht lange zusehen. Erst, als Lennard neben ihm stand und in sein Sichtfeld schnipste, reagierte Oscar. Er war weder erschrocken noch überrascht. Beinahe lethargisch sah er zu ihm auf, an ihm vorbei zu Alex und dann wieder auf seinen Bildschirm, um weiter zu zocken.

Umsichtig streifte Lennard ihm die Kopfhörer in den Nacken. »Oscar, ich habe jemanden mitgebracht, der mit dir reden möchte. Ist das in Ordnung?«

Oscar hielt für einen Moment die Maus still und tat rein gar nichts, außer auf den Bildschirm zu starren. »Wen?«, fragte er schließlich, bevor er weiterspielte.

»Der Mann ist von der Polizei.«

Oscar blieb auf das Spiel fixiert.

»Er hat Fragen zu Kim.«

Wieder hielt er inne. Er pausierte das Spiel und drehte sich in seinem Gaming-Stuhl den beiden zu.

»Geht das in Ordnung?«, fragte Lennard jetzt voller Sorge.

»Ist okay«, sagte Oscar.

»Darf ich das Fenster aufmachen?«, fragte Lennard.

»Okay.«

Lennard stieg über die Klamotten auf dem Boden hinweg, um das Rollo hochzuziehen. Das Sonnenlicht stach Alex in die Augen. Oscar schien das nichts auszumachen. Sein Blick war unverändert. Lennard riss das Fenster auf und ließ damit den Lärm der Rush Hour ungefiltert ins Zimmer. Der Geruch würde sicherlich bald folgen, was ausnahmsweise mal die reinste Erlösung darstellte.

Lennard setzte sich neben Oscar aufs Fußende des Bettes und stützte sich mit den Ellbogen auf den Oberschenkeln ab, um seinem Bruder so nah wie möglich sein zu können.

Oscar starrte Alex einfach nur an. Er sah ihm die ganze Zeit in die Augen. Unablässig und mit einer Stumpfheit im Blick, bei der Alex sich fragte, ob der Junge noch mit den Gedanken bei seinem Spiel war und ob er überhaupt realisiert hatte, dass vor ihm ein Kripobeamter stand, der ihm Fragen zu seiner Schwester stellen wollte. Wie auch immer, Alex würde nur Klarheit schaffen können, wenn er anfing zu reden.

»Ich würde gerne von dir wissen – es ist doch okay, wenn ich du sage, oder?«

»Ist okay«, sagte Oscar wieder.

»Du musst nicht mit ihm reden, wenn du nicht willst«, sagte Lennard sanft.

»Ich weiß«, sagte Oscar. Er blinzelte und das vermutlich zum ersten Mal, seit er sich vom Bildschirm abgewandt hatte. Er sah kurz an Alex vorbei, so als würde hinter ihm noch jemand stehen. Dann sah er ihn wieder an. Alex warf einen Blick über die Schulter. Da war niemand, und Schritte oder andere Geräusche, die darauf hindeuteten, dass sich eine weitere Person in der Nähe aufhielt, konnte Alex nicht hören.

»Dein Bruder hat mir erzählt, du hattest eine gute Verbindung zu deiner Schwester«, begann Alex.

»Die habe ich immer noch«, sagte er.

Alex konnte das gut verstehen. Nachdem sein bester Freund an Leukämie gestorben war – Alex war etwas jünger gewesen als Oscar jetzt –, hatte er auch das Gefühl, dass er immer noch mit ihm verbunden war, dass er immer noch da war, obwohl Alex ihn nicht sehen konnte. Zwar glaubte er nicht an Geister oder an den lieben Gott und ein prunkvolles Himmelreich, doch das Gefühl war dennoch manchmal da, dass es irgendwas gab, was einem nach dem Tod erwartete. Erklären konnte er sich das nicht und hinterfragte es schon lange nicht mehr. Er ließ es nur noch zu. »Habt ihr viel Zeit miteinander verbracht?«

»Die meiste Zeit.« Er lächelte. »Sie hat mich überall mit hingenommen.« Dann verschwand das Lächeln langsam wieder. »Später nicht mehr.«

»Was meinst du mit später?«

»Als sie in die Pubertät kam«, schaltete Lennard sich ein.

»Ja«, bestätigte Oscar.

Alex ließ sich davon nicht beirren und fuhr fort. »Wir fragen uns, was der Grund dafür gewesen sein könnte, warum sie sich erhängt hat.«

Lennard riss den Kopf in Alex' Richtung. Auch davon ließ er sich nicht aus der Fassung bringen. Er wollte Oscars Reaktion darauf sehen.

»Das hat sie nicht getan«, sagte Oscar bedächtig.

»Meinst du damit«, sagte Alex, »sie hat es nicht selbst getan?«

»Genau. Sie war es nicht selbst.«

»Hat sie jemand hochgezogen?«

»Nein. Das hat sie selbst getan. Aber sie hat sich nicht umgebracht.«

Lennards Verwirrung war echt, glaubte Alex, denn er spürte sie selbst und war sich nicht sicher, wie er die nächsten Fragen stellen sollte. Sie hatte sich nicht selbst erhängt. Meinte er das sinnbildlich? Dass jemand anderes schuld daran war? »Wer, glaubst du, hat sie auf dem Gewissen?«, fragte er schließlich.

»Das weiß ich nicht. Sie hat nie darüber gesprochen.«

Lennard sah seinen Bruder an, und Alex konnte in seinem Blick die Reue sehen, die er verspürte, weil er damals nichts unternommen hatte. Dass er ihr nicht genau zugehört hatte und aus seiner Sicht eine Mitschuld an ihrem Tod und dem Zustand seines Bruders trug. Aller Wahrscheinlichkeit nach gab er sich sogar mehr als nur eine Mitschuld. Oscar hatte zwei Tage zu den Füßen seiner toten Schwester verbracht, die vermutlich von ihren Mitschülerinnen gemobbt worden war. Diese Theorie war ihm aufgrund der bisher zusammengetragenen Aussagen am wahrscheinlichsten. Ihm kam der Gedanke, ob eine Nachricht auf ihrem Handy das Fass zum Überlaufen gebracht haben könnte. Vielleicht auch ein Foto, irgendwas, das ihr den ausschlaggebenden Impuls gegeben hatte.

»Als du auf deine Eltern gewartet hast«, milder konnte er es wirklich nicht ausdrücken, »hast du da mal einen Blick auf ihr Handy geworfen?«, fragte Alex. »Hatte sie es überhaupt bei sich?«

»Es war in ihrer Tasche. Es hat ab und zu geleuchtet. Ich wollte es ihr nicht wegnehmen. Es war doch ihres. Aber es hat die ganze Zeit geleuchtet. Auch nachts. Ich bewahre es bloß für sie auf.« Im kaum hörbaren Flüsterton wiederholte er den letzten Satz. So als müsse er sich das noch einmal in Erinnerung rufen, um sich der Realität klar zu werden.

»Was meinst du damit?«, fragte Lennard vorwurfsvoll, als hätte Oscar etwas Verbotenes getan, und Alex wusste sofort, was das war. »Hast du ihr Handy noch?«

»Ja, hab ich«, sagte Oscar schuldbewusst und wiederholte abermals seine Worte leise.

»Du hast es die ganze Zeit über gehabt?«, fragte Lennard scharf. »Wir haben es überall gesucht, und du hast es die ganze Zeit versteckt?«

»Es war doch ihres«, sagte er weinerlich. »Und ihr wart nicht da, um es auszuschalten. Es hat geleuchtet.« Er wandte sich wieder dem Bildschirm zu. »Die ganze Nacht«, flüsterte er und wiederholte es.

Keine Frage, Oscars psychischer Zustand war sehr labil, und Alex musste wirklich aufpassen, dass er ihn nicht überforderte.

Lennard wandte sich nun an Alex. »Es tut mir leid. Ich weiß, dass Ihre Kollegen damals danach gefragt haben. Ich hatte wirklich keine Ahnung, dass es noch existiert.«

Alex gab ihm nickend zu verstehen, dass das schon in Ordnung war. »Oscar?« Mit ein wenig Verzögerung reagierte der junge Mann auf seinen Namen und sah Alex wieder an. Sein trauriger Blick ließ Alex nicht kalt. Er sah aus wie ein kleiner Junge, für den die Welt zusammengebrochen war. »Darf ich das Handy einmal sehen? Ich werde auch gut darauf aufpassen.«

»Ich weiß nicht, ob Kim das möchte«, sagte er. »Ob sie das möchte«, wiederholte er flüsternd.

Lennard vergrub für einen Moment das Gesicht in den Händen, dann sah er wieder zu seinem Bruder. Er schien plötzlich kraftlos und zu nichts weiter in der Lage zu sein, als wie ein stummer Zeuge einfach nur zuzusehen.

»Deine Schwester war sicher ein toller Mensch und hilfsbereit, oder?«

»Ja.« Er lächelte verträumt. »Sie hat mir immer geholfen.«

»Bestimmt nicht nur dir, richtig?« Alex schlug bewusst den Kurs von Suggestivfragen ein. Er war sich nicht sicher, ob das bei Oscar erfolgversprechend war oder ob es überhaupt einen Unterschied machte. Doch hatte Alex die Erfahrung gemacht, dass Menschen, die emotional mit etwas so stark verbunden waren wie Oscar, durch Suggestivfragen in die richtige Richtung gelenkt werden konnten.

»Nein«, sagte Oscar. »Jeder, der ihre Hilfe brauchte, hat sie bekommen.«

»Das freut mich zu hören. Denn es gibt da jemanden, der die Hilfe deiner Schwester gut gebrauchen könnte.« Oscar sah ihn skeptisch an. »Kim würde sicher helfen wollen. Meinst du nicht?«

»Ja, ich denke schon«, sagte Oscar und schien abzuwägen, ob er darauf eingehen sollte oder nicht.

»Wenn Kim dir ihre Sachen anvertraut hat, dann doch sicher auch mit dem Gedanken, dass das Handy vielleicht noch mal wichtig werden könnte.«

»Inwiefern?«

»Es gibt einen Fall, der ähnlich ist wie der deiner Schwester. Wir suchen nach einem Schuldigen und glauben, dass er deine Schwester gekannt hat.«

Oscars Blick verfinsterte sich etwas. »Sie glauben, dass ich das bin?«

Hinter der anfänglichen Verwirrtheit schien doch immer noch ein aufgeweckter junger Mann zu stecken.

»Nein«, sagte Alex mit einem Lächeln. »Sonst würdest du den Ruf deiner Schwester ruinieren. Das würdest du doch nicht tun, oder?«

»Niemals.«

»Hilfst du mir dann?«

»Und wer hilft Kim?«

»Ich.«

»Wie denn?«, fragte er.

»Indem ich herausfinde, wer sie getötet hat.« Diese Wortwahl traf er ganz bewusst, um Oscar zu vermitteln, dass er an seine Theorie glaubte und Gerechtigkeit für Kim wollte. Letzteres tat Alex tatsächlich.

»Bekomme ich es zurück?«, fragte Oscar.

»Auf jeden Fall.«

»Ich halte das für keine gute Idee«, sagte Lennard und kehrte wieder den Anwalt raus. Alex befürchtete, dass alle Mühen umsonst gewesen waren, doch da fragte Oscar: »Warum?«, und drehte sich im Stuhl zu seinem Bruder um. »Er will ihr doch helfen. Was hast du dagegen?«

»Nichts«, sagte er streng, stützte sich schwerfällig auf seinen Oberschenkeln ab und stand auf. »Aber du weißt, dass Mama nicht wollte, dass wir etwas von Kim aufbewahren. Und das hinterfragen wir nicht, sondern respektieren es.«

»Aber das Handy gehörte doch Kim.«

»Darum geht es nicht.« Jetzt schlug Lennard einen Ton an, der Alex an einen Lehrer aus der Schulzeit erinnerte, der nicht mit sich reden ließ und der nur seine eigene Meinung als die einzig wahre akzeptierte. »Ich will nicht, dass Fremde in den privaten Nachrichten von Kim herumschnüffeln. Und Mama würde das auch nicht gut finden. Vor allem, weil du sie angelogen und ihr verheimlicht hast, dass du Kims Handy die ganze Zeit aufbewahrst.«

»Deswegen habe ich ihr nichts davon erzählt.«

»Von mir wird sie auch nichts erfahren«, sprang Alex dazwischen und erntete einen bösen Seitenblick von Lennard, der Alex jedoch kalt ließ.

»Siehst du? Ihm können wir vertrauen. Er ist Polizist.«

»Bist du wirklich sicher, dass Kim das gewollt hätte?«, gab Lennard mit Nachdruck zu bedenken.

»Wenn du sie so gut gekannt hättest wie ich, wüsstest du das.«

Lennard schien betroffen, und er verlor für einen Augenblick seine autoritär anmutende Haltung. Zeit genug für Lennard, um überraschend energisch von seinem Stuhl aufzuspringen und zum Kopfende des Betts zu hechten. Unter dem Gestell zog er sorgsam einen Schuhkarton hervor, nahm ihn in beide Hände und setzte sich damit auf die Bettkante. Er legte ihn auf seinem Schoß ab, als befände sich darin etwas Zerbrechliches. Lennard war überrascht und sah ebenso wie Alex gespannt auf den Karton. Vorsichtig hob Oscar den Deckel an und legte ihn neben sich. Ein Stapel zusammengefalteter Papiere war darin. Erst als Oscar sie herausnahm, konnten die beiden sehen, dass ein Smartphone in einer undurchsichtigen Schutzhülle auf einem Stapel mit Zeichnungen lag.

»Hier ist es«, sagte Oscar und hielt es Alex hin. »Es ist immer aufgeladen. Ich schließe es jede Nacht an.«

Alex zog einen Plastikbeutel aus der Tasche und stülpte ihn sich über die Hand, um das Handy zu nehmen. »Ich danke dir«, sagte er. »Du bekommst es so schnell wie möglich zurück.« Als er den Beutel darüber stülpte, rutschte das Handy aus der Hülle und aktivierte sich. Es war im Standby-Modus und nicht ausgeschaltet. Oscar ließ alles fallen und machte einen Satz rücklings aufs Bett. Er schrie und sah mit weit aufgerissenen Augen auf das leuchtende Display. Alex reagierte umgehend und steckte es hastig in seine Hosentasche mit dem Display nach innen, damit es nicht durch den Stoff scheinen konnte, während Lennard zu seinem Bruder aufs Bett sprang und versuchte, ihn in die Arme zu nehmen und zu beruhigen. Ganz egal, was er zu ihm sagte, es schien nicht zu helfen.

»Es ist aus«, sagte Alex laut und ruhig, was Oscar dazu brachte, zu verstummen. Zitternd in den Armen seines Bruders sah er auf Alex' Hosentasche. »Es ist aus«, wiederholte Alex sanft und fragte sich, ob er hier richtig war. Ob die beiden wirklich in der Lage waren, jemanden zu ermorden, wo sie doch selbst alle Kraft aufbringen mussten, irgendwie ihren Alltag zu meistern.

Kapitel 26

»GOTT, sie hat sich sogar eingepisst«, konnte Emma die Stimme einer jüngeren Anna Nowak hören, die anscheinend mit ihrem Handy diese wackelige Aufnahme gemacht hatte. Vor einer Stunde war diese auf Melinas Instagram-Profil hochgeladen worden und verfügte bereits über unzählige Likes und einige unschöne Kommentare. Es war ein kurzes Video von elf Sekunden und hatte rein gar nichts mit den anderen zu tun. Dieser eine Satz war auch der einzige, den man klar verstehen konnte. Ansonsten gab es Gegröle und Gelächter und gelegentliches Stöhnen von einer jungen Melina, die oben ohne auf dem Bauch am Rande eines Pools lag, in den sie sich gerade übergeben hatte. Die laute Musik und die anderen Stimmen, Füße und Unterkörper, die auf dem Video zu sehen gewesen waren, deuteten auf eine Party hin, auf der Melina es deutlich übertrieben hatte.

Nachdem das Video zu Ende war, aktivierte Alex die Sperrtaste an seinem Diensthandy und steckte es in seine Tasche, während Emma und er Melina durch die breite verspiegelte Scheibe im Verhörraum beobachteten. Sie schien ungeduldig darauf zu warten, dass endlich jemand mit ihr sprach. Offenkundig war sie ungehalten darüber, dass man sie hierher eskortiert und dazu auch noch aus einer Schicht geholt hatte.

Dieses Video bestätigte, dass es Material gab, mit dem Melina erpressbar gewesen war. Davon zu reden, dass das Glück Emma und Alex in die Karten gespielt hatte, fiel beiden schwer – die Aufnahmen waren mehr als demütigend. Dennoch zeigte es, dass Melina Wagner einen guten Grund hatte, Anna und Cecilia aus dem Weg zu räumen. Zwar war Cecilia nicht auf dem Video zu sehen oder zu hören gewesen, dennoch glaubte Emma, dass sie dort .gewesen war. Denn schließlich waren sie früher das unzertrennliche Bermudadreieck gewesen. Es überraschte Emma nicht, dass diese drei jungen Frauen ihrem eigenen Sog zum Opfer fielen.

Unter dem Vorwand, Melina Wagner aus Sicherheitsgründen aufs Revier zu bringen, hatten Staatsanwältin Aufderheide und Polizeihauptkommissar Krüger zugestimmt. Emma und Alex hatten gesagt, sie glaubten, der Killer hätte sich Zugang zu Melinas Account verschafft und das Video hochgeladen, um sie als sein nächstes Opfer zu markieren. Emma war sich dennoch ziemlich sicher, dass Krüger und Aufderheide wussten, dass sie Melina nicht aus Schutz vor dem Täter herbeordert hatten.

Inzwischen waren die Handys ausgewertet worden. Mit den Ergebnissen würden sie Melina an geeigneter Stelle konfrontieren. Vorher mussten sie sie aber dazu bringen, das Mobbing zu gestehen, das ihr, Anna und Cecilia vorgeworfen wurde und das durch die neuen Daten von Kim Scholz' Handy mehr als ein bloßer Vorwurf war.

»Wollen wir?«, fragte Alex.

Emma nickte und ging mit ihm zusammen vom Beobachtungsraum in das angrenzende Verhörzimmer. »Guten Tag«, sagte Emma, als sie mit ihren Unterlagen den Raum betrat. Alex war direkt hinter ihr und kam schon gar nicht mehr dazu, Melina Wagner zu begrüßen.

»Haben Sie eigentlich eine Ahnung, wie mein Chef reagiert hat, als Ihre Kollegen mich entführt haben?«

»Wir haben Sie nicht entführt«, sagte Emma gelassen. »Wir haben Sie in Sicherheit gebracht.«

»Ein Safe-House habe ich mir anders vorgestellt.« Melina warf einen abschätzenden Blick durch den kargen Raum.

»Es gibt vieles, was nicht unseren Vorstellungen entspricht.« Alex lehnte sich gegen den Spiegel und tauchte damit seinen Oberkörper in den Schatten. Natürlich hätten sie den ganzen Raum erhellen können, doch Emma und Alex brauchten die optische Abgrenzung, was psychologische Gründe hatte. Im Spot-Light saß Emma Melina gegenüber und suggerierte ihr damit den engen Kreis der Möglichkeiten, die ihr blieben. So wie Melina bisher aufgetreten war, mussten sie in diesem Verhör dafür sorgen, dass sie sich nicht allzu sicher fühlte. Das erreichte man oft, indem man die Wahrnehmungen des Befragten kontrollierte.

»Haben Sie das Video gesehen, das auf Ihrem Profil hochgeladen wurde?« Emma setzte sich an den Tisch und legte die Akte mit den Unterlagen vor sich hin.

»Ja, und? Es ist doch nur ein Video. Dazu noch uralt.«

»Beunruhigt Sie das gar nicht?«

»Das Internet ist wohl Neuland für Sie. So was ist völlig normal und passiert eben. Ich wusste nicht mal, dass die Aufnahme noch existiert.«

»Wer hat gefilmt?«

»Anna. Wer sonst.«

»War Cecilia Lopez zum Aufnahmezeitpunkt ebenfalls anwesend?«

»Sah ich so aus, als hätte ich noch viel mitbekommen?«

Emma nahm die Antwort hin und tat, als würde sie sich Notizen machen. In Wahrheit tat sie das nicht, es wurde sowieso alles aufgezeichnet. Das war nur Teil ihrer Taktik, denn es waren allen voran Täter, die ein ungutes Gefühl dabei hatten, wenn man sich zu scheinbar belanglosen Aussagen etwas notierte. »Gibt es noch mehr Videos dieser Art?«

»Kann schon sein.«

»Auch von anderen?«

»Wie meinen Sie das?«

»Gibt es Videos, auf denen Ihre Freundinnen in ähnlichen Situationen zu sehen sind?«

»Weiß ich nicht.«

Schwang da eine Spur Unsicherheit mit? »Glauben Sie immer noch, dass alles nur ein Spiel von Anna ist?«

»Vielleicht. Oder auch nicht«, sagte sie geschlagen. »Wenn sie es nicht selbst war, ist jemand anderes im Besitz ihres Handys. Angst macht mir das trotzdem nicht.«

Emma fragte sich, wie lange sie diese Fassade der Gleichgültigen aufrechthalten konnte. Gestern war sie vor ihren Augen zusammengebrochen, heute tat sie, als würde sie das alles kaum berühren.

»Wenn Sie Anna kennen würden, würden Sie genauso zweifeln wie ich«, fügte Melina hinzu.

»Sie glauben, dass sie noch lebt?« Emma war klar, dass Trauernde oft zunächst einmal den Tod einer geliebten Person leugneten. Bei der Beerdigung schlägt das bei den meisten ins Gegenteil um. Es konnte aber auch genauso gut sein, dass Melina ihnen etwas vorspielte.

»Zeigen Sie mir ihre Leiche.« Sie stützte sich auf den Unterarmen ab und lehnte sich auffordernd vor. Ihr Blick sagte deutlich, dass sie diesen Beweis dringend benötigte, um die Realität akzeptieren zu können. Doch den konnte Emma ihr nicht liefern. »Das Video zeigt Sie volltrunken, noch dazu oben ohne und wurde von Ihrem Account aus hochgeladen.«

»Und von welchem Handy?«

»Bei den anderen Videos ist das nicht mehr zurückzuverfolgen. Bei diesem sieht es ganz danach aus, als hätten Sie es selbst hochgeladen.«

Melina sah sie noch einen Moment auffordernd an, bevor sie sich aus dieser Körperhaltung löste und sich wieder zurücklehnte. »Das ist doch keine große Kunst. Mein Account wurde schon mehrfach gehackt, genau wie der von vielen anderen. Und oben ohne haben mich auch schon viele gesehen. Also kümmert mich das nicht wirklich. Außerdem sieht man meine Titten nicht einmal richtig. Was irgendwie schade ist. Die waren gut in Form.«

Emma ignorierte diese lapidaren und unangebrachten Äußerungen und tat wieder so, als würde sie sich dazu etwas aufschreiben. Im Augenwinkel konnte sie erkennen, wie Melina versuchte, einen Blick in die Akte zu werfen, die Emma nur so weit an der unteren rechten Ecke aufklappte, dass niemand sah, was sie notierte. »Wir glauben nicht, dass Anna etwas mit dem Upload zu tun hat.« Emma klappte die Akte wieder zu.

»Wer denn sonst, scheiße noch mal? Die verarscht uns doch alle nur. Das hat sie immer schon getan.«

»Geht das alles nicht eine Spur zu weit?«

»Genau das ist doch der Reiz an der Sache. Sie haben unseren Kurzfilm gesehen. Ich war nicht diejenige, die es so verdammt realistisch und blutig haben wollte. Schon mal drüber nachgedacht, dass Anna für die Videos, die Sie für echt halten, eine Crew engagiert haben könnte?«

»Woher hätte sie denn das Geld dazu?«

»Machen Sie Witze? Die hat locker Zugriff auf hunderttausend. Für unseren Film musste sie ihre Eltern auch nicht um die Kohle bitten, und der hat fünfzigtausend geschluckt.«

Damit wäre die Frage zu den finanziellen Mitteln zunächst geklärt. »Wir haben die Filme entsprechend auf Nachbearbeitung prüfen lassen«, erklärte Emma. »In den kurzen Zeitfenstern wäre es nicht möglich gewesen, derartiges Material zu produzieren.«

»Solche Filme hat es immer schon gegeben. Denken Sie doch nur an *Blair Witch Projekt*. Der hat gerade einmal dreißigtausend gekostet, und viele hielten ihn für echt. Wenn das Team groß genug ist, hat man Clips von wenigen Minuten in ein paar Stunden ausgehfertig produziert.«

Emma dachte daran, ob sie in Berlin bei einem solchen Fall professionelle Berater hätten hinzuziehen können, solche, die sich mit den Möglichkeiten der Filmproduktion auskannten. Doch sie vertraute den Kollegen von der IT. Wenn sie sagten, das Filmmaterial zeigte keine Spuren einer Bearbeitung, dann war dem auch so.

»Gilt das auch für Cecilia Lopez?«

»Was weiß ich.« Sie verschränkte die Arme und sah an Emma vorbei ins Dunkle. »Ich glaube, die beiden hatten immer noch Kontakt.«

»Obwohl Sie es Anna verboten haben.«

»Ich habe ihr gar nichts verboten.«

»Na gut, dann haben Sie sie nur soweit manipuliert, dass es so aussah, als wäre es Annas Entscheidung gewesen.«

»Für wen halten Sie mich? Charles Manson?«

»Wenn es Ihnen nichts ausmacht«, sagte Emma, »würden wir gern Ihr Handy überprüfen.«

»Das macht mir etwas aus, aber bevor Sie fragen: deshalb bin ich noch lange kein Mörder oder Meister-Manipulator.«

Das bewies wirklich nicht das Geringste. Gerade die jüngere Generation, die ihr Handy kaum noch aus der Hand legte, sah es fast schon als gewalttätigen Übergriff an, wenn man auch nur einen Blick über ihre Schulter riskierte. Als hätten sie ihre Seele darauf gespeichert und damit auch ihre dunkelsten Geheimnisse. Wenn man die Videos aus diesem Fall mit in Betracht zog, schien Letzteres tatsächlich traurige Realität geworden zu sein.

»Für mich klingt das alles so, als wären Sie lediglich aufgrund dieses Videos mit Anna befreundet gewesen.«

»Glauben Sie, was Sie wollen.«

»Davon ausgehend hätten Sie einen guten Grund gehabt, Anna aus dem Weg zu räumen«, schaltete sich Alex dazu.

Melina schien dadurch weder eingeschüchtert noch sonderlich überrascht. Andere wären zumindest ein wenig zusammengezuckt, da sie durch die Nichtsichtbarkeit die andere Person ausgeblendet hätten.

»Oder«, mutmaßte Alex, »Sie haben bereut, was Sie Kim Scholz angetan haben.«

»Was?«, fragte Melina und drehte sich zu Alex um.

»Sie waren doch mit ihr befreundet«, sagte Emma.

»Und wenn schon. Was hat das mit Anna und Ceci zu tun?«

»Sagen Sie es uns.« Emma fiel auf, dass Melina kaum noch dazu im Stande war, ihr in die Augen zu sehen. Der unsichere Blick zum Spiegel bestätigte sie darin, einen Nerv getroffen zu haben. Vielleicht hatte sie tatsächlich Kim gegenüber Schuldgefühle entwickelt, die nun zehn Jahre später dazu geführt hatten, zu glauben, sich nur davon lösen zu können, wenn sie die anderen zur Rechenschaft zog, bevor Melina sich selbst richtete. Konnte es sein, dass sie vorhatte, sich ebenfalls zu erhängen? So wie Kim Scholz es getan hatte? Vielleicht wollte sie sogar, dass niemand dahinterkam, dass sie schuld an Kims Tod waren. Vielleicht wollte Melina es lediglich für sich selbst bereinigen. Doch wie spielte der Fakt mit rein, dass Anna offenbar kompromittierende Videos von Melina besessen hatte? Sie konnte nicht wollen, dass diese veröffentlicht wurden. Oder aber sie hatte sie selbst hochgeladen, um von sich abzulenken. Dann hätte sie damit rechnen müssen, genau hier zu landen. Oder etwa nicht? Und dass sie das empörte, schien nicht gespielt zu sein. Emma dachte an Alex' Theorie, dass die Drahtzieher einer solchen Geschichte immer als Letzte dran sind. Damit wäre es möglich, dass sie nicht die Täterin war.

»Warum sollte ich Ihnen überhaupt noch etwas sagen?«, fragte Melina nun. »Es läuft doch nur wieder darauf hinaus, was Sie mir das letzte Mal schon unterstellt haben. Sie können sich doch so gut an Einzelheiten erinnern, oder? Haben Sie vergessen, dass ich gesagt habe, dass ich ohne meinen Anwalt dazu nichts mehr sagen werde?«

»Okay«, sagte Emma. »Beordern Sie ihn her, dann reden wir weiter.« Sie pokerte nicht gerade hoch, indem sie sie dazu aufforderte. Die Wagners waren pleite und hoch verschuldet, noch dazu hatte Melina drei Jobs, um den Schein zu wahren. Sie hatte sicher kein Geld für einen guten Anwalt.

Melina verlor ihre selbstbewusste Haltung und verzog ihr Gesicht zu einer wütenden Fratze. »Sie sind das Letzte. Sie wissen ganz genau, dass ich mir keinen leisten kann.«

»Dann wird Ihnen einer gestellt.«

»Da vertrete ich mich lieber selbst.«

»Ist das offiziell?«

»Habe ich eine andere Wahl?«

»Die haben Sie.«

Melina verschränkte die Arme und sah unsicher zu Alex, der sich links von Emma gegen die Wand gelehnt hatte und Melina eingehend beobachtete. Er nickte Emma zu, und sie wusste, was er damit meinte. Sie sollte das Verhör dahingehend weiterführen, dass Melina reinen Tisch machen wollte. Mit sich und dem, was sie zusammen mit Anna und Cecilia getan hatte.

»Ich verzichte auf einen Anwalt.«

»In Ordnung«, sagte Emma, klärte sie über ihre Rechte auf und setzte im Anschluss wieder da an, wo sie aufgehört hatten. »Unsere Untersuchungen haben ergeben, dass Sie mit Kim befreundet waren, bis Sie vierzehn Jahre alt waren.«

»Ich war vierzehn. Kim war ein Jahr jünger.« Melina vermied jeglichen Blickkontakt und wirkte mit einem Mal traurig. »Ich habe nie gedacht, dass sie … Ich wollte nie, dass ihr so was Schreckliches passiert.«

»Das klingt, als wäre jemand anderes für ihren Tod verantwortlich.« Das ging in dieselbe Richtung wie bei Kims Bruder Oscar. Emma fragte sich, was das zu bedeuten hatte und wer sonst für den Tod des Mädchens verantwortlich sein könnte. War es vielleicht sogar derselbe Täter? Hatte er vor zehn Jahren an Kim seinen ersten Mord begangen? Viel wahrscheinlicher als diese filmreife Geschichte war jedoch, dass Melina ganz allein Anna und Cecilia umgebracht hatte und Kim damals wirklich keinen anderen Ausweg mehr wusste, als sich selbst zu erhängen. Und der Grund dafür war das Mobbing, das nun so schwer auf Melinas Schultern lastete. Und um ihren ohnehin schon schlechten Ruf aufgrund ihrer finanziellen Situation nicht noch weiter zu schädigen, hat sie ihre Freundinnen getötet. Zumal sie peinliche Videos von ihr besaßen, die vielleicht auch nur ein Druckmittel waren, weil sie Melinas wahres Ich durchschaut hatten. Konnte es sein, dass sie Angst vor ihr hatten und sich rückversichern wollten, sollte ihnen etwas zustoßen? Vielleicht hatten die beiden auch angekündigt, reinen Tisch zu machen und zur Polizei zu gehen. Das wäre ein starkes Motiv. Allerdings passte Melina nicht in die Theorie von Profiler Pilgrim, der annahm, dass der Täter nach den ersten Morden eine neue Mission darin finden könnte, weitere Mobber aus dem Verkehr zu ziehen. So sehr bereute Melina ihre Taten nicht. Und dass sie nicht wollte, dass Kim sich etwas antat, glaubte Emma ihr erst recht nicht. Vor allem nicht, wenn sie an die Nachrichten dachte, die sie auf Kims Handy gefunden hatten.

»Wenn Ihnen der Tod von Kim so nahegeht«, sagte Emma, »wie erklären Sie sich die Text-Nachrichten, die Sie ihr an dem Wochenende geschickt haben, an dem sie sich erhängt hat?«

Mit verkniffenem Blick sah sie von Emma zu Alex, dann wieder zu Emma. Jetzt konnte man sie atmen hören. Tränen traten in ihre Augen. Traurig sah sie aber nicht aus. Eher von Schuld überwältigt. Oder von Wut. Darüber, dass man ihr auf die Schliche gekommen war.

»Das wollte ich doch gar nicht.«

»Das kommt bei dem, was Sie geschrieben haben, gar nicht rüber.« Emma zog ein Blatt aus der Akte.

»Bitte, tun Sie das nicht.«

»›Ich hoffe, du nimmst es nicht ernst, sondern todernst, du hässliche kleine Bitch.‹«

»Bitte, hören Sie auf.«

»Wie oft hat Kim Sie wohl genau darum gebeten?«, fragte Alex.

»Die nächsten drei Nachrichten unterscheiden sich im Inhalt nicht von der ersten«, fuhr Emma unbeirrt fort. »Die aber finde ich sehr interessant: ›Traust dich wohl nicht mehr zurückzuschreiben oder die Nachrichten zu lesen, was? Weinst du dich wieder in den Schlaf, oder steckst du wieder in dem vollgepissten Badeanzug und bewunderst dich im Spiegel?‹«

»Das wollte ich alles nicht.« Ihre Stimme war kaum noch zu hören. Ihre Haltung erschlaffte, und Emma war sich sicher, dass sie nicht mehr die Kraft dazu hatte, die toughe und selbstbewusste junge Frau zu mimen, die nichts und niemanden ans sich heranließ.

»Wenn Sie es nicht waren«, fuhr Emma fort, »wer hat das dann für Sie verfasst und in Ihrem Namen abgeschickt? Hat sich jemand in Ihren Account gehackt, und es war Ihnen egal? So wie heute?«

»Nein«, sagte sie geschlagen.

»Also haben Sie diese Nachrichten geschrieben.«

»Ja, aber nicht, weil ich es wollte.«

»Wer wollte es dann?«, fragte Alex und trat hinter Emma ins Licht.

Melina schwieg. Sie presste ihre Lippen zusammen, so, als wollte sie es sagen, und doch wieder nicht. Was hinderte sie daran? Würde das zu einem viel größeren Geständnis führen?

»War Kim zum Opfer geworden, weil Sie keines mehr sein wollten?«, lenkte Emma Melinas Gedanken genau dahin, wo sie sie haben wollten.

»Was hätte ich denn tun sollen?«, schrie Melanie sie an und sprang auf. »Sie hätten alles veröffentlicht!«

»Wirklich?«, fragte Emma gespielt verwundert. »Dieses eine Video, das Sie gar nicht so sehr kümmert?«

»Sie verstehen das nicht«, sagte sie und begann, hin und her zu tigern. Wie ein Raubtier, das sich in die Enge getrieben fühlt.

»Dann erklären Sie es mir«, forderte Emma sie auf.

»Das würde nichts ändern. Sie würden nichts verstehen. Weil Sie einfach nicht wissen, wie unsere Welt funktioniert.«

»Vielleicht«, schlug Alex vor und deutete auf den leeren Stuhl, »setzen Sie sich wieder hin und räumen mit den Vorurteilen auf.«

Melina schnaubte verächtlich. »Schon klar, was Sie meinen. Reiche verzogene Gören sehen herablassend auf andere herab und lassen sie es spüren.«

»War es denn nicht so?«

»Kim war gar nicht so arm.«

»Aber längst nicht so vermögend wie Sie oder Ihre beiden Freundinnen.«

Sie schnaubte abermals, dann sah sie zu den beiden auf und verzog ihr Gesicht, als hätte sie gerade etwas Ekelhaftes gegessen. »Oh ja. Wir waren alle so was von reich. Reich an Scheiße im Hirn. Oder wie würden Sie meine Nachrichten sonst bewerten?«

»Sie geben zu, dass sie von Ihnen sind?«, fragte Alex.

Melina wollte dazu etwas sagen, tat es aber nicht.

»Haben Sie sie allein verfasst oder war noch jemand bei Ihnen?«, fragte Emma.

»Was ändert das schon? Das bringt Kim auch nicht zurück. Außerdem hatte ich keine Ahnung, wie schlimm das für sie war oder werden würde. Keiner von uns hatte das.«

»Mit vierzehn glänzt kaum jemand mit Altruismus oder einer ausgereiften Moralvorstellung«, sagte Alex. »Aber in dem Alter sollte man schon richtig von falsch unterscheiden können.«

»Es war nicht so, dass ich nicht wusste, dass es falsch war. Ich hatte nur keine andere Wahl.«

»Sie hätten sie auch in Ruhe lassen können«, sagte Alex.

»Nein, das verstehen Sie nicht.«

»Ist Ihnen nicht klar, worauf das hinausläuft?«, drängte Alex. »Wir verdächtigen Sie, zwei junge Frauen ermordet zu haben.«

»Glauben Sie, das ist noch nicht zu mir durchgedrungen? Es ist doch egal, was ich sage. Sie haben sich Ihr Bild gemacht, und legen nun alles falsch aus. Ich will doch nichts weiter, als in Ruhe gelassen zu werden.«

»Das haben Sie erreicht, oder?« Emma zog Screenshots der beiden erhängten Frauen aus der Akte und legte sie Melina vor die Nase. Sie starrte darauf und fing wieder an schwer zu atmen, dieses Mal aber kam es Emma unecht vor. Als stünde sie in der Pflicht, entsprechend geschockt zu reagieren.

»Wie viele Videos hatten die beiden von Ihnen?«, fragte Emma.

»Ich weiß es nicht.«

»Als das Video heute online gestellt wurde, warum haben Sie es nicht gleich wieder gelöscht?«

»Ich hatte in letzter Zeit andere Sorgen, als mich trollen zu lassen.«

»Zum Beispiel die Morde zu planen«, sagte Alex.

»Ich habe niemanden ermordet. Das sollten Ihnen Ihre Kollegen bestätigen können. Oder glauben Sie wirklich, ich weiß nicht, dass man mich beschattet?«

»Das tun sie erst seit ein paar Stunden, für die Morde an Anna und Cecilia spielt das keine Rolle.«

»Und was ist mit Kim?«, fragte Alex unbeirrt weiter. »Wer ist dafür verantwortlich?«

»Ich sagte doch schon, dass ich das nicht wollte.«

»Das ist keine Antwort auf meine Frage.« Alex klang, als wäre ihm gleichgültig, wie es Melina bei der ganzen Sache ging. Sicher, er wollte genau wie Emma schnell einen Täter finden und den Fall abschließen. Vor allem da die beiden jungen Frauen immer noch irgendwo an einem Balken baumelten. Und zudem war es sehr wahrscheinlich, dass sie auf einem Dachboden getötet wurden, auf dem sich die Hitze nur so staute, was den Verwesungsprozess deutlich schneller voranschreiten lassen würde. Die Angehörigen waren sich dessen sicher auch bewusst, und Emma konnte sich gut vorstellen, wie sie ihre Kinder in ihren Albträumen zu stinkenden und aufgequollenen Leichen anschwellen sahen.

»Ist ja gut!«, schrie sie. »Ich weiß, wir waren scheiße zu ihr. Aber Ceci war echt die Schlimmste. Und Anna …« Abermals presste sie ihre Lippen aufeinander. Dann löste sie den Blick von den Fotos und sah Emma an. Tränen bahnten sich ihren Weg über ihre zarten Wangenknochen. »Sie können sich nicht vorstellen, wie schlimm sie war. Sie hat nicht nur mich und Ceci kontrolliert, sondern einfach jeden. Und wissen Sie, was ihr Meisterstück war?« Sie erwartete keine

Antwort von den beiden. »Dass sie es geschafft hat, Menschen wie ihre Eltern glauben zu lassen, ich hätte sie in irgendeiner Weise negativ beeinflusst.«

»Das glaubte auch Kims Mutter«, gab Emma zu bedenken.

»Gut, ich bin ja auch mal so gewesen.« Sie setzte sich niedergeschlagen wieder hin. »Kim war meine beste Freundin, bis Anna sich entschieden hatte, dass sie an ihrer Stelle stehen sollte.«

»Warum hat sie das gewollt?«

»Weil niemand was mit ihr zu tun haben wollte. Sie war arrogant, abgehoben und die Klassenbeste. Dazu der finanzielle Background – sie dachte, sie sei allen anderen überlegen.« Sie sah wieder auf das Foto der toten Anna.

»Also geben Sie zu, Kim Scholz gezielt gemobbt zu haben?«, fragte Alex und beugte sich neben Emma in den Lichtkegel, was Melina nur noch nervöser machte. Emma hatte schon fast damit gerechnet, dass sie wieder aufspringen würde, um erneut Abstand zu gewinnen. Doch das tat sie nicht. Sie saß weiterhin da und starrte auf ihre tote Freundin.

»Ich wollte, dass sie sich von mir fernhält. Sie hat es für einen Scherz gehalten, als ich ihr gesagt habe, dass ich nichts mehr mit ihr zu tun haben wollte und so. Anna hat gedroht, allen zu zeigen … Sie hatte nicht nur das eine Video von mir, und wer auch immer ihr Handy jetzt hat, hat damit ein ganzes Archiv von Videos, die mich massiv unter Druck setzen können.«

»Sind Ihnen die Locations bekannt, die auf den Videos Ihrer Freundinnen zu sehen sind?«

»Ceci ist nicht meine Freundin, und nein, ich kenne diese Orte nicht.«

»Aber Sie kennen die Nummer mit dem Badeanzug«, sagte Alex.

Sie sah ihn an, als hätte sie gehofft, dass sie das wieder vergessen hätten. »Ja.« Sie sah beschämt an ihnen vorbei. »Ich war es, die auf Kims Badeanzug gepisst hat.«

***

Emma und Alex beobachteten Melina vom Nebenraum, in dem auch Polizeihauptkommissar Krüger stand und alles mit angesehen hatte. Sie saß niedergeschlagen am Tisch, den Blick auf die Fotos gerichtet, die Emma absichtlich hatte liegen lassen.

»Ein schwieriger Fall«, gab Krüger zu.

Das war er wirklich. Vor allem, weil sie damit Neuland betraten. Etwas Vergleichbares hatte es ihres Wissens noch nicht gegeben. Hoffentlich blieb das so, und der Killer war keine Inspiration für andere. Noch hatten sich die Nachrichten nicht groß dazu geäußert, bis auf die Bild-Zeitung natürlich, die grundsätzlich den Anfang machte. Die Überschrift bereitete Emma Bauchschmerzen, und sie befürchtete, dass sich Nachahmungstäter finden würden, die auch als »Robin Hood der Mobbing-Opfer« gelten wollten. Positives Feedback für einen Serienmörder konnten sie nun wirklich nicht gebrauchen.

»Ist sie dazu in der Lage?«, unterbrach Krüger Emmas Gedanken.

»Wir sind uns nicht sicher«, sagte Alex. »Aber nach den Aussagen halten viele sie für fähig, so was zu tun. Seit sie observiert wird, ist uns aber nichts aufgefallen. Was natürlich nicht heißt, dass sie die Morde nicht begangen hat.«

»Im Prinzip«, schloss Emma, »haben wir nichts gegen sie in der Hand, nur Vermutungen.«

»Erzählen Sie mir davon.« Krüger wandte sich mit dem Rücken zum Fenster, lehnte sich dagegen und verschränkte die Arme vor seiner massigen Brust.

Alex trug die beiden Theorien vor, die Melina als Täter oder potenzielles nächstes Opfer zeigten.

»Klingt beides plausibel«, sagte Krüger. »Die Frage ist, welcher Möglichkeit wir Priorität einräumen wollen.«

»Das hängt davon ab, wann der Täter sich sein nächstes Opfer holt. Und wenn wir seine Vorgehensweise richtig einschätzen, wird das nicht vor heute Nacht der Fall sein.«

»Na, da haben wir ja keine Eile«, sagte Krüger.

Alex verzog keine Miene. Neulinge brachten diese sarkastischen Beiträge ihres Chefs schnell mal aus dem Konzept, doch wenn Emma genau darüber nachdachte, hatte Alex nicht einmal am Anfang Probleme damit gehabt. Im Gegensatz zu ihr selbst.

»Wir schlagen vor«, sagte Alex, »wir lassen Melina weiter beobachten, bloß nicht mehr so unauffällig wie bisher.«

»Aus welchem Grund?«, fragte Krüger.

»Das bringt uns zwei Vorteile«, sagte Alex. »Ist sie das nächste Opfer und lassen wir den Täter wissen, dass sie von der Polizei rund um die Uhr bewacht wird, wird er nicht zuschlagen, was uns mehr Zeit für die Ermittlungen verschafft. Noch müssen wir davon ausgehen, dass sein nächstes Video bereits morgen online ist. Ist Melina selbst die Täterin, wird sie sich zunächst ebenso ruhig verhalten, wenn sie merkt, dass wir ihr ganz offen unsere Präsenz zeigen. In beiden Fällen gewinnen wir Zeit.«

»Keine Bedenken mehr, dass es den Täter abschrecken könnte?«, fragte Krüger.

»Nicht nachdem, was wir in den letzten Stunden an Erkenntnissen gewonnen haben«, sagte Alex.

»Was meinen Sie dazu?«, fragte Krüger an Emma gewandt.

»Das haben wir beide im Vorfeld bereits besprochen, und ich halte das auch für eine gute Idee. Außerdem sollten wir Melinas näheres Umfeld vorerst außer Acht lassen. Sie weiß sich zusammenzureißen, und ihre Ausbrüche von eben schienen mir eine Spur zu konstruiert. In den letzten Jahren hat sie gelernt, den Schein zu wahren. Das hat oberste Priorität für sie, und ich bin mir sicher, dass einzig Anna und Cecilia gewusst haben, wie sie wirklich ist.«

»Verstehe«, sagte Krüger.

»Wir sollten ehemalige Schülerinnen und Schüler ausfindig machen, auch aus Kims Klasse«, sagte Emma. »Ich bin mir sicher, dass es jemanden gibt, der auf den Mobbingzug mit aufgesprungen ist. Das tun vor allem die, die sonst eine Zielscheibe gewesen sind, und vielleicht gibt es darunter jemanden, der uns die Version von Melina offenbart, die wir glauben, in ihr zu sehen.«

Kapitel 27

UNTER der Buche vor der Uni gegenüber dem Präsidium war dieses Mal kein Platz zu ergattern gewesen. Die leichte Brise, die durch die offenen Fenster in Emmas Büro wehte, war nicht der Rede wert. Der Ventilator hinter Alex auf dem hüfthohen Aktenschrank schien aber auch nicht zu ihr vordringen zu wollen, und das obwohl er auf Hochtouren lief. Irgendwie hatte Emma den Eindruck, dass es so auch mit ihren Ermittlungen war. Alles lief auf Hochtouren, aber nichts führte irgendwohin. Hoffentlich bekamen sie am Ende des Tages wenigstens diese Liste mit den aktuellen Wohnsitzen der ehemaligen Schülerinnen und Schüler, die Klose und Müller zusammenstellen sollten.

Alex lehnte mit Ear-Plugs in seinem Stuhl, die Füße auf der Kante seines Schreibtisches abgelegt, und scrollte sich durch die Videos auf Annas Instagram-Account. Hoffentlich hatte er mehr Erfolg damit als Emma auf Melinas und Cecilias Profilen. So viele Videos und Fotos. Emma brauchte eine Pause. Sie legte ihr Handy vor der Tastatur ab und zog sich die Stöpsel aus den Ohren. Sie stand auf, ging zum Fenster und sah hinüber zu den Studenten, die im Schatten Bücher lasen, in der Sonne auf der Wiese lagen oder in Gruppen zusammensaßen und Selfies von sich machten. Unbeschwert, unbekümmert und lebensfroh.

»Ich hab vielleicht was«, sagte Alex.

Emma wandte sich ihm zu, und er nahm einen der Plugs aus dem Ohr. »Hier.« Alex schob sein Handy auf ihren Schreibtisch. Emma nahm es entgegen, stellte sich mit dem Rücken zum Fenster und spielte das Video ab.

Es zeigte Anna und Melina beim Shoppen. Es war ein neueres Video, hochgeladen vor knapp eineinhalb Jahren. Anna posierte gut gelaunt in einem figurbetonten Pullover vor dem Spiegel und filmte sich dabei selbst, während Melina im Hintergrund einen Haufen Klamotten auf den Armen hielt.

»Auch nichts Besonderes«, sagte Anna und sah auf das Preisschild, das am Saum baumelte. »Billiger Schund. Den nehm ich nicht mit.«

Emma wollte schon fragen, warum Alex ihr ausgerechnet dieses Video, das nur eines von vielen derartigen war, zeigte, als sie ihre Antwort bekam.

»Entschuldigen Sie«, erklang die Stimme einer jungen Frau, und Annas Züge nahmen schlagartig einen arrogant abschätzenden Ausdruck an. Mit dem Handy in der Hand drehte sie sich um und filmte somit automatisch die Frau, die der Grund für ihren Stimmungswechsel war. »Es tut mir leid, aber Sie dürfen hier nicht filmen«, sagte sie aufgesetzt freundlich.

»Müssen wir das schon wieder durchkauen?«, fragte Anna genervt.

»Filmen ist hier nicht gestattet. Machen Sie die Kamera aus, oder ich muss Sie bitten zu gehen.«

Emma war sich nicht sicher, ob das, was sie danach gehört hatte, ein Flüstern war. Sie spulte ein paar Sekunden zurück, stellte das Handy lauter und hielt es sich direkt ans linke Ohr. Das andere drückte sie mit der freien Hand zu und spielte diese Szene erneut ab.

»Willst du so mit dir umgehen lassen?«, hörte Emma Melina kaum hörbar flüstern. »Du hast … zu wahren.« Was sie dazwischen sagte, konnte Emma nicht verstehen. Vermutlich ging es dabei um Annas Ruf oder etwas in der Art.

Emma pausierte das Video, als die Kamera zu einem schnellen Hundertachtzig-Grad-Turn ansetzte.

»Dass Melina Wagner sich bei unserer Vernehmung mit Charles Manson verglichen hat, scheint mir gar nicht mehr so weit hergeholt zu sein«, sagte Emma.

»Denk ich auch.«

»Kommen noch mehr solche Einschübe von ihr?«

»Schau es dir zu Ende an. Dann wirst du sehen, dass wir noch mehr Material gar nicht brauchen.«

Emma ließ das Video weiterlaufen. Die Kamera führte ihren Schwenk weiter aus und landete auf Anna, die direkt in die Kamera sprach: »Ist das zu fassen? Da lässt man hier jedes Mal mehrere hundert Euro und muss sich so behandeln lassen?« Wieder ein Turn zurück auf die Angestellte. Im Hintergrund war unscharf zu erkennen, wie einer der Security-Leute an der Tür die Frauen im Blick behielt.

»Weiß dein Boss, wie du mit deinen Kunden redest?«, fragte Anna.

»Der hat die Regeln gemacht, und an die müssen auch Sie sich halten.«

»Okay«, sagte Anna. »Dann gehe ich jetzt und lasse mein Geld in einem Laden, in dem man gute Kunden noch zu schätzen weiß.« Anna filmte weiter und ging an Melina und der Angestellten vorbei. »Aber das wirst du noch bereuen«, sagte sie und filmte sich wieder selbst, während sie wütend hinauspolterte.

»Ihre Eltern tun mir leid«, hörte sie die junge Angestellte sagen. Annas Augen weiteten sich, und sie drehte sich wieder zu der Frau um. Die Kamera war immer noch auf Anna gerichtet.

Emma stoppte abermals die Aufnahme. »Sie wirkt aufgesetzt wütend, oder?«

»Scheint mir auch so. Vor allem, weil sie für einen kurzen Moment die Fassade nicht aufrechterhalten konnte. Hast du's bemerkt?«

»Ja, das ist mir auch aufgefallen. Warum hat sie das getan? Kann es wirklich sein, dass sie das eigentlich gar nicht tun wollte? Dass sie bei dem, was wir hier gerade sehen, keine andere Wahl hatte?«

»Die Frage ist dann, warum sie sich von Melina so hat beeinflussen lassen.« Alex schien nur laut gedacht zu haben, er sprach dann immer mit diesem monoton anmutenden Singsang in der Stimme. Oder er war auch einfach nur müde.

»Vielleicht, weil auch Melina etwas in der Hand hatte, um Anna unter Druck zu setzen?«, mutmaßte Emma.

»Dann könnten wir zumindest die Theorie streichen, dass sie mit der Wahrheit über Kim Scholz zur Polizei gegangen wären.«

»Das würde ich noch nicht machen«, wandte Emma ein. »Es kann ebenso gut sein, dass Anna und Cecilia an einem Punkt angelangt waren, an denen ihnen derartige Konsequenzen egal waren.«

»Möglich«, gab Alex zu.

Das Video lief weiter und zeigte wieder die junge Angestellte. »Was hast du gerade gesagt?« Ohne eine Antwort abzuwarten, griff Anna neben sich und warf etwas nach ihr, das aussah wie ein kleiner Regenschirm. Sie traf die Frau am Kopf, sie stolperte zurück und hielt sich die Stirn. Zwischen ihren Fingern quoll Blut.

Emma konnte den Schreckenslaut hören, den Anna von sich gab. Melina, die im rechten Anschnitt gerade noch zu sehen war, schien sich ein leichtes Lächeln nicht verkneifen zu können. Anna wandte sich um zum Gehen, wurde jedoch von dem Security-Mann aufgehalten.

»Lassen Sie mich durch oder …« Sie kam nicht mehr dazu, den Satz zu beenden. Die Aufnahme fror einen kurzen Moment ein, dann folgte ein harter Schnitt.

Wutentbrannt schnellte Anna die Einkaufspassage entlang, die Kamera untersichtig auf sich gerichtet, sodass nicht einmal die Namen der vorbeirauschenden Geschäfte gänzlich zu sehen waren. Ob Melina ihr folgte, war nicht zu erkennen, jedoch war es anzunehmen.

»Ist das zu fassen?«, schnaubte sie.

»Du solltest sie verklagen«, erklang Melinas Stimme.

»Ja, vielleicht sollte ich das wirklich. Was meint ihr?«

Mit dem letzten Satz sah sie direkt in die Kamera und damit war die Aufnahme zu Ende.

Emma lief es eiskalt den Rücken hinunter. Annas und Cecilias Mörder beendete seine Videos auf die gleiche Art. »Was meint ihr?«

Emma starrte noch einen Moment auf das eingefrorene Bild und war wieder ein Stück weit mehr davon überzeugt, dass Melina die Täterin war. Sie sah sich die ersten Kommentare an und verstand nicht, warum das so viele ihrer User feierten und was das über diese Generation aussagte. Auch die Likes waren mit über siebenundzwanzigtausend beachtlich.

»Es endet wie bei unserem Täter«, sagte Alex, woraufhin Emma sich aus ihrer Starre löste und ihm sein Handy zurückgab.

»Glaubst du, er könnte das adaptiert haben? Oder Melina?«

»Vielleicht verrät uns das nächste Video mehr.«

Alex scrollte ein paarmal und gab ihr dann sein Handy zurück. Ein weiteres Video, ein paar Monate danach. Anscheinend der gleiche Laden. Es startete vor dem Eingang. Das Bild war verschwommen, doch konnte man in der Spiegelung der Schiebetüren Melina erkennen, die erwartungsvoll grinste. Anna hingegen wirkte eher müde und angeschlagen.

»Wollen wir doch mal sehen, was unsere Lieblingsverkäuferin so treibt.« Anna betrat den Laden, filmend natürlich, und als die Angestellte aus dem vorherigen Video sie sah, verschwand das Lächeln, das sie gerade einer Kundin geschenkt hatte, die ihren Einkauf bezahlte. Rücksichtslos zwängte Anna sich an der Kundin vorbei und hielt auf die Angestellte zu. An der Kasse blieb sie stehen. Die Frau sagte nichts. Um zu erkennen, wie es in ihr brodelte, war das auch nicht nötig.

»Wie war das noch gleich mit dem Hausverbot?«, fragte Anna.

»Bitte«, sagte die Verkäuferin kaum hörbar. »Haben Sie mir nicht schon genug Ärger bereitet?«

»Oh, habe ich das? Ich weiß nicht. Ich meine, ich hätte mir Besseres vorstellen können, als vor Gericht meine Zeit zu verschwenden.«

»Sie haben gewonnen. Reicht das nicht?«

»Nein. Oder haben Sie sich vielleicht bei mir entschuldigt?«

»Ihnen habe ich diese Narbe zu verdanken.« Sie deutete auf den weißen Strich von vielleicht drei Zentimetern auf ihrer Stirn.

»Annas seelischer Schaden ist weitaus größer«, sagte Melina.

»Ich entschuldige mich nicht bei Ihnen«, sagte die Frau bestimmt.

»Was ist hier los?«, fragte ein Mann, der kurz danach neben die Verkäuferin trat. »Gibt es ein Problem?«

Die Verkäuferin sah geschlagen vor sich auf die Kasse.

»Ja, das gibt es«, sagte Melina. »Ihre kleine Angestellte hier will sich nicht bei meiner Freundin entschuldigen. Ich meine, das ist doch das Mindeste, wenn man bedenkt, wie viel Sie durch uns hier verdienen, oder? Davon können Sie drei von der Sorte bezahlen.«

»Frau Jochen, bitte entschuldigen Sie sich bei Frau Nowak, und der Fall ist erledigt.«

»Das werde ich nicht.«

»Dann werden wir hier nie wieder einkaufen«, sagte Melina. »Komm, wir gehen.« Die beiden machten sich daran, den Laden zu verlassen. »Und weiterempfehlen werden wir Sie natürlich auch nicht.«

»Warten Sie«, rief der Mann ihr hinterher. »Sie wird sich entschuldigen.«

»Das werde ich nicht.«

»Wiedersehen«, sagte Melina.

»Sie sind gefeuert«, sagte der Typ, der offenbar der Inhaber war, und Anna, die wieder sich selbst filmte, war anzusehen, dass ihr das nicht gefiel. Melina hingegen, die sich neben ihrer rechten Schulter ins Bild geschoben hatte, lächelte noch breiter, bevor sie sich umdrehte. Und damit endete die Aufnahme.

Emma konnte nicht fassen, wie Melina wirklich tickte und dass so etwas online bleiben durfte und zu allem Überfluss so viel Zuspruch fand. Waren die Menschen schon immer so gewesen?

Emma gab das Handy an Alex zurück und ließ sich in ihren Stuhl fallen. »Jemand wie sie könnte auch einen guten Grund haben, Anna etwas antun zu wollen.«

»Und Melina.«

»Richtig. Aber wie passt Cecilia Lopez ins Bild?«

Alex zuckte mit den Schultern, doch bevor er etwas sagen konnte, klopfte es an der Tür. »Herein«, sagte Alex, und Schwarz öffnete die Tür so schwungvoll, dass sie gegen den Kleiderständer knallte. Das schien ihn nicht weiter zu kümmern. Er wedelte nur mit einem kleinen Batzen Zettel in den Händen und erklärte: »Auszüge aus den Insta-Chatverläufen von Anna Nowak und Cecilia Lopez.« Das kam ja wie gerufen. »Die letzten sind kaum ein paar Tage alt.«

Alex streckte die Hand aus und nahm die Papiere entgegen.

»Sie hatten regelmäßig Kontakt?«, fragte Emma.

»Mit gewissen Abständen. Manchmal auch offline. Zumindest haben sie sich in den Chats ab und an verabredet.«

»Das dachten wir uns schon«, sagte Alex und reichte Emma den ersten Zettel rüber, den er bereits überflogen hatte, und widmete sich dem nächsten. »Oh«, sagte er dann, bevor Emma einen Blick auf ihr Blatt werfen konnte. Sie sah ihn an und wartete auf seine Erklärung.

»Ja-ha«, sagte Schwarz und deutete auf das, was Alex gerade gelesen hatte. »Das ist interessant, oder?«

»Was denn?«, fragte Emma ungeduldig.

»Sieht so aus«, sagte Alex, »als wäre Cecilia auch beim Shoppen mit dabei gewesen.«

Alex reichte ihr den Zettel, und Emma las ihn. Es waren Auszüge von Nachrichten, die am selben Tag datiert waren wie dieses erste Video in dem Laden. Sie war darin nicht zu sehen gewesen, und beim Lesen verstand Emma auch, warum. Sie schien gerade in der Umkleidekabine beschäftigt gewesen zu sein und war erst rausgekommen, als Anna den Laden schon verlassen hatte. Cecilias Kommentare, die sich ausschließlich auf die arme Mitarbeiterin bezogen, überraschten Emma. Die Frau tat ihr leid, und sie hatte sich mit Anna darüber unterhalten, warum sie sich von Melina immer zu so etwas anstacheln ließ. Anna hatte darauf nur mit einem: »Das weißt du ganz genau«, geantwortet. Auf die nächsten Nachrichten von Cecilia, die sich darum drehten, Melina loswerden zu wollen, hatte Anna nicht mehr reagiert.

Kapitel 28

EMMA saß mit Karin Jochen, der Verkäuferin aus Annas Videos, auf einer der Bänke am Rande eines Spielplatzes, der ohne Zweifel durch die nächste TÜV-Prüfung fallen würde. Hinter ihr befanden sich eine Reihe Sozialwohnungen. In einer von ihnen lebte Karin Jochen seit Kurzem zusammen mit ihrem Sohn. Lasse war fünf Jahre alt und turnte mit zwei anderen Kindern auf den gefährlich anmutenden Geräten herum. Er hielt es anscheinend nicht länger als zwei Sekunden an der gleichen Stelle aus.

»Natürlich schiebe ich Hass auf die Mädels. Dank denen bin ich hier und nicht mehr in der Innenstadt«, sagte Karin, ohne ihren Sohn aus den Augen zu lassen. »Lasse, nicht so wild«, ermahnte sie ihren Sohn, der sie schlichtweg ignorierte. Seit sie hier zusammen saßen, und das waren gerade einmal drei oder vier Minuten, hatte Karin ihr Kind mehrmals wegen irgendwas ermahnt, was den Jungen aber nicht ein einziges Mal interessiert hatte. Vermutlich waren für ihn die Aussagen seiner Mutter nichts weiter als Umgebungsgeräusche, an die er sich längst gewöhnt hatte.

»Wie lange wohnen Sie schon hier?«, fragte Emma.

»Seit einem halben Jahr.«

»Hatten Sie nach Ihrer Kündigung Kontakt zu Anna Nowak, Melina Wagner oder Cecilia Lopez?«, wollte Emma wissen.

»Nein, die Klage damals hat mich finanziell ruiniert. Glauben Sie wirklich, ich lege es auf eine weitere an? Wer weiß, was die sich wieder zusammenlügen, um ungeschoren davonzukommen. Vermutlich tun sie das schon ihr ganzes Leben lang. Selbst wenn ich gewusst hätte, mit was für Profis ich es zu tun bekomme – Lasse, Vorsicht! –, hätte ich nichts anders gemacht. Schön blöd, oder? Und jetzt bin ich eine alleinerziehende junge Mutter, die die Konsequenzen zu spüren bekommt.«

Mit ihren fünfundzwanzig war sie wirklich noch sehr jung. Dennoch machte sie auf Emma nicht den Eindruck, dass sie jemand war, der unüberlegt handelte. Was sie in dem Video getan hatte, das hätte doch jeder getan, vor allem, wenn es eine Vorschrift war, die keine Ausnahmen vorsah.

»Haben Sie momentan eine Arbeit?«, fragte Emma.

»Wenn ich jemanden hätte, der sich um meinen Jungen kümmern würde, hätte ich vielleicht eine.«

»Warum geben Sie ihn nicht in eine Kita?«

»Es ist nicht so einfach mit ihm. Lasse, hör auf!«

Emma fragte sich, was er lassen sollte. Er turnte doch nur auf den Kletterstangen herum. Konnte es sein, dass Karin den Jungen nicht loslassen konnte? Dass sie immer noch glaubte, er sei zwei Jahre alt und unfähig, ohne sie auszukommen? Sie war alleinerziehend, arbeitslos und schien außer dem Jungen niemanden in ihrem Leben zu haben. »Und es gibt niemanden, der Sie unterstützen könnte?«

»Den gab es mal, bis kurz nach der Gerichtsverhandlung. Ich bekam plötzlich Textnachrichten, die so wirkten, als hätte ich eine Affäre. Die hat mein Freund – Ex-Freund – natürlich gelesen. Er hat mir nicht geglaubt, dass ich diesen Typen nicht kenne und nichts davon wahr ist, und hat mich verlassen.«

Emma kam das vertraut vor. Hatte Melina nicht auch eine ähnliche Nummer mit Jan Hausmann und anderen Ex-Freunden von Anna abgezogen, damit sie sich von ihr trennten? »Hat dieser Jemand seinen Namen in den Nachrichten verwendet?«

»Ja. Er nannte sich Max.«

Volltreffer. »Haben Sie versucht, sich mit ihm zu treffen oder überhaupt auf die Nachrichten geantwortet?«

»Getroffen haben wir uns nicht. Wer weiß, was dann mit mir passiert wäre. Außerdem glaube ich, dass eine von den Mädels dahintersteckt. Beweisen kann ich natürlich nichts. Meinem Freund habe ich aber von meinem Verdacht erzählt, und wir haben dann gemeinsam diesem Max geschrieben, dass mein Freund mit mir schlussgemacht hat. Der antwortete aber nur, dass uns nun nichts mehr im Weg stehen würde und so weiter. Egal, was ich geschrieben habe, während mir mein Ex über die Schulter geschaut hat, es hat alles nur noch schlimmer gemacht. Und als ich dann am Tag darauf geschrieben habe, dass er sein Ziel erreicht hat und ich nun allein wäre, kam nichts zurück. Nie wieder.«

»Haben Sie die Nachrichten noch?«

»Natürlich nicht. Wer hebt denn so was auf?«

Melina würde das tun, dachte Emma und hoffte, dass sie mit der Aussage von Karin Jochen die Genehmigung bekämen, Melinas Handy zu beschlagnahmen. Außerdem sollten sie herausfinden, ob sie mehrere Verträge und damit Telefone hatte, wenn Alex das nicht ohnehin schon bedacht und in Auftrag gegeben hatte. Ansonsten würde sie das später tun. Mit dem Sichten der Videos auf den verschiedenen Accounts wäre Alex sicherlich noch eine Weile beschäftigt. Ein bisschen tat er ihr schon leid, da in diesem stickigen Büro, aber er hatte sich freiwillig für diese Aufgabe gemeldet, und sie hatten keine Wahl, sie mussten sich aufteilen, so oft es ging. Die Zeit war nicht auf ihrer Seite. Das war sie noch nie so wirklich gewesen, doch bei diesem Fall passierte einfach alles viel zu schnell.

Emma wollte gerade eine weitere Frage stellen, als sie auf der gegenüberliegenden Straßenseite, hinter der Hecke vom Spielplatz, einen Mann mit Basecap und Sonnenbrille erblickte, der zu ihr rüber sah. Trotz der Hitze bekam Emma eine Gänsehaut. *Nein*, ermahnte sie sich, *das ist nicht Stefan Bauer. Er ist tot.* Sie hatte seine Leiche gesehen. Und trotzdem glaubte sie, dass er es war. Irrational und total verrückt.

Emma beruhigte sich erst wieder, als sie sah, wie er sich mit einer kleinen schwarzen Plastiktüte in der Hand bückte und dann einen Hund neben ihm bellen hörte. Nachdem der Mann sich wieder erhoben hatte, ging er weiter und machte keine Anstalten, sich noch einmal zu Emma umzudrehen.

Zu Beginn ihrer Ausbildung hatte sie natürlich darüber gelesen, dass einen manche Fälle verfolgen konnten. Doch dass daraus eine Art Paranoia entstehen könnte, hatte ihr niemand gesagt. Nun, ihre Geschichte war natürlich extrem. Und sie hatte sich als Polizistin immer so sicher gefühlt, dass sie nicht damit gerechnet hatte, von einem Frauenmörder entführt und beinahe getötet zu werden. Es fiel ihr schwer, damit umzugehen und ihre Sicherheit zurückzugewinnen.

»Lasse, hör auf oder wir gehen wieder rein!«, riss Karin Emma aus ihren Gedanken. »Tut mir leid«, sagte sie zu Emma, ohne zu wissen, dass Emma dankbar dafür war. »Er ist … schwierig.«

Emma sagte dazu nichts. Vielleicht war der Junge wirklich schwierig. Sie war wohl kaum in der Lage, das richtig beurteilen zu können. »Haben Sie eine Vermutung, wer von den dreien hinter Max stecken könnte?«, fragte sie nun, obwohl sie die Antwort längst zu wissen glaubte.

Karin wirkte, als hadere sie damit, ob sie darauf antworten sollte oder lieber nicht. Dann sagte sie schließlich: »Wer es auch war, ich glaube, sie hat mich beobachtet. Es wäre sonst schon ein unglücklicher Zufall gewesen, dass diese Nachrichten an mich geschickt wurden, während ich gerade unter der Dusche stand und mein Handy im Blickfeld meines Ex-Freunds lag. Ich nehme mein Handy grundsätzlich nicht mit ins Bad.«

»Aufgrund der Luftfeuchtigkeit?«

»Nein, das halten die Dinger schon aus. Haben Sie noch nie davon gehört, dass Hacker einfach so die Kamera aktivieren können? Also ich will sicher nicht plötzlich auf Pornhub auftauchen.«

Dass das passieren konnte, daran hatte Emma ihre Zweifel, die sie jedoch für sich behielt. Es klang alles danach, als wäre Melina nicht nur eine Strippenzieherin. Wenn sie diese junge Frau so fertiggemacht hatte, und das war kaum ein Jahr her, kaufte sie ihr die Reumütige in Bezug auf Kim Scholz nicht mehr ab. Und wenn Emma zusätzlich noch in Betracht zog, dass Anna und Cecilia immer noch Kontakt miteinander hatten, und das sogar, obwohl Melina ausgesagt hatte, sie hätten seit Jahren nichts miteinander zu tun gehabt, beschwor sie damit neue Fragen herauf. Vor allem, wenn Cecilia bei der Aktion in dem Laden mit dabei gewesen war. Was, wenn Melina keinen Erfolg damit gehabt hatte, Cecilia und Anna langfristig zu trennen, obwohl sie Anna für sich allein haben wollte? War sie dahintergekommen, dass die beiden sich gegen sie verschwören könnten? Und was wäre, wenn Melina nun keine Befriedigung mehr darin fand, das Leben einer jungen Mutter zu ruinieren? Oder das Leben von Jan Hausmann oder Kim Scholz. Möglich war auch immer noch, dass Melina einfach neidisch war auf Anna und Cecilia, die alles hatten, was Melina sich so verzweifelt mit harter Arbeit erwirtschaften musste. Mit dem Wissen, dass sie ihren Status niemals wieder erreichen würde, hatte sich ihr Neid zu Hass auf die beiden entwickelt, was dazu geführt hatte, dass sie sie vor laufenden Kameras demütigte und ermordete.

Wenn auch nur irgendetwas davon zutraf, dann hatte Melina ihre Rache schon seit Jahren geplant und den zehnjährigen Todestag von Kim Scholz vielleicht nur ausgewählt, um die Polizei auf eine falsche Fährte zu locken.

Kapitel 29

»MEINEN die das ernst?«, fragte Emma ungläubig, als sie im Hausflur vor Melinas Wohnung standen, wo sie aber nur ihren Stiefvater angetroffen hatten.

»Ich fürchte, ja«, bestätigte Alex und hoffte, dass Emma nicht komplett aus der Haut fahren würde. Falls doch, würde das eine Premiere darstellen, sie hatte sich eigentlich immer gut unter Kontrolle, selbst wenn sie sich über etwas aufregte.

»Wie konnten Sie sie überhaupt verlieren?«, fragte Emma an die beiden jungen Kollegen gerichtet, die den Auftrag hatten, Melina nicht aus den Augen zu lassen.

»Das können wir uns auch nicht erklären. Sie ist vor einer Stunde hier in die Wohnung gegangen, und dann haben wir sie nicht mehr gesehen.«

»Vor einer Stunde«, begann Emma, und Alex konnte ihr ansehen, dass sie kochte, »hat sie laut der Aussage ihres Stiefvaters die Wohnung auch schon wieder verlassen. Sie war kaum eine Minute zu Hause. Damit hat sie einen Vorsprung von einer Stunde, weil Sie gepennt haben.«

»Sie ist vermutlich über den Hinterhof verschwunden«, sagte der andere Kollege kleinlaut.

»Ach, ohne Scheiß?«, zischte Emma und wandte sich von den beiden ab, die sichtlich schuldbewusst dreinblickten wie Hunde, die genau wussten, dass sie Mist gebaut hatten.

»Sie gehen zurück auf Ihren Posten«, sagte Alex in sachlichem Ton und zeigte auf den einen Kollegen. Sie brauchten jetzt neue Anweisungen, einen Plan. Dass man als Neuling nicht immer alles astrein erledigte, war klar, aber einen derartigen Bock wie die beiden hier schossen wirklich nur die wenigsten, und sollte dadurch irgendjemand zu Schaden kommen, wollte Alex nicht in ihrer Haut stecken. »Und Sie machen es sich hinter dem Haus gemütlich«, sagte er zu dem anderen. »Und pennen Sie dabei nicht wieder ein«, fügte er hinzu, um ihnen nicht das Gefühl zu geben, die Sache wäre damit erledigt. »Sobald die Verdächtige wieder auftaucht, geben Sie umgehend Bescheid.«

»Tut uns leid, wirklich«, sagte einer der beiden und schien die Absolution zu erwarten, denn es dauerte noch ein paar Sekunden, bevor sie taten, was Alex ihnen aufgetragen hatte.

»Verdächtige?«, hörte Emma den Stiefvater aus der offenen Wohnungstür fragen und zog damit die Aufmerksamkeit der beiden Ermittler auf sich.

»Haben Sie eine Ahnung, wo sie sein könnte?«, fragte Emma, anstatt auf die Frage einzugehen.

»Nein. Und selbst wenn, weiß ich nicht, ob ich es Ihnen sagen sollte.«

»Natürlich nicht«, sagte Emma. »Warum sollten Sie auch wollen, dass wir reichen Gören das Leben retten.«

Das wird gerade wirklich zu heiß, dachte Alex und war sich nicht sicher, ob es ungefährlich für ihn war, Emma dazu zu bewegen, den Fuß vom Gas zu nehmen.

»Ich warte draußen«, sagte sie und nahm Alex die Entscheidung damit ab. Sie schnellte an ihm vorbei die Stufen hinab und zog ihr Diensthandy aus der Gesäßtasche. Alex wusste, dass sie das Revier über diesen Fauxpas informieren und eine Fahndung rausgeben würde.

»Es besteht durchaus die Möglichkeit, dass sie sich in Gefahr befindet«, sagte Alex und konnte sehen, dass der Stiefvater zu Emmas Reaktion gerne noch etwas gesagt hätte. »Wenn Sie also eine Ahnung davon haben«, nahm Alex ihm den Wind aus den Segeln, »wo sie sich aufhalten könnte, retten Sie ihr damit vielleicht das Leben.« Das glaubte Alex zwar nicht, denn er hielt sie, genau wie Emma, für die Täterin. Immerhin hatte sie sich absichtlich rausgeschlichen. Und das um diese Uhrzeit. Vielleicht ein Zwang, das Muster nicht zu durchbrechen. Typisch für Serienmörder. Vielleicht war sie aber auch das nächste Opfer und mit irgendwas herausgelockt worden. Dann würde es morgen ein weiteres Video geben. Was auch immer als

Nächstes passieren sollte, den frühen Feierabend und eine erholsame Nacht konnte er jetzt vergessen.

»Ich weiß es wirklich nicht«, sagte der Stiefvater nun, und es schien Alex, als würde er die Wahrheit sagen.

»Wenn Ihnen doch noch etwas einfallen oder Melina auftauchen sollte, melden Sie sich bei uns«, sagte Alex.

»Okay«, sagte er und nahm Alex' Visitenkarte entgegen. »Warten Sie kurz. Ich rufe meine Frau an. Vielleicht weiß sie, wo sie sein könnte.«

»Danke«, sagte Alex, hatte aber keine große Hoffnung. Seit dem Konzert glaubte Alex ohnehin nicht mehr an Erfolge, egal auf welcher Linie – beim Schlaf, den er seitdem nicht mehr bekam, beim Lösen dieses Falls ohne weitere Opfer … und dann dachte er wieder an Linda. Ihre Worte hallten seit vorgestern Abend in seinem Kopf wider. Oder war das schon länger her? Irgendwie hatte er jegliches Zeitgefühl verloren. Einzig Lindas Stimme war permanent bei ihm. Mal lauter, mal leiser, und in Momenten wie diesem war sie nur ein kaum wahrnehmbares Flüstern. Doch sie war trotzdem da und zehrte an seinen Kräften und spielte zu allem Überfluss mit seinen Gefühlen. Der Fall trug naturgemäß dazu bei, dass er zu wenig Schlaf bekam, und wenn er es doch mal schaffte, sich hinzulegen und die Augen zu schließen, war Lindas Stimme am lautesten. So gesehen war die Arbeit im Moment das Einzige, das ihn irgendwie den Tag überstehen ließ. Ob er ihr doch schreiben sollte? Oder war es besser, sie anzurufen und nach einem Date zu fragen?

»Tut mir leid«, sagte Melinas Vater, der sein Telefonat beendet hatte. »Meine Frau weiß auch nichts.«

Zumindest hatten Melinas Eltern eine Sache nicht abgelegt: Sie interessierten sich immer noch mehr für ihre Jobs als für ihr Kind, und dabei brachten diese ihnen inzwischen nichts weiter ein, als sich die Lebenszeit von Höhergestellten rauben zu lassen. Letzteres war auch eine Berufskrankheit bei der Polizei, und Alex fragte sich, was sie als Nächstes tun sollten. Machte es Sinn, einen telefonischen Beschluss anzufordern, um die Bude auf den Kopf zu stellen? Oder sollten sie sich auf die Fahndung konzentrieren? Melinas Flucht sprach dagegen, dass sie unschuldig war. Sie wusste, dass man sie beobachtete, und rechnete sicher damit, dass sie die Wohnung durchsuchten. Entweder würden sie also rein gar nichts finden, das ihnen weiterhalf, oder etwas, das sie nur in die Irre führte. Versuchen mussten sie es trotzdem. Also forderte Alex den Beschluss an, entschied aber, bei der Durchsuchung nicht anwesend zu sein.

Kapitel 30

MELINA Wagners Wohnungsdurchsuchung lief parallel zur Suchaktion ab, und obwohl Ersteres wohl bald erledigt sein würde, glaubte Emma nicht daran, dass sie die Ergebnisse weiterbrachten. Was auch immer sich ergeben würde, ihr und Alex blieb nichts anderes übrig, als abzuwarten. Und das machte sie fertig. Zwar hatte Emma nach ihrer Entführung gelernt, freie Zeit schätzen zu lernen. Wohl auch dank ihres neuen Partners, der sie ungefragt überallhin mitschleppte, bis sie dazu in der Lage gewesen war, auch mal allein abschalten zu können. Heute sah es allerdings danach aus, als hätte sie das mit einem Schlag wieder verlernt.

Mit einem Glas Wein, von dem sie noch nichts getrunken hatte, saß sie mit angezogenen Beinen auf ihrem geräumigen Sofa. In Gedanken verloren starrte sie zum Schreibtisch, der im Licht der kleinen Retro-Lampe einladender auf sie wirkte als der schwarze Flachbildfernseher gegenüber dem Sofa. Sie würde den Teufel tun, aufzustehen und ihren Laptop aufzuklappen oder einen Blick in die Kopien der Akten zu werfen, und ganz sicher würde sie nicht zum Diensthandy greifen, das gefährlich nah auf dem Couchtisch lag.

Sie musste sich eingestehen, dass ihre Gedanken ihr nach Feierabend kaum Ablenkung erlaubten, daran würde sie arbeiten müssen. Sie trank einen großen Schluck Wein und stellte fest, dass sie ihn zu lange hatte atmen lassen.

Ihr fiel die Verkäuferin Karin Jochen wieder ein, die dem armen Lasse kaum Luft zum Atmen ließ. Sie kam nicht umhin, sich zu fragen, ob die junge Frau vielleicht doch als Täterin infrage kam. Sie hatte ein klassisches Motiv, zwei sogar, was sie auch offen zugegeben hatte. Komischerweise taten das bei diesem Fall alle. Selbst Melina hatte kein Geheimnis aus ihrer Abneigung gegenüber Cecilia und letzten Endes auch Anna gemacht. Und obwohl auch Familie Scholz durchaus gute Gründe hatte, sich an den dreien zu rächen, blieb immer noch die Frage offen, ob sie damals und heute überhaupt wussten, wer Kim in den Selbstmord getrieben hatte. Theoretisch könnte Oscar Scholz die Nachrichten von Melina gelesen haben. Doch so wie Alex die Situation bei ihm beschrieben hatte, verband sich sein Trauma mit dem Handy seiner Schwester, und er hätte nach ihrem Tod sicher keinen Blick darauf riskiert. Und wenn doch? Dann wüsste er es. Und wenn er davon wusste, dann vielleicht auch sein Bruder Lennard und seine Mutter. Hatten sie deshalb alle Erinnerungen an sie vernichtet? Um derartige Hinweise aus dem Weg zu schaffen?

Das alles klang logisch und doch wieder nicht. Warum zehn Jahre damit warten? Lennard wäre mit neunzehn bereits zu derartigen Taten in der Lage gewesen. Die Familie hatte ja wohl kaum gedacht, dass sie erst mal abwarten würden, wie sich die Social-Media-Plattformen entwickelten, um sie für ihre Taten zu nutzen.

Emma sah ein, dass die Müdigkeit, die Hitze und die Verzweiflung ihr Urteilsvermögen stark beeinträchtigten. Wie Alex gesagt hatte: Es taten sich immer noch mehr Möglichkeiten auf und das bloß, weil sie keinen einzigen handfesten Beweis hatten. Einen Fall nur mit vagen Theorien lösen zu wollen, führte in zu viele Sackgassen, und Emma war versucht, sich dazu zu zwingen, keine weiteren aufzustellen. Doch ihr Kopf wollte einfach nicht aufhören und sprang von Familie Scholz zur Befragung der Referendarin, die mit dem Bermudadreieck in einer Jahrgangsstufe gewesen war. Die ehemalige Mitschülerin hatte unmissverständlich klargemacht, dass sie alle Angst vor den dreien gehabt und sich deshalb nicht getraut hatten, etwas zu sagen. Das war das eine. Dazu kam, wie über Melina gesprochen wurde, wie sie sich in den Videos zeigte und wie sie sich Emma und Alex gegenüber präsentiert hatte. Das alles schrie doch nur nach einem psychisch instabilen Serientäter.

Ihr Handy riss sie aus ihren Gedanken. Obwohl der Nachrichtenton eindeutig nicht von ihrem Diensthandy kommen konnte, sah sie zuerst auf das stumme Ding vor sich auf dem Tisch. Dann nahm sie ihr Privathandy von der Sofalehne und las die Nachricht, die Alex ihr geschickt hatte.

»Kommst du auch nicht davon los?«

Emma wusste nicht, ob sie antworten sollte. Wenn sie das tat, würde sie entweder mit ihm über den Fall reden oder sich sogar noch auf ein Bier mit ihm treffen. Zu sagen, dass sie auf beides keine Lust hatte, wäre gelogen. Aber irgendwas musste sie schreiben und entschied sich für: »Der Wein sorgt für Ablenkung und Bettschwere. Solltest du auch versuchen.« Als sie die Nachricht abgeschickt hatte, fragte sie sich, ob es nicht zu anmaßend gewesen war, jemandem, der keinen Alkohol trank, eine derartige Nachricht zu schicken. »Hör auf, mich zu bemuttern«, kam dann auch zurück, zusammen mit einem zwinkernden Smiley. Emma lächelte und antwortete mit der gleichen Geste zurück.

Sie wollte das Handy gerade weglegen, da dachte sie an ihre Mutter, die sie immer noch nicht angerufen hatte. Es war halb elf am Abend. Wenn ihre Mutter ihre Gewohnheiten nicht geändert hatte, war sie sicherlich noch auf. Sie sah vom Handy zum Schreibtisch, der plötzlich einladender wirkte, als noch vor ein paar Minuten.

»Na toll«, sagte sie mit einem Blick auf ihr Glas. »Du solltest mich eigentlich davon abhalten.« Sie stellte es auf den Untersetzer, legte ihr Handy daneben und ging zum Schreibtisch.

Kapitel 31

DAS penetrante Vibrieren seines Diensthandys, das arrhythmisch den Klingelton von Metallicas *Enter Sandman* verunstaltete, riss Alex aus seinem Dämmerzustand. Orientierungslos sah er sich um und erkannte erst beim Blick auf den Fernseher, auf dem sich Netflix selbst pausiert hatte und eine Antwort auf die Frage »Schauen Sie noch zu?« verlangte, dass er im Sessel eingeschlafen war. Er fummelte das Handy aus der Hosentasche und ging mit einem müden »Ja?« ran.

»Avci hier«, erklang es müde zurück. »Sorry, wenn ich dich wecke, aber das konnte nicht bis morgen warten. Wir haben ein neues Video. Zwei, meine ich. Sorry. War wieder ne lange Nacht.«

»Kein Ding. Wissen wir schon, um wen es sich handelt?«

»Melina Wagner.«

Alex war mit einem Mal hellwach. »Ist sie das neue Opfer?«

»Was denn sonst?«

Seine Gedanken überschlugen sich und hätte sein Kollege am anderen Ende nicht irgendwelche Hintergrundgeräusche fabriziert, hätte Alex vergessen, dass er noch am Telefon war.

»Weiß Bajetzky Bescheid?«, fragte Alex.

»Ich denke nicht. Ich habe dich als Erstes angerufen.«

»Danke.« Alex legte auf, stützte sich vom Sessel hoch und wählte Emmas Nummer. Schon beim zweiten Klingeln ging sie ran, und als sie sich meldete, klang sie alles andere als müde. Sie hatte sicher nicht geschlafen und nicht wie er versucht, den Fall und Lindas Stimme in seinem Kopf zum Schweigen zu bringen. Und wenn er ehrlich mit sich war, hatte er die Hälfte der Zeit auf Lindas Nummer gestarrt, anstatt der Serie auf Netflix zu folgen. Dabei war der Krimi gar nicht langweilig gewesen, vor allem als die Ermittlungen Fahrt aufgenommen hatten, doch er hatte sich gefragt, wie die Autoren mit derartigen Hirngespinsten durchkamen und die Zuschauer trotzdem alles feierten. Und obwohl die Charaktere echt gut harmonierten und er wissen wollte, wie diese Geschichte ausging, war er bei der zweiten Folge und einem entsperrten Handy neben sich eingeschlafen. Gott sei Dank war er im Halbschlaf nicht auf dumme Gedanken gekommen oder hatte aus Versehen Lindas Nummer gewählt.

»Haben sie sie gefunden?«, fragte Emma ohne Umschweife.

»Nicht so, wie wir das gerne gehabt hätten.«

»Sondern?«

»Es gibt zwei neue Videos, die wir uns ansehen sollten.«

»Mist. So früh?«, fragte Emma, und Alex bemerkte jetzt erst, dass er noch nicht auf die Uhr geschaut hatte. Das holte er nun nach und stellte fest, dass es kurz vor fünf Uhr morgens war. »Untypisch«, sagte er, und bevor er einen weiteren Gedanken dazu äußern konnte, erklangen bei ihm und Emma Töne von eingehenden Nachrichten. Alex sah auf das Display. Die Nachrichten kamen von Kollege Avci, der ihnen die beiden Links zu den Videos geschickt hatte.

»Ich rufe dich auf deinem privaten Handy an«, sagte Alex. »Dann können wir uns die Videos gemeinsam ansehen.«

»Ich lade sie mir eben auf den Laptop«, sagte Emma. »Meine Augen sind schon müde genug.«

»Wenn ich danach gehe, müsste ich mir das an die Wand projizieren.«

Mit seinem Handy am Ohr und über einen Kopfhörer mit dem Laptop auf seinen Oberschenkeln verbunden, startete Alex das erste Video.

Wie bei den vorigen ging die einzige Lichtquelle vom Handy aus, obwohl sie sich offenkundig draußen irgendwo im Freien befanden. Nicht nur das war neu, auch der Abstand der Kamera zum Opfer. Sie war deutlich weiter weg als bei den anderen Aufnahmen. Das mussten mindestens fünf Meter sein. Melinas ausgebreitete Arme waren an den Handgelenken mit der Oberkante eines Tennisnetzes verbunden. *Vermutlich Kabelbinder*, dachte Alex, war sich aber nicht sicher.

Sie war nackt. Mit zusammengekniffenen Beinen saß sie mit dem blanken Hintern auf dem Betonboden, den Rücken ans Netz gelehnt und starrte wütend links an der Kamera vorbei. Kein Zweifel, dass sie den Täter im Auge hatte. Er stand am liebsten links. Hatte das was zu bedeuten?

Alex hörte, wie neben der Kamera etwas mehrmals auf den Beton aufschlug. Es war immer der gleiche Ton. Dann folgte ein dumpfer Knall, und ein Tennisball flog rasend schnell an Melina vorbei.

»Schon wieder nichts«, ärgerte sich die verzerrte Stimme gekünstelt. »Ich bin Anfänger«, sagte sie dann und dribbelte mit einem weiteren Ball. »Irgendwann werde ich schon treffen.« Das Ding flog haarscharf an Melinas Kopf vorbei. »Das war knapp.« Die Stimme lachte.

Melina presste ihre Lippen zusammen und sah dabei aus, als könnte sie ihre Wut nicht länger für sich behalten. Es platzte regelrecht aus ihr heraus. »Du kleiner Pisser! Was glaubst du, wer du bist?«

»Nicht so laut.« Er dribbelte wieder. »Du weckst noch die Toten auf.« Der nächste Ball traf sie an der linken Brust. Sie unterdrückte einen Schrei, als wolle sie ihm diese Genugtuung verwehren. Ihren Blick wandte sie nicht von ihm ab, und sie verfolgte auch nicht den Ball, der nach dem schmerzhaften Treffer auf ihren Oberschenkel gefallen war, über den Boden von ihr wegrollte und vom Schatten der Nacht verschlungen wurde.

»Dir ist klar, warum wir das hier machen?« Der nächste Ball ging unterhalb ihres rechten Arms ins Netz.

»Nein, und es ist mir auch egal.«

»Was ist dir eigentlich nicht egal?« Der Täter dribbelte wieder, wartete die Antwort ab.

»Sag du es mir«, sagte Melina scharf. »Scheinbar weißt du ja so gut über mich Bescheid.«

»Okay«, sagte er.

Der Ball traf Melina an der Stirn und schien mit deutlich mehr Kraft geschmettert worden zu sein. Ihr Kopf schnellte in den Nacken und wäre vermutlich noch weiter zurückgeklappt, wenn das Netz ihn nicht abgefedert hätte. Sie kniff die Augen zusammen und benötigte einen Moment, um sich davon zu erholen. Den Kopf noch gesenkt öffnete sie die Augen und sah wieder an der Kamera vorbei. Alex hätte nicht gedacht, dass sie noch wütender aussehen könnte. Doch das tat sie, als sie den Kopf wieder anhob. Es wirkte, als würde sie trotz ihrer erniedrigenden Pose auf ihn herabschauen. Dass Melina zu derartigem Verhalten selbst in dieser Situation noch im Stande war, unterschied sie von Anna und Cecilia. Alex glaubte nun, was er längst vermutet hatte: Melina war der Endboss dieser Geschichte. Der Strippenzieher. Die, von der alles Übel ausging. Sie war die mit den Ideen, mit der Auswahl der Opfer und allem, was dazugehörte, und hatte es so aussehen lassen, als sei sie nichts weiter als eine Mitläuferin.

Ein weiterer Ball flog vor ihr auf den Boden und dann in hohem Bogen über sie hinweg. »Willst du immer noch weiter so tun, als wärst du unschuldig?«

Ein Ball traf sie in den Bauch. Melina atmete scharf ein, verzog das Gesicht und richtete sich wieder auf, soweit es die Fesseln zuließen. Ihr Ausdruck wechselte zwischen Schmerzen und Wut.

»So unschuldig wie deine Opfer.«

Der Ball traf sie mitten ins Gesicht. Ihre Nase fing sofort an zu bluten. Instinktiv legte sie den Kopf in den Nacken, was ihr wohl aber Schmerzen bereitete, also senkte sie ihn wieder. Das Blut tropfte ihr zwischen die Brüste. Sie atmete mit offenem Mund, und von ihrer Wut war kaum noch etwas zu erkennen. Doch es war keine Angst an ihre Stelle getreten. Sie wirkte eher resigniert. Als hätte sie sich mit ihrem Schicksal abgefunden. Als sei es ihr plötzlich egal, dass sie ihrem Mörder gegenübersaß, obwohl ihr die Schmerzen sichtlich zu schaffen zu machten. Ihre Gesichtszüge unter dem frischen Blut und dem nun sichtbar gewordenen roten Abdruck auf der Stirn waren seltsam verzerrt.

Der nächste Treffer knallte kommentarlos ein weiteres Mal gegen ihre Brust. Die Einschläge kamen nun im Sekundentakt. Wenn das so weiterging, hätte sie bald Blutergüsse am gesamten Körper.

»Jetzt bekommst du zumindest körperlich ein Gefühl dafür, wie sie sich damals gefühlt hat.« Das Dribbeln war langsamer als sonst. Der Täter kostete es aus, dass Melina nichts weiter tun konnte, als auf den nächsten Ball zu warten. »Als du sie zum Probetraining in deinen schicken Tennis-Klub eingeladen und dann vorgeführt hast.«

Er traf sie an der Leiste. Melina krümmte sich vor Schmerzen und konnte einen Schrei nicht zurückhalten.

»Du hast ihr absichtlich die Bälle so zugespielt, dass sie mit blauen Flecken nach Hause kam.« Auch der nächste Schlag war ein Treffer. »Und dann hast du all deinen Freunden davon erzählt, und ihr habt euch über sie lustig gemacht.« Wieder ein Treffer, und noch mehr Blut, das ihr aus der Nase lief. »Und dabei hatte sie nur darauf gehofft, endlich dazuzugehören.«

»Sie hat nie zu uns gehört«, sagte Melina, die vergeblich versuchte, ihre Schmerzen zu unterdrücken. Doch sie bahnten sich mit jedem Wort, das sie sagte, ihren Weg. »Niemand hat das.«

»Ja«, sagte die verzerrte Stimme und schlug einen weiteren Ball. Dieser ging, zu Melinas Glück, daneben. »Daraus habt ihr kein Geheimnis gemacht.« Schnelles dreimaliges Dribbeln, dann folgten ein weiterer Schlag und ein weiterer Treffer. »Und ich mache keines mehr aus deinem.«

»Aus welchem?«

»Die Auswahl ist groß, oder?«, fragte die Stimme und dribbelte wieder in aller Ruhe. Wie viele hatte der Täter wohl noch? Wie viele Bälle würde sie noch abbekommen, bis er aufhörte? »Ich denke, es reicht, wenn du unseren Zuschauern sagst, warum du hier bist.«

»Lässt du mich dann am Leben?«

»Nein.«

»Dann kannst du es ihnen selbst erzählen.«

Der nächste Ball traf sie wieder am Kopf. Alex glaubte schon ein paar Treffer zuvor nicht mehr daran, dass der Mann am Schläger – sofern er männlich war, wovon Alex erst mal ausging – ein Anfänger war. Er konnte treffen, wenn er wollte.

Alex hörte, wie ein Schalter umgelegt und ein Mechanismus langsam in Gang gesetzt wurde. Ein stetiges Summen ertönte, und an Melinas Gesichtsausdruck, der zum ersten Mal so etwas wie Angst zeigte, glaubte Alex zu wissen, was es war. Und als die ersten Bälle in gleichen Abständen durchs Bild und auf Melina zuflogen, war klar, dass es sich um eine Ballwurfmaschine handelte. Bereits nach dem dritten Treffer konnte man sehen, dass sie nicht mit Bällen geladen war. Es waren runde Steine, die auf Melinas Oberkörper trafen und sie nun doch dazu brachten, vor Schmerzen laut zu schreien. Der Täter musste die Maschine so ausgerichtet haben, dass sie nicht am Kopf getroffen wurde, sicher um sie möglichst lange bei Bewusstsein zu halten.

Alex fühlte bei jedem Treffer mit, und konnte Emma am anderen Ende hören, wie sie leise vor Entsetzen aufstöhnte, als sich die ersten Platzwunden auftaten.

Die verzerrte Stimme lachte, und kurz darauf füllte ihr Gesicht das Bild beinahe vollständig aus. Wie in den anderen beiden Videos trug der Täter eine lachende Maske seines Opfers, verschmiert mit Clowns-Schminke. Die Dunkelheit der Augenhöhlen erweckte dieses Mal bei Alex den Eindruck, als wären es große, runde, schwarze Steine, die über die Maske hinausragten. Das Bild stellte sich auf den Täter scharf und verstärkte den Eindruck. »Ihr müsst nicht über jedes Geheimnis Bescheid wissen«, sagte er laut, um Melinas Schreie zu übertönen, »aber ihr solltet wissen, dass diejenigen unter euch, die meinen, besser zu sein als andere und ihnen aus einer Laune heraus das Leben zur Hölle machen, die nächsten sind.«

Er lachte neckisch, wandte sich zu Melina um und machte das Bild weitgehend frei. Kurz nachdem die Kamera sich auf die malträtierte Melina scharfgestellt hatte, fror das Bild endlich ein. Das Video war vorbei. Melinas Schreie aber hallten immer noch in Alex' Kopf nach.

»Es ist draußen, das ist neu«, sagte Emma und klang, als würde sie um Fassung ringen. »Ebenso das Ende. Er geht aus dem Bild und macht die Sicht frei.«

»Der Abstand zwischen Kamera und Opfer ist auch viel größer als bisher«, fügte Alex hinzu. »Das müssen mindestens fünf Meter sein.«

»Ein bisschen mehr, würde ich schätzen, wenn man den Abstand von der Außenlinie des Tennisplatzes bis zum Netz einbezieht.«

»Glaubst du, bei den Videos dreht es sich allein um Kim Scholz?«

»Ich hoffe es nicht. Wenn sie ihr all das angetan haben …« Emma führte den Gedanken nicht zu Ende. Für Alex stand außer Frage, dass Anna, Cecilia und Melina für ihre Taten zur Rechenschaft gezogen werden mussten. Aber nicht auf diese Weise, und er glaubte zu wissen, dass Emma das ebenso empfand.

»Sehen wir uns das nächste an?«, fragte Alex, obwohl er es liebend gern noch hinausgezögert hätte.

»Ja«, sagte Emma. »Bringen wir es hinter uns.«

***

Das Bedürfnis, in die Aufnahme hineinzuspringen und das Opfer zu retten, war dieses Mal noch größer als bei den anderen beiden. Im rechten Anschnitt war die baumelnde Leiche von Cecilia zu sehen, und Emma war sich sicher, dass Anna neben ihr hing. Es war schwer, tatenlos mit anzusehen, wie eine weitere junge Frau ihr Leben verlor, ohne dass Emma etwas tun konnte. Dabei war es egal, ob Melina Wagner tatsächlich schuld am Tod von Kim Scholz oder irgendjemand anderem gewesen war. Sie hatte eine Strafe verdient, aber nicht so. Dass sie sich überhaupt noch auf dem Melkschemel halten konnte, war ein Wunder – bei den ganzen Prellungen und offenen Wunden, die ihren Körper zierten und sie aussehen ließen wie einen überreifen Pfirsich kurz vorm Platzen. Wie eine betrunkene Seiltänzerin versuchte sie mit ausgestreckten Armen, das Gleichgewicht zu halten.

»Du krankes Schwein«, presste Melina durch ihre geschwollenen und aufgeplatzten Lippen hervor. Es sah ganz danach aus, als hätte der Täter die Flugrichtung der Steine nach dem Ende des Videos noch korrigiert. »Irgendwann werden sie dich finden. Dich und den Rest …«

Es folgte ein harter Schnitt.

In der nächsten Sequenz führte Melina ihren Tanz auf dem Schemel geknebelt und gefesselt weiter. Wütend starrte sie links an der Kamera vorbei. Blutiger Rotz hatte sich über das silberne Gaffer-Tape gelegt, das ihren Mund bedeckte. Darunter schien sie den Täter zu verfluchen. Ihre Augen waren vor Wut weit aufgerissen. Emma war sich wie Alex sicher: Melina Wagner war der Endgegner. Und die bettelten und flehten nicht um Gnade.

»Nicht auszumalen, wie viele Leben durch euren Tod nicht nur gerächt, sondern gerettet werden. Leben, die ihr noch nicht komplett zerstört habt und die ohne euch wieder lebenswert sind.«

Diese Aussage bestätigte ihre Vermutungen, brachte sie aber auch nicht wirklich weiter. Kurz darauf ertönte das bekannte Geräusch, das das Aktivieren der Seilwinde verursachte. Melina wurde hochgezogen zu den anderen beiden, und Emma kam es vor, als würde alles in Zeitlupe ablaufen. Als würde das neueste Opfer deutlich langsamer hochgezogen als die anderen beiden.

Emma versuchte, die richtigen Schlussfolgerungen zu ziehen. Doch sie musste sich beherrschen, einen klaren Gedanken zu fassen und nicht zu weinen. Danach war ihr, doch das durfte sie nicht zulassen. Nicht, weil Alex das nicht verstanden hätte, sondern weil sie dann nicht mehr dazu in der Lage gewesen wäre, rational zu denken. Wenn dieser Fall vorüber war, konnte sie ihren Gefühlen freien Lauf lassen. Und sie hoffte, dass sie damit dann nicht allein sein würde.

Melina schien deutlich länger durchzuhalten als die anderen beiden. Sie strampelte so heftig, dass sie mit den Beinen Cecilia traf und so die Leiche zum Schwingen brachte und mit ihr zusammenstieß. Doch nicht einmal das entlockte Melina irgendeine Reaktion. Sie war einfach nur weiter stinksauer. So hatte sie sich ihr Lebensende sicher nicht ausgemalt, und dass dort unten, neben der Kamera, jemand stand, der alles zerstörte, was sie sich so mühevoll aufgebaut hatte, war für sie offenbar nicht einfach so hinzunehmen. Dennoch konnte sie nichts dagegen tun, dass ihre Kräfte nachließen. Sie zuckte nicht mehr so stark. Ihre Gesichtszüge entglitten ihr, doch da war immer noch so viel Hass in ihrem Blick. Schließlich fielen ihre Schultern hinab, sie pendelte nur noch langsam hin und her, und Emma war erleichtert, als ein paar Sekunden später das Video endlich vorbei war.

Diesen Ausdruck in Melinas Gesicht würde sie nie vergessen. Auch über ihren Tod hinaus übte es noch eine gewisse Kraft aus, die Emma schaudern ließ. Das Bermudadreieck hatte sie alle verschlungen.

***

Obwohl Alex natürlich vollkommen klar gewesen war, was ihn in diesem Video erwarten würde, ließ es ihn sprachlos zurück. Er erwischte sich dabei, wie er wütend wurde und den Beamten, die

Melina haben entkommen lassen, eine Teilschuld zuschob, was er sich gedanklich aber sofort verbot. Ja, sie hatten nicht gut genug aufgepasst. Doch Melina war hintertrieben und wäre vermutlich in einer für sie vertrauten Umgebung jedem entkommen. Was noch erschwerend hinzukam, war, dass das Haus, in dem Melina wohnte, mit dem rechten und linken Nachbargebäude verbunden war – was auf der Heeperstraße nicht selten vorkam. Man musste nur durch eine der Türen gehen oder eben die Hintertüren benutzen. Zu viele Fluchtmöglichkeiten für zwei Beamte.

»Es wurde etwas herausgeschnitten«, sagte Emma, und erst dann fiel Alex wieder ein, dass sie noch am Telefon war.

»Was?«, fragte er irritiert.

»Der harte Schnitt, bevor sie den Knebel trug.«

»Ja, richtig«, sagte er und war wieder ganz bei der Sache. Mehr oder weniger. »Sie war bestimmt kurz davor, etwas zu sagen, das uns auf die richtige Spur geführt hätte.«

»Wenn wir diesen Schnipsel nur irgendwo finden könnten.«

»So einfach wird es uns der Täter nicht machen. Vor allem nicht, wenn er, wie er sagte, vorhat, noch weitere umzubringen.«

»Viele werden das nicht mehr mitbekommen. Es wurde gelöscht.«

»Das Video?« Alex sah auf sein Handy. Der Inhalt war nicht mehr verfügbar.

»Beide.«

Alex sah auf das Display. »Das ging schnell.«

»Hat aber noch gereicht für fast fünfzehntausend Likes und dreitausend Kommentare.«

»Rechnet man das hoch …«

»Das will ich mir gar nicht erst vorstellen«, unterbrach ihn Emma.

»Jedenfalls müssen wir davon ausgehen, dass die drei Frauen nicht seine letzten Opfer waren.«

»Dabei waren wir uns mit Melina so sicher«, sagte Emma kraftlos.

»Dann sollten wir uns auf das konzentrieren, was wir sonst noch haben«, sagte Alex.

»Familie Scholz?«

»Und die Hinweise aus dem Tennis-Video. Er hat gesagt, dass Melina noch die Toten aufweckt.«

»Er könnte also in der Nähe eines Friedhofs gewesen sein?«, mutmaßte Emma.

»Entweder das, oder sie waren in der Nähe der ersten beiden Opfer.«

»Und wenn es doch ein Friedhof war?«, fragte Emma. »Es könnte doch sein, dass er Melina, die ja wohl für ihn der Ursprung allen Übels war, in der Nähe von Kim Scholz' Grab gefoltert hat.«

»Auf einem Friedhof treibt sich nachts auch niemand herum.«

»Sofern er etwas ab vom Schuss liegt. Aber da gibt es auch wieder einige.« Emma atmete resigniert aus. »Warten wir ab, was die Kollegen aus der IT entdecken. Meine Augen sind jetzt viel zu müde, um noch was Brauchbares zu erkennen.«

Im Gegensatz zu Alex hatte Emma sicher nicht geschlafen. Wobei Alex auch in seinem Fall nicht wirklich von Schlaf sprechen konnte. Das letzte Mal, als er Emma so erlebt hatte, war, als sie gegen Stefan Bauer ermittelt hatten. Der Frauenmörder hatte sie beide nächtelang wachgehalten. Doch dieses Mal war es anders. Sie waren Zeugen der Gräueltaten, und das allein reichte aus, um ihnen den Schlaf zu rauben. Alex bezweifelte, dass sie nach dem Ende dieses Falls einfach ins Bett fallen und tagelang durchschlafen würden.

»Mal angenommen es geht hierbei ausschließlich um Kim Scholz«, drängte Alex seine Gedanken beiseite. »Dann käme jemand aus der Familie am ehesten infrage.«

»Ich glaube mittlerweile auch, dass es zwei Täter sein könnten. Die Theorie mit der Mutter und dem Sohn klingt zwar eher nach einer aufregenden Geschichte als nach einer realen Konstellation, doch möglich wäre es.«

»Warum glaubst du jetzt daran?«

»Wegen dem, was er im letzten Video gesagt hat: ›Dass ihr drei endlich für das bestraft werdet, was ihr uns angetan habt …‹. Außerdem hat der Täter seine Opfer nicht vom Balken genommen. Genau wie bei Kim damals.«

Dass das schon mal aufgekommen war, hatte Alex gar nicht mehr auf dem Schirm gehabt. Scheiße, er sollte wirklich darüber nachdenken, sich irgendwas einzuschmeißen, um schlafen zu können. »Er könnte auch im Namen aller Opfer gesprochen haben.«

»Das ist möglich. Aber die Theorie von Familie Scholz wäre logischer.«

»Wie meinst du das?« Er konnte ihren Gedanken wirklich nur sehr schwer folgen. Bei allem, was sie sagte, sah er sich selbst vor eine blanke Betonwand starren, auf der die Informationen erst nach mehreren Sekunden erschienen, nachdem Emma sie ausgesprochen hatte.

»Lennard Scholz ist Anwalt, genau wie seine Mutter. Sie könnten Beziehungen haben, die ihnen Informationen besorgt haben. Noch dazu wissen sie, was wir für Möglichkeiten haben. Sie könnten sich über diese ganze digitale Verschleierung informiert haben, und wenn sie es selbst nicht gemacht haben, steht vielleicht jemand in ihrer Schuld, der es kann, und der würde den Teufel tun, damit zur Polizei zu gehen. Ganz nach deiner These, dass sich jeder selbst der Nächste ist.«

»Ganz so extrem sehe ich das nun auch nicht, aber ich weiß, was du meinst, und es klingt gar nicht mal so weit hergeholt. Andererseits könnte auch, wie du eben bereits sagtest, der kleine Bruder der Täter sein. Vielleicht spielt er nur den traumatisierten jungen Mann. Bleibt nur noch die Frage, wie sie auf die drei gekommen sind.«

»Lennard könnte von dem Handy gewusst haben. Innerhalb von zehn Jahren wird sich sicherlich eine Möglichkeit ergeben haben, einen Blick darauf zu werfen und die Nachrichten zu lesen, die Melina, Anna und Cecilia belasten.«

»Trotzdem weiß ich nicht, warum er zehn Jahre gewartet haben soll, bis er zuschlägt. Musste man das wirklich so lange planen?«

»Das sicher nicht, und ich glaube auch nicht, dass Lennard es war. Er hat sich in die Arbeit gestürzt, um alles zu verdrängen. Oscar flüchtet sich zwar auch in andere Welten, aber wenn er dafür sorgt, dass das Handy permanent geladen ist, dann setzt er sich bewusst jeden Tag mit dem Tod seiner Schwester auseinander. Und als er erkannt hat, dass sich nach zehn Jahren für ihn einfach nichts geändert hat, könnte er den Entschluss gefasst haben, Gerechtigkeit für Kim einzufordern. Vielleicht hat er auch nur auf das Handy so extrem reagiert, weil er weiß, was darauf zu finden ist.«

»Möglich. Aber sind diese zehn Jahre denn tatsächlich eine Grenze, die in ihm das alles ausgelöst haben könnte?« Alex bezweifelte das, und er glaubte, dass es Emma ebenso tat. Sicher, manche Menschen kommen bei Jubiläen auf die komischsten Ideen, und es gab schon Fälle, bei denen Daten etwas in einem Menschen ausgelöst hatten, um ihn zu einem Täter zu machen. Dennoch war das selten, und meistens kam auch noch irgendein Auslöser, ein bestimmtes Ereignis dazu.

»Es könnte etwas ganz Banales gewesen sein«, führte Alex seine Gedanken laut weiter, wieder in dem monoton anmutenden Singsang. »Ein einfacher Post auf Facebook oder Instagram, ein Satz bei Twitter. Wenn man zehn Jahre lang weiß, wer verantwortlich für den Tod eines geliebten Menschen ist, braucht es vielleicht nicht mehr als das. Das auslösende Ereignis kann etwas ganz Unscheinbares gewesen sein. Vielleicht ein Post, der ihn getriggert hat, und dann hat er die drei ausspioniert, vielleicht schon über viele Jahre. Vielleicht hat er sich immer wieder gefragt, warum sie weiterleben durften und seine Schwester nicht.«

»Dann sollten wir uns einige Posts noch einmal genauer ansehen«, schlug Emma vor.

»Wir denken nicht wie der Täter und übersehen vermutlich, was ihn getriggert haben könnte. Wir sollten das Profiler Pilgrim überlassen und uns lieber um Familie Scholz kümmern.«

Kapitel 32

DASS die ITler so schnell herausgefunden hatten, wo das Tennis-Video mit Melina gedreht worden war, damit hatten Emma und Alex nicht gerechnet. Die Kollegen Schwarz und Neumann hatten den alten schiefen Industrieschornstein erkannt, den man nur sehen konnte, wenn man Helligkeit und Kontrast entsprechend bearbeitete. Zusammen mit der Aussage des Täters, die Emma auf die Idee mit dem Friedhof hatte kommen lassen, waren sich beide sofort einig, wo das Video aufgenommen worden war. Gut, dass Schwarz und Neumann ortskundig waren.

Der Friedhof in Brackwede, der sich hinter dem Gelände der alten Fabrik befand, auf dem Melina mit Steinen beschossen worden war, hatte nichts mit Kim Scholz zu tun. Irgendwie hatte Emma es bereits geahnt. Dann stand nur noch die Theorie im Raum, die Opfer des Täters in dem alten, verlassenen Firmengebäude vorzufinden. Ganz zum Leidwesen von Emma.

Als sie zusammen mit Alex und dem SEK vor der Eingangstür des einsturzgefährdeten Gebäudes der alten Sandsteinfabrik standen, kamen Erinnerungen in ihr hoch, die sie gerade gar nicht gebrauchten konnte. Sie würden hier weder etwas zu Kim Scholz finden, noch glaubte sie daran, plötzlich einen Raum zu betreten, in dem drei Leichen an einem Balken baumelten. Der Baustil würde es vielleicht hergeben, obgleich sie durch die Fenster keinerlei freigelegtes Fachwerk hatten erkennen können. Die kaum hörbare Stimme in ihr erinnerte sie an Stefan Bauer und an die alte Psychiatrie Eckardtsheim, in der er sie gefangen gehalten hatte und töten wollte. Ein Lost Place, ähnlich wie dieser, wenn auch längst nicht so einsturzgefährdet und groß.

Der Rammbock zerschlug die Glastür zusammen mit den Erinnerungen an Stefan Bauer. Die ersten schwarz vermummten Gestalten betraten das Gebäude. Ihre Schritte knirschten auf dem zersplitterten Sicherheitsglas, bis sie nach wenigen Metern lautlos durch das Gebäude eilten.

Emma und Alex folgten ihnen mit gezogenen Waffen und in schutzsichere Westen gehüllt. Bei der Hitze glaubte Emma, ihr Gewicht sei um ein Fünffaches angestiegen. Ihr gesamter Oberkörper klebte bereits, und der Stoff ihres Tops scheuerte unangenehm auf ihrer Haut.

Als sie durch den Flur an den offenen Türen vorbeigingen, kamen bereits die ersten schwarzen Gestalten wieder raus und gaben ihnen mit Handzeichen zu verstehen, dass die Räume sicher waren. Graffiti und eingeworfene Fensterscheiben waren bei Lost Places Standard, dachte Emma beim Blick in den ersten Raum, in dem nichts als Trümmerteile zu entdecken waren. Sie zogen weiter, und ein Dreier-Team ging hinab in die Kellerräume, zwei weitere gingen in die angrenzende Fabrikhalle. Bevor Emma wusste, was sie tat, hatte sie sich mit Alex dem Keller-Trupp angeschlossen, der die Taschenlampen an ihren MPs anknipste. Emma und Alex zogen ihre Maglites und hielten sie unter den Handballen der rechten Hand, mit der sie ihre Halbautomatik hielten. Auf dem Weg hinab begleiteten sie drei Lichtkegel, was Emma normalerweise ein beruhigendes Gefühl verschaffte, dieses Mal jedoch wurde es mit jeder Stufe beklemmender, und als sie unten angekommen waren, überkam sie Panik, und wäre sie sich dem Ernst der Lage nicht bewusst gewesen, wäre sie umgedreht und hinausgestürmt. Bis jetzt hatten sich die Erinnerungen an Stefan Bauer in Grenzen gehalten und ihr in manchen Momenten lediglich Unbehagen bereitet. Doch noch niemals hatten sie eine panisch anmutende Angst hervorgerufen, wie sie sie jetzt empfand und die mit jedem Schritt in den dunklen Gang schlimmer wurde.

Der Keller war groß. Verdammt groß und viel größer als der in der ehemaligen Psychiatrie. Sie zögerte einen Moment, der ihr vorkam wie der Bruchteil einer Sekunde. Dass es mehr gewesen sein musste, sah sie an Alex' fragendem Blick, der plötzlich neben ihr stand und sie weiter vorantrieb, um den Anschluss nicht zu verlieren. Emma nickte und hoffte, dass er sie später nicht darauf ansprechen würde.

Die Metalltüren standen größtenteils offen. Sie spähten hinein, doch hier unten gab es bis auf Angstschweiß und Panik nichts zu finden. Emma zitterte am ganzen Leib. Ihr wurde abwechselnd heiß und kalt, und sie musste einen Großteil ihrer Kraftreserven dafür aufbringen, ihre Atmung ruhig zu halten. In erster Linie natürlich, um sich für einen potenziellen Angriff bereitzuhalten, aber auch, damit die Kollegen nichts merkten. Dass man sie für eingeschränkt diensttauglich halten könnte, durfte nicht passieren. Sie würden den Fall abgeben müssen, doch sie hatten schon so viel investiert, nun musste sie den Täter auch selbst finden. Und das, bevor er sich ein neues Opfer suchen konnte, denn dass noch weitere folgen würden, da war sie sich sicher.

Hier unten konnten sie jedenfalls nichts entdecken, das ihnen weiterhalf. Der Trupp kam ihnen entgegen, und kurz darauf erklärte das Team das Gebäude für sauber. Auch sie waren erfolglos geblieben. Sie stiegen die Treppen zur Fabrikhalle hinauf. Emma bildete die Nachhut, wenn auch unbeabsichtigt.

»Alles okay?«, fragte Alex, als er die Waffe wegsteckte und das SEK schon ein paar Meter vorausgegangen und bereits in private Unterhaltungen vertieft war.

»Ja, alles gut«, log Emma. Sie sollte froh darüber sein, endlich hier rauszukommen, doch irgendwas hielt sie hier unten fest und zog an ihrer schweißnassen Haut. »Ich komme sofort nach.«

»Okay«, sagte Alex.

An seinem Blick konnte Emma erkennen, dass er sie nur ungern allein lassen wollte, er tat es aber trotzdem. Es hätte auch keinen Sinn gehabt, ihr seine Gesellschaft aufzuzwingen, das wusste er sicher inzwischen.

Als er die Stufen hinaufging, wandte Emma sich noch einmal um, starrte in das schwarze Nichts am anderen Ende des Gangs und wartete darauf, dass Stefan Bauer aus ihr hervortrat. Krampfhaft umfasste sie den Griff ihrer Pistole. Der Lauf zeigte mit der Maglite seitlich von ihr zu Boden. Immer noch entsichert. Immer noch schussbereit. Und dann glaubte sie, etwas in dem tiefen Schwarz zu erkennen, obwohl ihr die Logik sagte, dass das unmöglich war. Zögerlich setzte sie einen Fuß vor den anderen, tat ein paar Schritte, lauschte, und dann konnte sie hören, wie etwas aus der Dunkelheit zu ihr vordrang. War es ein Flüstern? Ja, ganz bestimmt. Es klang wie das Flüstern einer Frau. Paradoxerweise wusste Emma, dass sie mit der Maglite bloß vor sich leuchten musste, um zu sehen, was da war. Doch sie konnte es nicht, als wäre es unmöglich, als verstieße es gegen irgendeine Regel. Warum, konnte sie sich nicht erklären. Sie hielt sich einfach nur daran und ging weiter auf die Stimme zu, wohlwissend, dass die Dunkelheit sie mit jedem Schritt weiter einnehmen würde.

Dann hörte sie die Stimme deutlicher.

»Hallo?«, fragte Emma, doch anstelle einer Antwort kam wieder nur dieses Flüstern. Emma versuchte herauszuhören, was die Frau sagte, und blieb stehen, als sie glaubte, es besser verstehen zu können. Es lief ihr eiskalt den Rücken hinunter, und sie bekam eine Gänsehaut, als sie realisierte, dass diese Stimme eine altbekannte war.

»Bitte … Töte mich!«, klang es nun klarer aus der Dunkelheit zu ihr. Das war es, was Stefan Bauers letztes Opfer zu Emma gesagt hatte, als sie mit ihr zusammen in dem dunklen Keller eingesperrt worden war. Immer und immer wieder hatte sie sie um Erlösung gebeten, darum, ihren Schmerzen ein Ende zu machen. Emma zitterte, und als sie diese Worte ein weiteres Mal vernahm, glaubte sie, sie stünde direkt vor ihr. Emma machte einen Satz zurück und riss die Waffe samt Maglite empor. Sie sah den leeren Gang entlang, bis ihr klar wurde, dass sie sich alles nur eingebildet hatte. Sie entspannte sich etwas, doch dann hörte sie die leisen Schritte hinter sich, riss sich mit der Waffe in der Hand herum.

»Woah«, sagte Alex und hielt sofort die Hände hoch.

»Scheiße«, sagte Emma, und sie senkte die Waffe. »Tut mir leid. Ich dachte, ich hätte was gehört.«

»Kann ich die Hände wieder runternehmen?«

»Natürlich, entschuldige«, sagte Emma leicht pikiert und ging an ihm vorbei zur Treppe. *Das eben war nicht gut, gar nicht gut.* Sie hatte ihre Waffe auf ihren Partner gerichtet, weil sie sich von ihrer Paranoia hatte überwältigen lassen. Sie würde mit ihrer Therapeutin darüber sprechen müssen. Jedoch verwarf sie den Gedanken so schnell, wie er gekommen war.

***

Bis auf die Kamera hatte der Täter alles zurückgelassen. Auf dem großen Parkplatz neben der Firma hatte er ein Tennisnetz zwischen zwei verrostete Poller gespannt. Vor dem Netz lagen die durchtrennten Kabelbinder, mit denen er Melina gefesselt hatte. Steine lagen um die Mitte des Netzes herum verteilt, und selbst mit bloßem Auge konnte Alex die ein oder andere Blutspur erkennen. Und erst mit der neuen Übersicht unter Tage war Alex aufgefallen, dass Melina nicht gekennzeichnet worden war. Er hatte sie nicht mit einer Spray-Dose beschmiert wie die anderen. Hatte das was zu bedeuten? Vielleicht ja, vielleicht nein.

Die Sonne schien unbarmherzig auf seine Kolleginnen und Kollegen herab. Alex war froh darüber, dass er die schwere Weste hatte ablegen können und nicht gezwungen war, sich in einen dieser Ganzkörperanzüge der Spusi zu zwängen.

Die Kollegen von der Technik waren heute mal zu viert am Start. Bei der Hitze waren sie dadurch schneller fertig und liefen nicht Gefahr zu kollabieren. Hier gab es einiges zu untersuchen, aber nichts, was sich Emma und Alex aus der Nähe ansehen mussten. Es gab freie Sicht aus allen Richtungen, und das reichte aus, um sich ein Bild von der Szenerie zu machen. Alle Details, die erst bei genauerer Untersuchung sichtbar wurden, würden die Kollegen finden.

Er sah zu seiner Partnerin rüber, um die er sich ernsthaft Sorgen machte. Es war ihm nicht entgangen, dass das Betreten dieses einsturzgefährdeten Gebäudes Erinnerungen in ihr wachgerufen hatte. Ihm ging es dabei nicht anders. Nur war er nicht von einem Irren entführt und gefoltert worden oder hatte mit ansehen müssen, wie eine unschuldige junge Frau beinahe zu Tode gequält worden war.

Während er darüber nachdachte, ging er den BMX-Parcours – zumindest sah es für Alex danach aus – entlang, der sich vom Fabrikgelände bis in den Wald erstreckte und an den improvisierten

Tennisplatz grenzte. Er schien länger nicht benutzt worden zu sein. Manche Konstrukte aus Betonplatten und Röhren wirkten, als sollte man sie lieber nicht mehr betreten.

Er steuerte auf Emma zu, die auf einer Anhöhe auf einem Betonklotz saß, mit den Handflächen unter ihren Schenkeln, und den Kollegen bei der Arbeit zusah. Alex ging die Betonrampe empor, die kaum breiter war als er selbst. Erst als er sich neben sie setzte, verlor sie ihren verträumten Blick.

»Hey«, sagte er nur.

»Hey«, gab sie zurück und konnte ihm dabei kaum in die Augen sehen. Sie fühlte sich schuldig, das wusste er. Doch das brauchte sie nicht, und er würde die Sache auch einfach vergessen, wenn er nicht wüsste, dass sie das so schnell nicht konnte.

»Wegen eben«, sagte er, »mach dir keinen Kopf.«

Sie sagte eine Weile nichts, und Alex schwieg mit ihr. Er ließ die Beine baumeln und sah dem Treiben der Kollegen unter ihnen zu.

»Glaubst du, ich bin dienstunfähig?«, fragte sie dann.

»Nur wenn du abgedrückt hättest. Aber das hast du nicht. Dass man sich mal erschreckt, ist doch normal. Ich hätte mich auch nicht so an dich heranschleichen dürfen.«

»Hast du das getan?«

Eigentlich war er ganz normal gegangen und hatte sogar zweimal ihren Namen gesagt, bevor sie sich zu ihm umgedreht hatte. Doch das behielt er lieber für sich. »Wie gesagt. Tut mir leid. Und falls du dich das fragst – ich hätte nicht anders reagiert als du.«

»Danke«, sagte sie.

»Kein Ding.«

Sie lächelte leicht und lockerte ihre verkrampfte Haltung ein wenig. »Denkst du, wir finden ihn, bevor er sich das nächste Opfer geschnappt hat?«

»Ich weiß es nicht.«

»Was tun Sie da?«, fragte eine tiefe Stimme hinter ihnen. Alex und Emma wandten sich um und erblickten einen pummeligen alten Mann, der zwei Terrier spazieren führte.

»Polizeiarbeit«, sagte Alex. »Wir sind von der Kripo Bielefeld.«

»Oh«, sagte er und sah sich verschwörerisch um, bevor er sich etwas vorlehnte und laut flüsterte: »Haben Sie eine Leiche gefunden?«

»Sollten wir das?«, fragte Alex.

Dem Mann fiel alles aus dem Gesicht. »Ähm, nein. Ich weiß nicht. Kann doch sein. Warum sind Sie sonst hier?«

»Wir gehen einer Spur nach.«

»Brauchen Sie Hilfe dabei?«

Alex warf Emma einen Blick zu, und er fragte sich, ob sie ebenfalls dachte, dass dieser Mann sich eine Spur zu seltsam verhielt. Das konnte viel bedeuten oder auch nichts. Er wäre sicher nicht der Erste, der sich in Gegenwart der Polizei unwohl fühlte, obwohl er nichts verbrochen hatte. Bis auf die Tatsache, dass er sich auf einem mit Bauzäunen umgebenen abgesperrten Gelände befand. Alex drehte sich zu dem Mann um. »Sie wissen, dass Unbefugten das Betreten dieses Geländes untersagt ist?«

»Ähm, ja. Also ich wollte auch nur … Ich gehe hier immer meine Runden … mit den Hunden … Das tun viele und ist für den Besitzer dieses Geländes in Ordnung«, fügte er hastig hinzu. »Tut mir leid. Ich werde den anderen sagen, dass sie heute woanders spazieren gehen müssen.«

»Danke«, sagte Alex und sah dem Mann nach, der sich kleinlaut davonmachte.

Alex stand auf, klopfte sich den Staub vom Hintern und sah Emma an. »Wollen wir?«

»Sollten wir uns nicht besser aufteilen?«

»Es schadet nicht, wenn du dir die Scholz-Brüder auch mal ansiehst. Melina Wagners Eltern können auch Klose und Möller übernehmen.«

Kapitel 33

DA Oscar Scholz nicht zu Hause war und ihnen ein verschlafener Mitbewohner mitgeteilt hatte, dass er ihn seit gestern weder gehört noch gesehen hatte, nahmen sie nun im Büro seines Bruders Lennard Platz.

Emma dachte an Alex' Typbeschreibung und hatte Mühe, sie mit dem Mann übereinzubringen, den sie nun vor sich hatten. Der kooperationsbereite, freundliche Lennard hatte seit dem gemeinsamen Besuch bei seinem jüngeren Bruder offenkundig eine Abneigung gegen Alex entwickelt, was Emma wohl mit einbezog. »Danke, dass Sie sich die Zeit nehmen«, sagte Emma dennoch so höflich wie möglich nach der unterkühlten Begrüßung.

»Viel Zeit ist es nicht«, entgegnete er geschäftig und setzte sich hinter seinen Schreibtisch. »Und scheinbar schien ein Anruf nicht zu genügen, demnach vermute ich, dass es um vertrauliche Informationen geht oder Sie einfach nur sehen wollen, wie ich auf Ihre Fragen reagiere.«

Emma konnte an Alex' Blick erkennen, dass er irritiert war, als hätte er einen völlig Fremden vor sich. Einen ganz anderen Menschen. Und das von heute auf morgen. Emma erinnerte das an einen Film, von dem ihr der Titel nicht mehr einfallen wollte. Es ging um außerirdische Pflanzenwesen, die die Menschen, während sie schliefen, kopierten und dann ihren Platz einnahmen.

»Es geht um Ihren Bruder Oscar«, sagte Alex.

»Natürlich geht es um ihn«, sagte Lennard.

»Sollte es eher um Sie gehen?«, fragte Emma.

»Lassen Sie diese Spielchen. Ich habe gesagt, ich habe wenig Zeit.« Er sah zu Alex. »Ist ein Mensch mit PTBS per se ein Killer?«

»Nein«, sagte Alex gelassen.

»Warum sind Sie dann hier, wenn Sie ihn nicht als solchen verdächtigen?«

»Um mehr über ihn zu erfahren.«

»Wir wollen ihm helfen«, sagte Emma.

»Ach, Sie sind ehrenamtlich hier?«

»Hören Sie«, sagte Alex und beugte sich vor, »ich kann Sie ja verstehen, aber es bringt niemanden von uns weiter, wenn wir mit allem, was wir sagen, vor eine große Mauer knallen. Drei Frauen werden vermisst und sind allem Anschein nach bereits tot.«

»Und das soll mein Bruder getan haben?«

»Unsere Ermittlungen haben ergeben«, schaltete sich Emma ein, »dass Anna Nowak, Cecilia Lopez und Melina Wagner Ihre Schwester Kim gezielt gemobbt haben. Außerdem haben wir Hinweise gefunden, die uns vermuten lassen, dass der Täter inspiriert von den Videos gewesen ist, auf denen Ihre Schwester zu sehen war. Videos, auf denen sie das Opfer war.«

Lennard sah sie abschätzend an und trommelte mit den Fingern seiner linken Hand auf der Lederauflage seines Schreibtisches. Emma konnte sich vorstellen, dass er meinte, die drei hätten es nicht besser verdient. Derartige Gedanken von Hinterbliebenen waren nicht unüblich, die wenigsten aber ließen denen auch Taten folgen. Ausgeschlossen war es allerdings nicht.

»Selbst wenn sie das getan haben, so etwas haben sie nicht verdient«, sagte Lennard nun auch. »Sie waren doch noch Kinder. Ich meine, Kim, sie … Sie war erst dreizehn. Was weiß man da schon? Und über Konsequenzen denkt man in dem Alter sicher nicht nach. Außerdem, heutzutage ist doch jeder sich selbst am nächsten. Alles besondere Individuen. Alle einzigartig.« Seine Wut ebbte etwas ab. »So wie Kim.« Es war nur ein winziger Moment, den er abdriftete, als sei er tief in Gedanken. Dann sah er die beiden wieder an. »Wer auch immer es auf die drei abgesehen hat, mein Bruder ist es sicher nicht.«

»Kennen Sie ihn so gut, dass Sie sich dessen so sicher sind?«, fragte Emma.

»Ich kenne ihn gut genug, um das sagen zu können, ja.«

»Wie oft sehen Sie nach ihm?«, fragte Alex.

»Ich weiß schon, worauf das hinausläuft. Wie kann ich mir so sicher sein, wenn ich nicht jeden Tag mit ihm zusammen bin. Oder?«

»Einmal die Woche?«, fragte Alex unbeirrt.

»Ich versuche es öfter.«

»Haben Sie anderweitig Kontakt zu ihm?«

»Wir schreiben uns Mails.«

»Besitzt Ihr Bruder kein Handy?«

»Sie haben doch gesehen, wie er auf das leuchtende Display reagiert hat.«

»Das bezog sich auf das Handy Ihrer Schwester.«

»Glauben Sie mir. Er reagiert bei jedem Handy so. Deshalb geht er tagsüber auch nicht gerne raus.«

»Wäre es nicht logischer, wenn er dann eher nachts zu Hause bliebe?«, fragte Emma.

»Was spielt das jetzt für eine Rolle?«, fragte Lennard.

»Ich frag mich nur, da im Dunkeln leuchtende Handy-Displays viel eher auffallen als tagsüber.«

»Guter Punkt«, gab Lennard zu. Er wirkte nicht mehr so konfrontativ. »Wenn er tatsächlich ein Handy besitzt, dann weiß ich jedenfalls nichts davon.«

»Also halten Sie es für möglich?«, hakte Emma nach.

»Vor einer Woche hätte ich ganz klar mit Nein geantwortet. Aber der Junge hat Dinge von Kim bei sich im Zimmer versteckt, und ich habe nicht mal im Traum daran gedacht, dass er das tun könnte. Vor allem ihr Handy, das Ihre Kollegen damals gesucht haben.« Er sah Emma an, als wäre ihm gerade wieder etwas Wichtiges eingefallen. Etwas, das ihm ganz und gar nicht gefiel. »Was haben Sie darauf gefunden?«

»Sie wissen, dass ich Ihnen das nicht sagen darf«, sagte Emma und ärgerte sich ein bisschen darüber, in welche Richtung das jetzt lief.

»Und trotzdem erwarte ich eine Antwort darauf.«

»Wir können Ihnen Folgendes sagen«, schaltete sich Alex dazwischen. »Wir haben darauf Beweise gefunden, die unsere Annahmen stützen.«

»Dass mein Bruder ein Mörder ist?«

»Dass wir in Kims Freundes- oder Familienkreis wichtige Erkenntnisse gewinnen können.«

»Okay, nehmen wir mal an, mein Bruder hat herausgefunden, dass diese drei jungen Frauen der Grund für Kims Selbstmord waren. Wie soll ein einundzwanzigjähriger junger Mann, der nichts anderes macht, als Online-Games zu spielen, überhaupt hinter irgendetwas gekommen sein, das selbst die Polizei nicht herausgefunden hat? Glauben Sie, er ist bei *World of Warcraft* den richtigen Hinweisen gefolgt?«

Emma gefiel es nicht, wie er mit ihnen sprach. Er verbarg etwas. Sie war ganz sicher. Entweder wusste er von den Morden und deckte seinen Bruder, oder er selbst war es. Vielleicht hatte er doch mal einen Blick auf Kims Handy werfen können. Oscar hätte ja nur mal duschen sein müssen. Oder beim Psychiater. Lennard hatte einen Schlüssel. Er konnte kommen und gehen, wann er wollte. Und von den Mitbewohnern hätte das sicher niemand wirklich mitbekommen, geschweige denn sich etwas Böses dabei gedacht.

»Was Sie vermuten, ist Blödsinn.«

»Haben Sie wirklich nichts von dem Handy gewusst?«, fragte Emma, und sie konnte an seinem Blick erkennen, dass die neuen Anschuldigungen das Fass zum Überlaufen brachten. Doch das war ihr jetzt egal. Sie musste einfach sehen, wie er darauf reagierte. Aber war das aussagekräftig? Die Menschen reagierten auf Anschuldigen, ob sie nun wahr oder unwahr waren, doch sehr unterschiedlich. Wenn sie ehrlich mit sich war, hatte sie das wohl nur gefragt, um diesem arroganten Fatzken vor den Karren zu fahren.

Lennard schoss sofort zurück. »Ich muss mich schon sehr über Ihre dilettantische Art wundern. Sie wissen doch, wie das läuft, und dann erdreisten Sie sich, mich des Mordes zu beschuldigen, ohne handfeste Beweise vorlegen zu können?«

»Aufgrund der Beweislage müssen wir viele Optionen in Betracht ziehen«, sagte Emma.

»Wenn Sie nur nach Bauchgefühl arbeiten, rate ich Ihnen, Ihre Ernährung zu überdenken.«

Was für ein blödes …

»Wenn Sie es geschafft haben, echte Arbeit zu leisten«, unterbrach Lennard Scholz Emmas Gedanken, »können wir gerne einen Termin vereinbaren. Bis dahin hindern Sie wenigstens einen von uns nicht daran, seinen Job richtig zu erledigen.«

Kapitel 34

»FRAU Scholz?«, rief Emma und lauschte an der Haustür. Es rumpelte, und Emma sah über die Schulter zu Alex, der ihr mit einem Nicken signalisierte, es ebenfalls gehört zu haben. Er machte ein paar Schritte zurück und versuchte, durch die Fenster etwas zu erkennen.

Emma klingelte noch einmal. »Frau Scholz, bitte öffnen Sie die Tür.«

Es rumpelte erneut, Emma legte ihre Hand an das Holster, doch da öffnete sich die Tür, und Annika Scholz trat in Erscheinung. »Entschuldigen Sie bitte«, sagte sie verlegen.

»Ist alles in Ordnung?«, fragte Emma.

»Ja, natürlich. Ich war nur gerade im Badezimmer.«

Kaum hatte sie das ausgesprochen, kamen merkwürdige Geräusche aus dem Garten. Es klang, als wäre etwas Schweres umgefallen.

»Das war sicher bloß eine Katze.« Annika Scholz wirkte nervös und hätte sich auffälliger kaum verhalten können, als es erneut rumpelte. Nun bröckelte das aufgesetzte Lächeln, und Alex lief sofort ums Haus herum. »Stehen bleiben!«, hörte Emma ihn Augenblicke später.

Emma beäugte Annika skeptisch, zog ihre Waffe und folgte ihrem Partner.

»Bitte«, rief Annika ihr panisch vor Angst hinterher. »Er ist doch nur ein Junge.«

Da wusste Emma, dass die Katze in Wahrheit ein einundzwanzigjähriger verstörter junger Mann war, der gerade die Flucht ergriffen hatte.

***

Obwohl Alex kein Problem damit hatte, bei so einer Hitze nach Feierabend zu joggen, fiel es ihm heute deutlich schwerer, Oscar hinterherzujagen. Der Junge war wirklich verdammt schnell unterwegs und sprang über die Zäune der benachbarten Gärten wie eine Gazelle. Alex kam sich eher wie ein altersschwacher Gaul vor. Und ungeschickt dazu, vor allem als er sich das zweite Mal das Schienbein an einem hüfthohen Holzzaun anstieß und aufschrammte.

»Stehen bleiben!«, rief er Oscar abermals hinterher, der immer mehr Distanz zwischen sich und Alex brachte. Selbst die zwei Meter hohe Mauer war für ihn kein Problem. Er sprang hoch, zog sich empor und schwang sich auf die andere Seite. Alex rannte über das Rosenbeet, dann über den Kiesweg, auf die weiße Mauer zu.

»Ey«, rief ihm jemand zu. »Klappt's noch?«

Wer auch immer das war, Alex schenkte ihm keine Beachtung und sprang auf die Mauer zu. Er zog sich hoch und schwang sich rüber. Dabei hatte er wohl zu viel Speed drauf gehabt. Er verlor das Gleichgewicht und landete unsanft in einer Buchsbaumhecke mit Mulch-Beet. Er spürte ein Brennen in den Handballen, doch rappelte sich hoch und rannte weiter. Nur wohin? Die Nachbargrundstücke waren nicht so hoch umzäunt. Alex konnte die nächsten angrenzenden Grundstücke sehen. Von Oscar fehlte jede Spur. Er sah vor sich auf den Boden, doch es gab keine Fußabdrücke, die ihm weiterhelfen konnten.

»Scheiße«, sagte er und riss den Kopf nach links. Das Gartentor stand offen. Er rannte hindurch und blieb an der Straße stehen. Sah in alle Richtungen, konnte ihn aber nirgends entdecken. Einfamilienhäuser, parkende Autos und das Geräusch einer Heckenschere, vermutlich vom Haus gegenüber. Keine Menschenseele weit und breit, bis auf Emma, die auf ihn zu gerannt kam. Ihre Waffe hielt sie mit beiden Händen seitlich von sich auf den Bordstein gerichtet.

»Wo ist er?«, hörte er sie rufen, während er hektisch in alle Richtungen blickte.

»Keine Ahnung.« Die hatte er wirklich nicht. »Scheiße.«

Neben ihm blieb Emma stehen und sah sich noch einmal um, dann steckte sie die Waffe zurück in das Holster.

»Der war verdammt schnell«, sagte Alex.

»Hätte ich einem Stubenhocker gar nicht zugetraut.«

»Der ist sicher kein Stubenhocker. Außerdem sagt so was heute kein Mensch mehr.«

»Was sagt man sonst dazu?«

»Standard?«

»Witzig«, sagte Emma.

»Ich wünschte, ich könnte darüber lachen.«

»Ist mit dir alles in Ordnung?« Emmas Blick wanderte von seinen Händen auf sein lädiertes rechtes Schienbein.

Alex besah sich nun auch seine aufgeschürften Handballen, die nicht der Rede wert waren. Sein Schienbein allerdings sollte besser verarztet werden. Es blutete, die Wunde musste gereinigt werden, die Schmerzen aber waren auszuhalten. Die ganzen Jahre, in denen er nun schon Vollkontakt-Kampfsport machte, hatten ihn abgehärtet.

»Soll ich dich ins Krankenhaus fahren?«, fragte Emma.

»Hast du keinen Erste-Hilfe-Kasten im Wagen?« Für mehr hatten sie jetzt keine Zeit, sie mussten Annika Scholz zur Rede stellen. Denn die Theorie von der Mutter und dem Sohn als Täter stand wieder hoch im Kurs.

***

»Was haben Sie mit ihm gemacht?«, fragte Annika Scholz, als die beiden Beamten wieder bei ihr waren.

Emma hatte erwartet, dass sie schwerere Geschütze auffahren würde, doch sie klang nur wie jede andere ängstliche Mutter, die sich Sorgen um ihr Kind machte.

»Sie sollten sich lieber fragen, was er sich selbst damit angetan hat«, sagte Alex.

»Wie bitte?« Da kamen sie also doch noch, die schweren Geschütze. »Solange Sie keine handfesten Beweise gegen meinen Sohn haben, an was auch immer er beteiligt gewesen sein soll, dürfen Sie ihn nicht einfach festnehmen.«

»Sich der Polizei zu widersetzen, reicht vollkommen aus.« Alex ging einen Schritt auf sie zu. »Das wissen Sie als Anwältin doch ganz genau. Und Ihre Nachbarn auch.«

Annika sah von links nach rechts die Straße runter. »Es gefällt mir nicht, was ich jetzt sage, aber wir sollten besser reingehen und im Haus weiterreden.«

»Sehr gerne«, sagte Alex.

Emma verstand zwar, dass es frustrierend war, wenn ein Täter entkam. Doch dass Alex dermaßen sauer war, sah ihm gar nicht ähnlich. Emma folgte ihm ins Haus und blieb neben ihm im geräumigen Flur stehen. Es war nicht kühl, aber auch nicht so heiß wie draußen.

Die beiden drehten sich zu Annika um, die noch ein letztes Mal Ausschau hielt, bevor sie die Tür schloss. Sie drehte sich zu ihnen um und verschränkte die Arme vor der Brust. Wie es aussah, würden sie die Unterredung im Flur fortsetzen müssen.

Es fiel Emma erst jetzt auf, aber es gab hier keine Fotos der Familie, nicht einmal irgendwelche Nachdrucke von Hundertwasser oder was man sich sonst so in den Flur hing, damit es nicht so karg wirkte.

»Also«, sagte Annika, »erzählen Sie mir, warum ich keine offizielle Beschwerde bei Ihrem Vorgesetzten einreichen sollte.«

»Warum erzählen Sie uns nicht, was Ihren Sohn dazu bewegt hat, vor zwei Polizeibeamten davonzulaufen?«, stellte Emma als Gegenfrage.

»Vermutlich wegen dem, weswegen Sie hier sind.«

»Er wird des Mordes an drei jungen Frauen verdächtigt«, sagte Emma. Diese Theorie vorzubringen, hatte sie mit Alex besprochen, während sie ihn notdürftig verarztet hatte. Dadurch erhofften sie sich, entweder dem wahren Täter auf die Schliche zu kommen oder wichtige Hinweise zu erhalten, die Annika Scholz ihnen bisher verschwiegen hatte. Mit der gewagten Behauptung, für die sie keinerlei Beweise hatten, hofften sie, dass Annika Scholz ihnen alles sagen würde, was sie wissen wollten, um ihren Sohn aus der Schusslinie zu bringen. Denn nach seiner Flucht sollte ihr diese Theorie nicht mehr an den Haaren herbeigezogen vorkommen.

Emma wollte gerade zur nächsten Frage ansetzen, als sie hörten, wie vor der Tür ein Auto angerast kam und hart auf die Bremse trat. Aufgrund der Abwehrhaltung, die Annika Scholz nun einnahm, erahnte Emma, dass sie ihren ältesten Sohn informiert hatte. Kurz darauf erschien auch schon die Silhouette vor dem Milchglas der Haustür. Annika Scholz trat zur Seite.

»Wo ist er?«, fragte Lennard, noch während er die Tür aufstieß.

»Das würden wir auch gerne wissen«, sagte Emma scharf.

»Wenn ihm irgendetwas zustößt, mache ich Sie dafür verantwortlich.«

»Er hätte gar nicht erst vor uns davonlaufen dürfen«, sagte Alex.

»Schon mal darüber nachgedacht, dass er das getan hat, weil er dachte, Sie bringen Kims Handy wieder zurück?«

Daran hatten sie natürlich nicht gedacht, und bevor einer der beiden darauf antworten konnte, war Lennard auch schon wieder draußen und rief nach seinem Bruder. Seine Stimme entfernte sich schnell von ihnen. Emma fragte sich, ob er oder die Kollegen von der Streife ihn zuerst finden würden. Die Rotorgeräusche des Polizeihubschraubers kamen immer näher, während sich Lennards Stimme weiter entfernte.

»Wenn Sie keinen Beschluss haben – und den haben Sie sicher nicht –, verlassen Sie jetzt mein Grundstück. Ich möchte abschließen, bevor ich mich auf die Suche nach meinem Sohn begebe.«

Kapitel 35

DIE Sonne war um diese späte Nachmittagszeit bereits auf der anderen Seite des Hauses. Es war schummerig in Oscars Zimmer. Eine Kollegin der Spusi durchsuchte gerade den Kleiderschrank mit einer Taschenlampe, während Alex mit seiner unter dem Bett nachsah. Da waren aber nur Verpackungen von Computerzubehör zu finden, die er nach und nach aufs Bett legte und zusammen mit Emma überprüfte. Bis auf Styroporhalterungen, Plastikbeuteln und Bedienungsanleitungen waren die Kartons leer. Der, in dem Oscar die Sachen von seiner Schwester aufbewahrt hatte, war nirgends zu finden. Enttäuscht richtete Alex sich auf. »Habt ihr einen Schuhkarton mit Zeichnungen gefunden?«, fragte er in Richtung der Kollegin am Schrank.

»Du meinst den, nach dem wir hier die ganze Zeit suchen?«, sagte sie sarkastisch, ohne sich bei ihrer Arbeit stören zu lassen.

Alex kratzte sich durch den Mundschutz hindurch seinen Drei-Tage-Bart. Unter den Dingern zu atmen, war ohnehin schon schwer genug, bei dem Wetter hatte er massiv das Bedürfnis, das Teil einfach runterzureißen, zusammen mit dem weißen Ganzkörperanzug, der bereits an seinen Unterarmen und Schienbeinen klebte. Vielleicht sollten sie sich zumindest im Sommer abgewöhnen, stets und ständig als erste mit an Tatorten oder dergleichen zu sein.

Er sah zu Emma und erkannte, wie es in ihr arbeitete. Ihr Blick war starr auf die offenen Verpackungen auf dem Bett gerichtet. Von dort sah sie dann zum Schrank und deutete auf etwas, das darin auf dem Boden stand. Er drehte sich um und sah einen alten Computerbildschirm. Ein Röhrengerät, das mindestens zwanzig Jahre alt sein musste. So ein Ding hatte er zu Anfang seiner Ausbildung auch noch auf dem Schreibtisch gehabt. Sogar dann noch, als es in den meisten Büros bereits Flachbildschirme gegeben hatte. »Was ist damit?«, fragte er.

»Ich glaube nicht, dass Oscar die Sachen entsorgt oder außerhalb seines Zimmers versteckt hat. Kims Zeug muss noch hier im Raum sein. Aber weil er weiß, dass du den Karton wiedererkennen würdest, hat er sich ein besseres Versteck gesucht.«

»Verstehe.« Alex ging zum Bildschirm. »Darf ich?«, fragte er die Kollegin.

»Klar«, sagte sie und trat zur Seite.

Alex ging in die Hocke, und die Kollegin leuchtete über seine Schulter hinweg auf den Bildschirm. »Danke«, sagte er und besah sich das Teil. Dann drehte er ihn um, wobei sich die Abdeckung löste, die offensichtlich nicht verschraubt war. Vorsichtig hob Alex sie an, und anstelle von Platinen fand er darin nicht nur die vermissten Zeichnungen, sondern auch dutzende Fotos, auf denen Kim lebend zu sehen war.

***

»Scheiße«, sinnierte Alex. »Es könnte jede dieser Locations sein.«

Der Ventilator im Büro der beiden Ermittler sorgte in gleichmäßigen Abständen dafür, dass die Fotos von Kim, die sie an eine Stellwand gepinnt hatten, leicht angehoben wurden. Es waren siebenunddreißig Bilder, Schnappschüsse, die an den unterschiedlichsten Orten im Großraum Bielefeld und Umgebung gemacht worden waren. Auf dreizehn von ihnen war eine glückliche Kim Scholz zu sehen, auf den anderen wirkte sie eher verhalten, als hätte es irgendwann einen plötzlichen Bruch in ihrer Stimmung gegeben, der massiver wurde, umso jünger die Aufnahmen waren.

»Nur diese eine Location lässt sich mit viel Fantasie mit denen auf den Videos in Verbindung bringen«, sagte Emma und zeigte auf das alte Bauernhaus-Museum im Stadtteil Olderdissen.

»Jede Wette, dass die Streife dort nichts außer Besucher finden wird«, sagte Alex.

»Bei dem Wetter sind die doch alle im Freibad.«

»Trotzdem wäre das kein sicherer Ort, um dort tagelang Leichen baumeln zu lassen.«

»Vermutlich nicht.« Vor dem großen Scheunentor hielt eine schätzungsweise zehn Jahre alte Kim ihren kleinen Bruder im Schwitzkasten. Lennard stand etwas abseits der Szenerie und sah aus, als wäre er zu diesem nervigen Familientrip gezwungen worden. Das Foto hatte entweder der Vater oder die Mutter geschossen. Im Gegensatz zu den anderen Bildern, auf denen sich immer eines der Elternteile im Blickwinkel der Kamera befand, war dies das einzige, auf dem nur die Kinder zu sehen waren.

»Was ist hiermit?«, fragte Alex und deutete auf ein Bild, das im großen Garten eines renovierten Fachwerkhauses aufgenommen worden war. »Ist das ihr altes Haus?«

»Könnte sein«, sagte Emma. »Ist das nicht abgerissen worden?«

»Ja, da steht jetzt ein neuer Bungalow.«

»Woher weißt du das?«

»Google Earth.«

»Und wenn Oscar trotzdem dort ist?«

»Warum sollte er?« Alex schüttelte den Kopf und besah sich abermals die anderen Fotos, in der Hoffnung, dass ihm vielleicht doch noch etwas auffiel, das ihnen weiterhalf.

»Immerhin ist es der Ort, der sein Trauma ausgelöst hat«, sagte Emma.

»Schon klar, aber solche Orte meidet man doch eher, meinst du nicht?«

»Die meisten Menschen tun das bestimmt. Aber es gibt zum Beispiel Soldaten, die nach traumatischen Erlebnissen wieder freiwillig zurück in den Krieg ziehen.«

»Oder Polizeibeamte, die trotzdem wieder den Dienst antreten«, fügte Alex hinzu.

Emma lächelte gezwungen, und Alex sah sie erschrocken an. Sie wusste sofort, dass er dabei gar nicht an sie gedacht hatte und sich dafür entschuldigen wollte. Doch Emma war schneller. »Schon gut. Ich denke, wir sind quitt.« Emma tätschelte auf ihre Waffe am Gürtel.

Alex lächelte verhalten und sah dann wieder zu den Fotos.

»Fahren wir hin«, schlug Emma vor, obwohl sie nicht daran glaubte, dass sie Oscar dort finden würden. Sie mussten ohnehin abwarten, was die großräumige Fahndung ergeben würde, da Oscar nun ihr Hauptverdächtiger war. Und obwohl alle Locations auf den Fotos bereits auf der Fahndungsliste standen, könnte es vielleicht doch helfen, ein bisschen den Kopf freizubekommen und die Dinge wieder etwas klarer zu sehen. Vor allem aber hoffte sie, dass es Alex helfen würde, ein bisschen runterzukommen.

Sie wollten sich gerade aufmachen, als die Tür aufsprang und Polizeihauptkommissar Krüger sich auf die Klinke gestützt ins Büro lehnte. »Bevor Sie Eisessen gehen, sollten Sie Annika Scholz vernehmen. Sie ist grad hergekommen, um zu reden.«

»Mit ihrem Anwalt?«, fragte Emma.

»Wenn Sie damit ihren älteren Sohn meinen, von dem fehlt mittlerweile auch jede Spur.«

Kapitel 36

»ICH weiß nicht, was in sie gefahren ist.« Annika Scholz zeigte sich im Verhörraum von einer Seite, die Emma und Alex noch nicht kannten. Sie wirkte müde. Nicht körperlich, eher emotional. Bedachte man, dass ihre beiden Söhne mit drei Morden in Verbindung gebracht wurden und auf der Flucht vor der Polizei waren, war das nicht verwunderlich. Wobei das bei Lennard genau genommen nicht zutraf. Er war bloß merkwürdigerweise mit verschwunden.

»Haben Sie eine Ahnung, wo Ihre Söhne sein könnten?«, fragte Emma.

»Wäre das der Fall, hätte ich sie längst zur Rede gestellt, aber sicher nicht hier.«

Oder sie wusste, wo sie waren, und war hierhergekommen, um ihnen Zeit zu verschaffen, und vielleicht auch, um eine falsche Fährte zu legen. Emma zog eine Fotomappe aus der Akte und öffnete sie. Das Bild, auf dem Kim im Garten des alten Hauses zu sehen war, legte sie vor Annika Scholz hin. Ungläubig starrte diese darauf, als wäre dort etwas gänzlich Absurdes zu sehen. Ihre Gesichtsmuskeln zuckten, und ihre Augen wurden feucht. Es musste das erste Mal seit vielen Jahren sein, dass sie ihre Tochter sah. »Woher haben Sie das?«, fragte sie mit brüchiger Stimme. Ihre rechte Hand wollte nach dem Foto greifen, doch unterdrückte sie diesen Reflex, indem sie die Arme vor der Brust verschränkte.

»Das haben wir in Oscars Zimmer gefunden.« Emma zog die anderen Fotos aus der Tasche und legte den kleinen Stapel auf den Tisch. »Zusammen mit denen. Kommen die Ihnen bekannt vor?«

»Die hingen bei uns im Flur. Ich hatte sie zusammen mit den Rahmen weggeworfen.« Sie starrte auf die Bilder und machte keine Anstalten, sie durchzusehen. »Oscar muss sie aus dem Müll gefischt haben.« Da war sie wieder, die harte und geschäftige Stimme.

»Geben Sie Ihrem Sohn die Schuld?«, fragte Alex aus der dunklen Ecke neben dem Spiegel.

Es dauerte einen Moment, bis sie den Blick vom Bild nehmen konnte, das ihre Tochter mit ihrem kleinen Bruder vergnügt im Sommer im Planschbecken zeigte. Sie selbst saß ein Buch lesend im Hintergrund auf der Terrasse, während Lennard die Kinder mit einer Wasserpistole beschoss. »Die Schuld, woran?«

»An dem Tod Ihrer Tochter.«

»Natürlich nicht«, sagte sie.

»Wenn er jemanden zu Hilfe gerufen hätte«, setzte Alex fort, »dann wäre sie vielleicht noch am Leben.«

»Nein, wäre sie nicht.«

»Glauben Sie das wirklich?«

»Ich bin nicht hier, um Schuldfragen zu klären, sondern um meine Jungs zu finden.«

»Warum suchen Sie sie dann nicht selbst?«, fragte Emma.

»Weil ich nicht weiß, wo ich suchen soll.«

»Kennen Sie Ihre Jungs wirklich so schlecht?«, sagte Alex. »Ich wette, bei irgendeinem Klienten hätten Sie sofort eine Idee, wo er sich verstecken würde.«

»*Sie* verurteilen *mich* für meine Arbeit? Wollen Sie mir jetzt auch noch erzählen, Sie würden nicht regelmäßig Überstunden machen müssen?«

Alex hielt sich zurück, und obwohl sein Gesicht im Schatten lag, konnte Emma erahnen, dass er gerne zurückgeschossen hätte.

»Sind meine Jungs an einem der Orte auf den Fotos?«, fragte Annika Scholz geradeheraus.

»Bisher nicht. Gibt es einen Ort, den wir unter Beobachtung stellen sollten?«

»Ich weiß es nicht«, sagte sie resigniert.

»Sie haben sich die Fotos nicht einmal richtig angesehen.«

»Ich erinnere mich gut daran, was darauf zu sehen ist.«

»Nach zehn Jahren?«

»Ich würde es auch in hundert noch wissen.«

»Warum sind Sie zu uns gekommen, wenn Sie uns nicht weiterhelfen wollen?«, fragte Alex ungeduldig. »Wir müssen Ihnen alles aus der Nase ziehen.«

»In Verbindung mit diesem Fall wurde ein Lieferwagen gestohlen«, lenkte Emma ein. »Wissen Sie etwas darüber?«

»Was sollen meine Jungs denn noch alles getan haben? Einen Bankraub vielleicht? Oder ein Attentat? Da gibt es sicher noch ein paar offene Fälle, die Sie ihnen in die Schuhe schieben können. Meine Jungs haben nichts verbrochen. Sie haben Angst.«

»Was hat Ihr Sohn Oscar zu Ihnen gesagt, bevor er weggelaufen ist?«, fragte Emma.

»Nichts.«

»Ach, kommen Sie«, sagte Alex genervt.

»Er hat wirklich nichts gesagt.«

»Warum ist er nach eineinhalb Jahren ausgerechnet jetzt wieder bei Ihnen gewesen?«, fragte Emma. »Noch dazu an einem Morgen, kurz nachdem Melina Wagner ermordet wurde? Und sagen Sie mir jetzt nicht, er habe schlecht geträumt.« Die Zeit drängte, sie musste Druck ausüben. Natürlich hatte Emma sich über die Anwältin informiert, die zwar nicht als harter Hund galt, aber doch als sehr ehrgeizig und verbissen. Sie würde Verständnis dafür haben, dass die Lösung des Falls Priorität hatte.

Annika Scholz musterte Emma mit einem strengen Blick, dann sah sie wieder auf das Foto vom Garten. »Er war am Abend davor zu mir gekommen und ist über Nacht geblieben.«

Was für ein Zufall. Emma dachte an Alex' Theorie von der Mutter und dem Sohn als gemeinsame Täter. Alex hatte nun auch seine Haltung geändert und war näher an die beiden herangetreten.

»Ich weiß, wie das aussieht«, sagte Annika Scholz, und Emma kam kurz der Gedanke, ob sie ein Glas bereitstellen sollte, in das jeder, der etwas Derartiges bei den Ermittlungen zu diesem Fall sagte, einen Euro hineinwerfen musste. Das würde am Ende sicher für ein üppiges Abendessen reichen. »Aber wir haben nichts mit den Morden an den Mädchen zu tun.«

»Warum ist er zu Ihnen gekommen?«

»Wegen Ihres Kollegen.«

Das war das Zeichen für Alex, um den Tisch herumzugehen und sich neben Emma zu positionieren. »Wegen mir?«

Annika sah an Emma vorbei zu ihm auf. »Er hat mir von Kims Handy erzählt und wollte sich bei mir entschuldigen dafür, dass er damals nicht getan hat, was ich ihm gesagt habe.«

»In Bezug worauf?«, hakte Alex nach.

»Kims Sachen. Ich wollte, dass sie sie alle wegwerfen.«

»Haben Sie sich denn daran gehalten?«

»Ich wünschte jeden Tag, ich hätte es nicht getan.«

»Warum sind Sie wirklich hier?«, fragte Emma, die genug von diesem Theater hatte.

»Das sagte ich bereits.«

»Und was Sie sagten, ergibt keinen Sinn.«

»Woher wollen Sie das wissen?«

»Sind Sie hier, um herauszufinden, wie der Stand unserer Ermittlungen ist«, schlussfolgerte Alex. »Wollen Sie Ihre Söhne warnen oder ihnen grünes Licht geben?«

»Das reicht«, sagte sie und stand auf. »Wir sind hier fertig.«

Alex stellte sich ihr in den Weg. »Nein, sind wir nicht.«

»Was erlauben Sie sich? Sie dürfen mich nicht festhalten.«

»Sie haben einem Verdächtigen in einem Mordfall zur Flucht verholfen. Sie wissen, dass wir das dürfen.«

»Meine Söhne sind keine Verbrecher!«

»Warum sind Sie hier?«, bohrte Alex nochmals nach.

»Um mich selbst davon zu überzeugen, dass ich mit meinem Glauben richtig liege«, schrie sie nun fast. Dann erklärte sie ruhiger: »Ich wollte hören, ob Sie Beweise gegen sie haben, aber die haben Sie anscheinend nicht. Und trotzdem kann ich nicht behaupten, dass ich mich mit dieser Gewissheit besser fühle.«

Sie sackte etwas ein. Ihre Kräfte waren aufgebraucht. »Ich will doch nur, dass es meinen Jungs gut geht. Sie sind alles, was ich noch habe.«

***

»Gibt es schon was Neues?«, fragte Emma mit Blick durch die Scheibe in den leeren Verhörraum, in dem sie vor ihrem geistigen Auge Annika Scholz auf einen der Stühle projizierte, die geschlagen und ausgelaugt vor sich hin starrte. Dann wurde diese traurige Figur zu Emmas Spiegelbild, was sie dazu veranlasste, sich von dem Fenster abzuwenden.

»Die Orte auf den Fotos haben nichts ergeben«, sagte Krüger, der mit den Händen in der Hosentasche an einem Sideboard lehnte, auf dem ein altes Aufnahmegerät stand, das schon seit Jahrzehnten nicht mehr benutzt worden war. Die Techniker brachten es anscheinend nicht übers Herz, es zu entsorgen.

»Was ist mit Melina Wagners Eltern. Sind sie mittlerweile ansprechbar?«, fragte Emma.

»Die Mutter, Regina Vorwerk, wird immer noch ambulant betreut«, sagte Krüger. »Ihr Ehemann Klaus Vorwerk ist bei ihr. Sobald die beiden vernehmbar sind, bekommen Sie Bescheid.«

»Sollten wir es nicht trotzdem versuchen?«, warf Alex ein.

»Die Kollegen Klose und Möller sind noch vor Ort, und es ist keine halbe Stunde her, dass sie mir berichtet haben, dass Regina Vorwerk immer noch unter starken Beruhigungsmitteln steht.«

»Was ist mit ihrem Mann?«, fragte Emma.

»Der ist ebenfalls nicht ansprechbar. Stammelt vor sich hin und gibt sich die Schuld, weil er sie hat gehen lassen.«

»Mit Annika Scholz kommen wir jedenfalls auch nicht weiter«, sagte Alex, der sich mit den Händen an der Tischkante zum Sichtfenster abstützte und müde auf seine Chucks starrte.

»Ich verstehe immer noch nicht, warum sie hier war«, sagte Emma. »Nur um den Stand der Ermittlungen zu erfahren? Das wäre zu offensichtlich«, beantwortete sie sich die Frage selbst. »Es muss mehr dahinterstecken.«

»Oder auch nicht«, sagte Alex. »Mich lässt das eine Foto nicht los. Das aus dem Garten. Ich weiß, dass der Ort bereits gecheckt wurde.« Er löste sich vom Tisch und wandte sich zu Emma und Krüger um. »Aber ich glaube, wir sollten den Umkreis noch etwas weiträumiger unter die Lupe nehmen.«

»Und warum?«, fragte Krüger.

»Er hat in wenigen Tagen drei junge Frauen dazu gebracht, ihr Haus zu verlassen und sich mit ihm zu treffen. Die Aussage von Jan Hausmann legt nahe, dass er das mit allen getan hat. Richtig?«

Krüger nickte.

»Um ihre Gewohnheiten zu kennen, muss er sie lange aus der Ferne beobachtet haben, um zu wissen, wann sie zu Hause sind«, sagte Alex.

»Er könnte sie auch über ihre Handys getrackt haben«, gab Emma zu bedenken.

»Ja, könnte er. Aber wenn nicht, dann könnte es auch gut sein, dass er an den Ort zurückkehrt, an dem seine Schwester gestorben ist und wo nun eine neue Familie in einem neuen Haus ein glückliches Leben führt. Wenn unser Täter diese Familie lange genug beobachtet hat, könnten Eifersucht und Wut auf diejenigen, die seine Schwester auf dem Gewissen haben, so groß geworden sein, dass er sich gezwungen fühlte, ihnen ihr glückliches und behütetes Leben zu nehmen.«

»Dann könnte dieser Ort die Quelle sein, aus der er seine Motivation schöpft«, sagte Emma.

»Und weil er angekündigt hat, dass die drei nicht die Letzten sind, könnte er dort irgendwo hinter einer Hecke sitzen, um seinen Speicher wieder aufzufüllen.«

Kapitel 37

IN einem Radius von eineinhalb Kilometern um das alte Grundstück der Familie Scholz herum standen Streifenwagen und Kollegen des SEK abrufbereit. Vier von ihnen bildeten jeweils mit Emma und Alex kleine Suchtrupps. Um schneller voranzukommen, hatten sie sich alle aufgeteilt, waren aber über Funk laufend miteinander verbunden.

»Bisher noch keine Sichtung«, knarzte Emmas Stimme in Alex' Ohr.

»Bestätige«, sagte Alex, und die anderen Kollegen gaben das Gleiche zurück. »Bewege mich weiter parallel zur Zielstraße auf dem Ehlentruper Weg.« Vorsichtig und den Lauf der Waffe zu Boden gerichtet, joggte er an einer hohen Hecke entlang, während über Funk Emma und die anderen Kollegen ihre genauen Positionen weiter durchgaben. Vor einem weiß lackierten Holztor zum Vorgarten eines Backsteinhauses blieb er stehen. Er sah sich um und überlegte, ob in der großen Eiche gegenüber jemand sitzen könnte, der über das Backsteinhaus hinweg Einsicht zum alten Scholz-Grundstück hatte, das sich dahinter befinden musste.

Der Baum ragte über die Dächer hinweg, war dicht bewachsen und stand mitten in der Sonne. Alex beobachtete ihn einen Moment und suchte nach einer Reflexion, die vielleicht von einem Fernglas oder etwas Ähnlichem herrühren konnte. Doch da war rein gar nichts zu sehen. Keine Bewegungen und keine Hinweise auf einen Beobachter. Dennoch wollte er sich den Baum aus der Nähe ansehen.

Alex sah die Straße auf und ab, bevor er sie überquerte. Unter dem Baum stehend sah er hoch und ihm wurde klar, dass er hinaufklettern musste, weil ihm das dichte Astwerk die Sicht versperrte. Er wollte sich gerade daran machen, als es über seinem Kopf laut knackte.

***

»Zielobjekt in Sichtweite«, flüsterte Emma und gab ihre genaue Position durch. Bis auf Alex erhielt sie die Bestätigung und das Update von den anderen Kollegen und sah auch schon einen von ihnen auf sie zukommen. »Alex?«, sprach Emma ins Funkgerät, aber bekam keine Antwort. Ein ungutes Gefühl machte sich in ihrer Magengegend breit. Sie versuchte es noch einmal, ohne eine Antwort zu erhalten. Sie wurde nervös.

»Wir übernehmen das«, erklang über Funk eine neue Stimme, die vermutlich zu der Bereitschaft gehörte. Obwohl sie sicher schnell an Alex' letzter Position sein würden, beruhigte sie das nicht. Sie fragte sich, ob sie sich auf die Suche nach ihm machen oder weiter vorrücken sollte. »Nordosten ist sauber«, erklang es da über Funk. Emma versuchte, sich zu konzentrieren. Sie musste die Gegend absuchen und zwang sich, ihre müden Augen auf die Nachbargrundstücke zu richten. Nirgendwo gab es eine Erhöhung oder einen Baum, der vielleicht groß genug war, um von dort aus einen guten Blick auf den neuen Bungalow zu haben.

»Süd-Ost sauber«, knarzte es in Emmas Ohr.

»Nord-West sauber.«

»Habt ihr ihn?«, fragte Emma.

»Negativ. Ist nicht am letzten Standort.«

Emma gab dem SEK-Kollegen, der nur noch wenige Meter von ihr entfernt war, per Handzeichen zu verstehen, dass er für sie übernehmen sollte. Sie rannte über die Straße und dann einen schmalen Weg entlang. Nach wenigen Metern erkannte sie am Ende zwei Kollegen, die sich umsahen. Hinter einem von ihnen war eine große dicht bewachsene Eiche, die über die Hausdächer hinausragte.

Emma musste sich ungefähr an Alex' letzter Position befinden. Doch von ihm fehlte jede Spur. Die beiden Kollegen sahen sich weiter um, und Emma wurde zunehmend unwohler. Sie wollte gerade per Funk abermals nach ihm rufen, als sich in der Krone der großen Eiche etwas bewegte. Mit der Waffe auf den Baum gerichtet überquerte sie die Straße, was die beiden Streifenbeamten alarmierte, die ihr vorsichtig folgten.

Am Stamm des Baumes sah sie hinauf, konnte aber nicht genau erkennen, ob dort jemand war oder nicht. Sie ging ein Stück seitlich, als etwas unter ihrem Fuß knackte. Sie sah nach und fand Alex' In-Ear-Funk. Panik durchflutete sie, und sie riss den Kopf empor, als es erneut raschelte und leise knackte.

»Von hier hat man eine wirklich gute Sicht«, hörte sie Alex sorglos rufen, und obwohl ihr klar war, dass er es war, der da in dem Baumwipfel herumturnte, ebbte Emmas Gefühl der Panik nur langsam ab. Und dann wurde sie wütend. »Ist alles okay bei dir?«, rief sie hoch.

»Entschuldige, bin abgerutscht und habe den Funk verloren.«

»Bist du verletzt?«, fragte sie.

»Hab mir nur jetzt auch noch das andere Bein aufgeschürft.«

Emma steckte ihre Waffe in das Holster. »Wenn das so weitergeht, kaufst du mir einen neuen Verbandskasten.«

»Was wir hier brauchen, ist die Spusi. Mein Blut ist nicht das einzige hier oben. Außerdem sind hier getrocknete Dreckspuren mit Schuhprofil.«

»Ich geb's weiter«, sagte Emma.

»Oh Scheiße«, hörte sie Alex sagen, bevor sie die Kollegen informieren konnte.

»Bist du wieder abgerutscht?«

»Lennards Wagen fährt hinten an der Kreuzung ab, Nord-Ost Richtung Innenstadt.«

Kapitel 38

»IST es jetzt schon ein Verbrechen, ein bisschen durch die Gegend zu fahren?«, fragte Lennard Scholz.

»Steigen Sie bitte aus dem Wagen«, sagte Emma durch das offene Fahrerfenster.

Lennard sah vor sich auf den Streifenwagen, dessen Blaulichter sich in seiner Sonnenbrille spiegelten. Dann warf er noch einen Blick in den Rückspiegel, doch da stand Emmas Wagen. Es gab keine Fluchtmöglichkeiten mehr. Alex war an die Beifahrerseite getreten und hatte die Hand bereits an die Waffe im Holster gelegt, ebenso wie Emma, die auf der Fahrerseite stand.

»Was'n hier los?«, erklang eine Stimme aus dem Haus gegenüber.

»Gehen Sie bitte wieder rein«, sagte Alex über seine Schulter hinweg.

»Das is' mein Grundstück, auf dem Sie stehen.«

»Und Sie behindern gerade einen Polizeieinsatz.«

Der Mann sah verdutzt drein, ging dann aber zurück ins Haus.

»Und Sie«, wandte sich Emma wieder an Lennard, »steigen jetzt endlich aus. Aber schön langsam.«

»Okay«, grummelte er und hielt bei jeder Bewegung seine Hände gut sichtbar vor sich.

Emma ging einen Schritt zurück, damit er aus dem Wagen steigen konnte.

»Sie wissen schon«, sagte Lennard, »dass das, was Sie hier gerade abziehen, gegen Sie und nicht gegen mich verwendet wird?«

»Geben Sie mir die Schlüssel«, forderte Emma ihn auf.

»Es besteht keine Fluchtgefahr.«

»Warum haben Sie sich dann vor uns versteckt?«

Er gab ihr die Schlüssel, und sie öffnete per Funkbedienung den Kofferraum. Alex ging um den Wagen herum und warf einen Blick hinein. »Nichts.«

»Glauben Sie, ich hätte ihn gezwungen, in den Kofferraum zu klettern?«

»Warum waren Sie in der Nähe Ihres früheren Grundstücks?«

»Aus demselben Grund wie Sie. Ich habe meinen Bruder gesucht.«

Alex schloss den Kofferraum wieder und positionierte sich hinter Lennard. »Und warum haben Sie sich nicht bei uns gemeldet?«, fragte Alex.

»Weil ich ihn vor Ihnen finden wollte.«

»Um mit ihm an seiner Aussage zu feilen?«, fragte Emma.

»Oder wollten Sie ihn vor uns verstecken?«, fragte Alex.

»Weder noch. Ich wollte ihn schützen und auf Ihre Fragen vorbereiten.« Er wandte sich zu Alex um. »Sie haben doch gesehen, wie er auf Sie und Ihre Anschuldigungen reagiert hat. Er hat Angst, und deshalb läuft er weg. Ich bitte Sie, Sie können doch nicht wirklich glauben, dass er etwas mit diesen Morden zu tun hat.«

»Sie haben ihn vor uns gewarnt«, sagte Alex. »Eben erst. Ich habe sein Versteck im Baum gefunden, einige Spuren waren noch frisch.«

»Ja, ich habe ihn dort angetroffen, aber ich habe ihm nicht nahegelegt zu fliehen. Ich wollte mit ihm reden, doch er ist einfach wieder davongelaufen.«

»Warum sind Sie ihm dann nicht zu Fuß gefolgt?«, fragte Emma.

»Weil er seinen Bruder kennt und weiß, wo er sich als Nächstes aufhalten wird«, sagte Alex. »Und ich bin mir sicher, er zeigt uns gerne, wo das ist.«

***

Auf dem beschaulichen kleinen Friedhof in Bielefeld-Quelle, einem denkmalgeschützten Kleinod, unweit vom ehemaligen Wohnsitz der Familie Scholz entfernt, konnten sie Oscar schon vom Gehweg aus sehen. Im Schneidersitz saß er vor einem Grab und sah zu der Engelsstatue auf, die sich darauf befand.

»Da liegt Kim«, flüsterte Lennard. »Mit ihr redet er oft. Bitte, lassen Sie mich zuerst mit ihm reden.«

»Sie haben drei Minuten«, sagte Emma.

Lennard ging auf seinen Bruder zu, langsam und bedächtig, als würde er befürchten, dass sein Bruder wieder fliehen würde, sollte sich ihm jemand hektisch nähern. Die übrigen Kollegen waren bereits in Position und warteten nur noch auf Emmas Zeichen für einen Zugriff.

Lennard war gerade auf halbem Wege, als Oscar von ihm Notiz nahm. »Alles in Ordnung?«, fragte Lennard einfühlsam und es schien, als hätte er Oscar damit zurück in die Realität geholt. Dieser reagierte nicht etwa erleichtert oder erfreut, sondern geriet regelrecht in Panik. Ein leiser gequälter Laut entrann seinem schreckverzerrten Gesicht, bevor er sich herumwarf und auf allen vieren versuchte, vor ihm zu fliehen. Lennard hatte ihn schnell eingeholt.

»Noch nicht«, gab Emma über Funk weiter.

»Bist du sicher?«, flüsterte Alex.

»Sieh hin«, sagte sie.

Lennard umfasste Oscar von hinten, als dieser aufgesprungen war und gerade im Begriff war, vor ihm davonzulaufen. Oscar ließ das für einen Moment über sich ergehen. Wie es aussah, flüsterte Lennard ihm etwas ins Ohr. Ein paar Sekunden später ließ Lennard von ihm ab und hob die Hände, als wolle er sich ergeben. Oscar blieb mit dem Rücken zu ihm stehen, sah über die Schulter zu seinem Bruder und rührte sich nicht.

»Ist in Ordnung«, rief Lennard, »er wird sich nicht wehren.«

»Zugriff, aber sachte«, gab Emma über Funk weiter und kam zusammen mit Alex aus ihrem Versteck.

»Alles in Ordnung, Bruderherz«, sagte Lennard.

»Ganz sicher nicht«, sagte dieser weinerlich, und als Emma zu ihm trat und ihm die Handschellen anlegte, während Alex und drei ihrer Kollegen ihn mit der Waffe in Schach hielten, sagte er: »Es tut mir leid. Ich wollte wirklich nicht weglaufen. Aber ich musste es. Für Kim.«

Die Art, wie er das sagte, bereitete Emma kein gutes Gefühl. Denn irgendwie konnte sie nicht umhin zu denken, dass Lennard ihm etwas gesagt haben könnte, das ihr Vorankommen in dem Fall torpedieren würde.

Kapitel 39

ALEX' Idee, Annika Scholz und Lennard erst mal außen vor zu lassen, um Oscar im U-Haft-Gebäude der JVA Brackwede zu vernehmen, war gar nicht so einfach gewesen. Familie Scholz bestand natürlich auf einen Anwalt, der ein Freund der Familie und Emma nicht unbekannt war. Alex hingegen hatte das erste Mal das Vergnügen mit Karl Hohenfelde und auch damit, einen Mordverdächtigen in der JVA zu vernehmen.

»So wie ich die Sache sehe«, begann Karl Hohenfelde, als er den Raum betrat und die Tür hinter sich von einem Aufseher schließen ließ, »haben Sie einen unschuldigen Mann verhaftet.«

»Das sehen wir anders«, sagte Emma.

»Dann sind Sie nicht auf dem Laufenden.« Er zog ein großes Smartphone aus der Innentasche seines Anzugs und legte es entsperrt vor Emma und Alex auf den metallenen Tisch, an dem Oscar mit Handschellen an einer Öse an der Tischkante gefesselt worden war und ihnen gegenübersaß. Hohenfelde nahm neben seinem Mandanten Platz und sah ihn eindringlich an. »Sie sagen kein Wort.«

Hohenfelde deutete auf sein Handy. »Osayi Mutlu wurde seit heute Mittag nicht mehr gesehen, bis dieses Video vor einer halben Stunde auf ihrem Profil hochgeladen wurde. Zu einer Uhrzeit, zu der sich mein Mandant bereits in Gewahrsam befand. Gehen Sie raus und sehen es sich in aller Ruhe an. Ich muss mich mit meinem Mandanten unterhalten.«

Emma sah auf die Upload-Zeit und wusste, dass nun die Karten neu gemischt worden waren und sie Oscar wieder freilassen mussten, sofern sie es nicht irgendwie hinbekamen, ihn zu überführen. Dass sie mit ihm den Richtigen gefunden hatten, daran bestand kein Zweifel mehr, und dennoch kamen plötzlich welche in ihr auf. Doch das war nur ein Gefühl, sie konnte es an keinerlei Fakten festmachen.

Emma nahm das Handy an sich und ging mit Alex in den Raum nebenan. Dort, hinter dem Spiegel, warteten Krüger und Staatsanwältin Aufderheide. Emma legte das Gerät auf den Tisch. Das Standbild zeigte ein durch Tränen zerlaufenes Make-up im Gesicht der jungen Osayi Mutlu. Emma startete mit zitterndem Finger das Video.

***

»Warum bin ich hier?«, wimmerte die junge Frau. Sie bekam nur schwer Luft, was sicherlich dem Umstand zuschulden war, dass der Täter ihre Arme über ihrem Kopf mit Handschellen an einer Vorrichtung in der Decke befestigt hatte. Die Extrapfunde auf ihren Hüften sorgten sicher für unheimlichen Druck auf ihren Gelenken und Muskeln, und richtig atmen konnte sie dadurch auch nicht. Letzteres traf auch auf Emma zu. Sie zitterte bei jedem Atemzug, und wenn sie zu tief die Luft einsog, verspürte sie ein Ziehen, das bis in ihre verspannten Schultern ausstrahlte.

»Bist du nicht Ozzy347?«, fragte die bekannte verzerrte Stimme.

Osayi Mutlu zuckte erschrocken zusammen. Entweder hatte er vorher nicht mit ihr gesprochen oder er benutzte den Stimmenverzerrer zum ersten Mal. Konnte es sein, dass er diesen nur für die Videos benutzte? Und wenn ja, konnte das etwas bedeuten? Nein, das ergab keinen Sinn. Dann hätten Anna und Cecilia ihn doch erkannt. Oder nicht? Melina schien ihn erkannt zu haben. Emma drängte die Gedanken beiseite, die zu nichts als zu weiterer Verwirrung führten.

»Was habe ich denn getan?« Ihr nackter Körper war mit Schweiß überzogen und glitzerte im Licht der Handykamera.

»Wir haben keine Zeit und sollten uns auf das Wesentliche konzentrieren. Ist meine Botschaft in den letzten Tagen komplett an dir vorbeigegangen? Das wäre allerdings seltsam, da du doch jedes Video geliked hast.«

Ihre Augen weiteten sich, was Emma trotz des kleinen Handy-Displays sehen konnte.

»Die Videos sind echt?«, fragte sie geschockt und fing an zu weinen. »O Gott. Bitte nicht. Ich mache alles wieder gut. Ehrlich.«

»Hättest du das auch getan, wenn du nicht hier, sondern zu Hause wärst und dich über Instagram und TikTok über deine magersüchtige Klassenkameradin lustig machen würdest? Ich habe deinen Account durchforstet – zugegeben, ich konnte mir nicht alles ansehen, aber ich habe genug gesehen. Genug, um die Welt von dir zu befreien.«

»Bitte nicht. Ich mache wirklich alles wieder gut.«

»Ist dir nie der Gedanke gekommen, dass es einen Grund für ihre Magersucht geben könnte? Ob du vielleicht eine Mitschuld daran trägst? Nein, natürlich nicht. An so was denkt keine von euch.«

»Keine von uns?«

»Ihr Frauen.«

Emma fragte sich, wo das Video aufgenommen worden sein könnte. Es sah aus, als wären sie in einer Art Schiffscontainer. Aufgrund der abgeblätterten und teilweise aufgeplatzten roten Innenlackierung war es sicher ein ausrangierter Container. Von außen drang kein Licht hinein. Und wenn es gegen Mittag aufgenommen worden war, dann hatte die Sonne die ganze Zeit unbarmherzig draufgeknallt. Emma glaubte schon, den Gestank riechen zu können, der sich darin gesammelt haben musste.

»Männer sind doch nicht besser«, blaffte sie ihn nun an. »Aber an die traust du Schwächling dich nicht heran.«

»Männer regeln so was anders. Wir hauen uns eins auf die Schnauze, und dann ist die Sache erledigt.«

Er hat »wir« gesagt, dachte Emma. Also war der Täter eindeutig männlich.

»Ihr Frauen aber«, fuhr er fort, »ihr seid dazu fähig, jemandem das komplette Leben zu versauen, und wenn nötig, über Jahrzehnte hinweg.«

»Das glaube ich nicht«, fing sie wieder an zu weinen.

»Ich hoffe, Janina freut sich über dieses Video. So hieß doch deine magersüchtige Klassenkameradin, die du so gerne gequält hast. Damit ist jetzt Schluss. Ich weiß, es wird für dich nicht schön, was jetzt folgt, und es ist auch nicht so, als würde es mir Spaß machen. Nur fiel mir auf die Schnelle nichts Besseres ein, womit ich auf Body-Shaming aufmerksam machen könnte.«

Es klang, als zog jemand ein langes Schwert aus einer Scheide. Das konnte unmöglich sein. Erst als der Täter mit dem langen Messer ins Bild trat, sagte Alex: »Ein Dönermesser«, und Emma wusste, was sie nun alle erwartete, allen voran die arme Osayi Mutlu.

»Wenn man damit einen Dönerspieß sauber bearbeiten kann«, sagte die verzerrte Stimme, »dann trifft das doch sicherlich auch auf deine kleinen Fettpolster zu, die du so stolz mit dir herumschleppst und überall zur Schau stellst.«

***

Was sie gerade gesehen hatten, war jenseits ihrer Vorstellungskraft gewesen, und Emma hatte ihre Zweifel daran, dass Oscar zu so etwas in der Lage war. Sie starrte noch einen Moment auf die verschmierte Fratze, die beinahe gänzlich das zerschnittene Opfer in der Unschärfe verschwinden ließ. Dann trat das lachende Gesicht des Opfers mit der verschmierten Schminke ins Bild, die Maske, die der Täter trug, doch anstatt etwas zu sagen, trat er zur Seite. Emma sah das Opfer auf dem gerade eingetretenen Standbild nun in voller Gänze vor sich. Scharfgestellt und unzensiert. Krüger sperrte schnell das Handy, und der Bildschirm wurde schwarz. Emma hatte das Bild dennoch weiter vor Augen.

Einen Moment lang sagte keiner ein Wort. Emma sah auf Oscar und seinen Anwalt, der unablässig mit ihm sprach. Was er sagte, konnten sie natürlich nicht hören. Oscar nickte nur immer wieder leicht und sah die ganze Zeit auf seine gefesselten Hände.

»Wie können wir uns sicher sein«, durchbrach Krüger die Stille und deutete mit dem Kopf auf Oscar, »dass wir mit ihm den Richtigen haben?«

»Das wird schwierig«, sagte Staatsanwältin Aufderheide, die trotz der Hitze einen Blazer trug. Immerhin war ihr Outfit noch eine Spur luftiger als Hohenfeldes. »Zwar wissen wir, dass man Uploads auch timen kann, doch ich denke, wir können nun davon ausgehen, dass Oscar es nicht war. Osayi Mutlu wird seit heute Mittag vermisst, und ungefähr zur gleichen Zeit haben Sie unseren Hauptverdächtigen verhaftet. Ich möchte nicht ganz ausschließen, dass der Junge etwas weiß, das uns weiterhelfen könnte oder uns womöglich sogar Hinweise zum Täter liefert. Aber die Tat an sich kann er unmöglich begangen haben.«

»Wenn sie zu zweit sind«, sagte Emma, die immer noch das Standbild von Osayi vor Augen hatte, »dann hätte der andere Täter es absichtlich so timen können, damit wir ihn laufenlassen müssen.«

»Richtig«, sagte Aufderheide. »Die Frage ist nur, wer das war. Sein Bruder war während der Festnahme bei Ihnen, und Annika Scholz war zur besagten Zeit noch auf dem Revier. Meiner Information nach hat Lennard Scholz seine Mutter abgeholt und hierhergebracht. Somit waren sie nicht mal für eine Minute unter dem Radar. Sie hatten also überhaupt keine Zeit, um das, was wir gerade gesehen haben, durchzuführen.«

»Das wird ihr Anwalt ebenfalls alles vorbringen. Wir werden sie alle laufen lassen müssen«, sagte Alex.

»Nicht unbedingt«, sagte Aufderheide. »Noch haben wir etwas Spielraum. Immerhin ist Oscar Scholz vor Ihnen davongelaufen, wodurch er eine Verfolgungsjagd provoziert hat, bei der ein Polizeibeamter verletzt wurde. Ganz zu schweigen von der Flucht durch die Gärten, wodurch auch noch Hausfriedensbruch und Sachbeschädigung dazukommen. Das reicht vorerst, um ihn weiter zu verhören.«

»Wir dürfen ihn also nicht mit den Morden in Verbindung bringen?«

»Nicht direkt. Es sei denn, Sie kriegen ihn dazu, dass er von selbst anfängt, darüber zu reden.«

»Passen Sie nur auf Hohenfelde auf«, sagte Krüger. »Der legt jedes Wort auf die Goldwaage, und wenn Sie ihm einen Grund liefern, sorgt er dafür, dass Sie aus Oscar Scholz kein Wort mehr herausbekommen.«

»Vielleicht ist es besser, wenn du mit ihm redest«, schlug Emma Alex vor.

***

»Warum wird mein Mandant weiterhin festgehalten?«, fragte Hohenfelde in einem Ton, als hätte er von den Vorwürfen noch nicht ein Wort gehört.

Alex wiederholte geduldig, was Staatsanwältin Aufderheide gesagt hatte. Hohenfeldes Antwort darauf kam geschäftig und prompt: »Gut. Stellen Sie Ihre Fragen. Ich werde antworten.«

Emma und Alex setzten sich den beiden gegenüber.

»Natürlich«, sagte Alex und richtete sich direkt an den Anwalt. »Warum sind Sie vor uns davongelaufen?«

Der Anwalt stockte und schien einigermaßen irritiert. Genau diese Reaktion hatte Alex provozieren wollen. »Ich spreche doch nur mit Ihnen, oder nicht?«

»Übertreiben Sie es nicht«, sagte Hohenfelde scharf. »Sie haben meinen Mandanten verängstigt. Deswegen ist er davongelaufen.«

»Wovor hatte er denn Angst?« Alex sah Oscar an.

»Davor, dass Sie der Mutter meines Mandanten das Handy seiner Schwester zurückbringen wollten. Immerhin haben Sie ihm dies zugesagt, nachdem er es Ihnen überlassen hat.«

»Dann hätte ich es ihm und nicht seiner Mutter gebracht.«

»Mein Mandant ging davon aus, dass Sie vorher bei ihm waren, und weil Sie ihn dort nicht angetroffen haben, zu seiner Mutter gefahren sind.«

»Ist das so?«, fragte Alex an Oscar gerichtet.

»Ja«, sagte er nur. Und selbst bei diesem einen Wort gab ihm Hohenfelde mit einem Handzeichen zu verstehen, von jetzt an nichts mehr zu sagen. Er lehnte sich vor und stützte seine Unterarme auf dem Tisch ab. Alex, der ihm schräg gegenübersaß, tat es ihm gleich und drehte sich zusätzlich noch ein bisschen in seine Richtung.

»Hören Sie. Mir ist vollkommen klar, dass mein Mandant aus einem anderen Grund hier festgehalten wird.«

»Ja?«, fragte Alex gespielt erstaunt, was Hohenfelde sofort durchschaute. »Was glauben Sie denn, warum wir hier zusammensitzen?«

Hohenfelde lächelte verschmitzt und lehnte sich so weit zurück, dass lediglich seine Handflächen auf dem Tisch blieben. Alex hingegen rührte sich nicht.

»Wenn Sie keine weiteren Fragen haben, dann sollten wir das jetzt beenden.« Hohenfelde bedeutete dem Wärter an der Tür, Oscars Fesseln zu lösen. Während dieser seinem Befehl nachkam, nahm Hohenfelde den Aktenkoffer, den er neben dem Stuhl abgestellt hatte, und erhob sich. »Mein Mandant ist müde.« Er griff ihm unter den Arm, Oscar Scholz stand auf und ließ sich von ihm und dem Wärter zur Tür geleiten. »Mein Mandant gehört in ein richtiges Bett und nicht in diese unzumutbaren Dinger.«

Oscar lachte auf. »Die Betten hier sind bestimmt gemütlicher als in der Waldhütte.«

»Moment«, sagte Alex und ging auf die drei zu, doch Hohenfelde ließ Oscar los und versperrte Alex den Weg. Im gleichen Zuge nahm er ihm damit fast die Sicht auf Oscar, der unsicher lächelnd über die Schulter sah.

»Sie halten sich jetzt von ihm fern«, sagte der Anwalt. »Die Fragen, die es zu klären gab, haben wir geklärt.« Und damit ging er mit dem jungen Mann hinaus.

Alex wusste, dass er nichts mehr tun konnte, außer darüber nachzudenken, was Oscar mit der »Hütte im Wald« gemeint haben könnte.

»Sogar von hinten kann ich sehen, wie es in dir arbeitet«, sagte Emma und kam zu ihm.

»In dir etwa nicht?«

»Doch, aber der Hinweis ist zu vage.«

»Scheiße, ich weiß.« Alex drehte sich zu ihr um, warf einen flüchtigen Blick in den Spiegel und brauchte einen kurzen Moment, um zu erkennen, dass er diese müde Erscheinung war. Er sah zu Emma. »Was machen wir jetzt?«

»Ich sage Ihnen, was Sie machen«, bellte Lennards Stimme im Türrahmen.

Meine Fresse, dachte Alex nur und drehte sich zu ihm um. »Wie ist der hier reingekommen?«, fragte er extra etwas lauter, damit auch

Krüger und Aufderheide hinter der Scheibe erkannten, dass Alex kurz davor war, Lennard Scholz ungalant wieder rauszuschmeißen. Und das war noch gelinde ausgedrückt. Am liebsten hätte er ihm einen Tritt in den Arsch verpasst. Bevor Alex seiner Fantasie noch mehr Futter geben konnte, sprang die Tür zum Nebenraum auf.

»Ich musste nur meinen Ausweis vorzeigen«, sagte Lennard und betrat den Verhörraum.

Aufderheide und Krüger folgten ihm hinein und flankierten ihn. Ein Aufseher wollte sich dazu schalten, doch Krüger gab ihm zu verstehen, dass das nicht nötig war.

»Warum liegt Ihnen eigentlich so viel daran, unsere Ermittlungen zu behindern?«, fragte Krüger.

Lennard lächelte und ließ Alex nicht aus den Augen. »Ich sorge mich um meinen Bruder. Und weil ich weiß, wie die Polizei auch Unschuldige in die Mangel nehmen kann, will ich verhindern, dass Sie das mit meinem kleinen Bruder tun.«

»Könnte er uns etwas verraten, das wir nicht wissen sollen?«, fragte Emma.

»Es gibt gewisse Dinge, die Sie einfach nichts angehen. Aber das ist doch bei jedem Menschen so, oder etwa nicht?«

»Von welcher Hütte im Wald hat Oscar gesprochen?«, fragte Alex. Für den Bruchteil einer Sekunde glaubte er, so etwas wie Unsicherheit in Lennards Blick zu erkennen, und er wurde das Gefühl nicht los, dass er etwas zu verbergen hatte. Verdammt, die ganze Familie hatte es.

»Das weiß ich nicht. Wir besitzen keine Waldhütte oder etwas in der Art. Das können Sie gerne prüfen.«

»Das haben Sie sicher genauso gut geplant wie das Video«, sagte Alex, »das rein zufällig veröffentlicht wurde, als Ihre gesamte Familie unter den wachsamen Augen der Polizei stand.«

»Wollen Sie wirklich mit Suggestivfragen arbeiten?«, schoss Lennard zurück.

»Das war keine Frage, sondern eine Aussage«, bekräftigte Alex.

»Eine Unterstellung also?«

»Meine Herren«, schaltete sich Krüger ein, »bewahren Sie bitte Ruhe. Wir sind sicher, dass …«

»Ruhe soll ich bewahren«, fuhr Lennard aus der Haut, »wenn meine Familie von der Polizei terrorisiert wird?«

»Spielen Sie sich nicht so auf«, nahm ihm Staatsanwältin Aufderheide den Wind aus den Segeln. »Was wir Ihrem Bruder vorwerfen, wissen Sie bereits, und weil Sie so ein guter Anwalt sind, wissen Sie auch, dass Sie dem nichts entgegenzusetzen haben.«

»Und Sie haben nichts, um das aussagekräftig zu beweisen. Mein Bruder ist kein Mörder.«

»Das meinte ich nicht, und Sie sollten auch wissen, dass Sie und Ihre Mutter es zu weit getrieben haben.«

»Was?«, bellte er und sah Aufderheide an.

Alex befürchtete, er könne ihr jeden Moment an die Kehle springen, und machte sich bereit, einzugreifen, falls es nötig sein sollte. Auch Krüger war in Alarmbereitschaft.

»Ihre Mutter kommt zu uns aufs Revier, aus fadenscheinigen Gründen, und anstatt uns bei unseren Ermittlungen zu helfen, stellt sich heraus, dass sie nur dort war, um ihren Söhnen etwas Zeit zu verschaffen. Dann tauchen Sie hier auf und ziehen eine Show ab, die neue Fragen aufwirft. Wenn Sie ebenso nur hierhergekommen sind, um unsere Ermittlungen zu behindern, sollte Ihnen klar sein, was das für Konsequenzen nach sich zieht. Den Grund Ihrer Mutter kann ich nachvollziehen. Welcher ist Ihrer?«

»Ich beschütze meinen Bruder. Und meine Mutter.«

»Die Ihre Morde mit geplant hat?« Alex konnte sich einfach nicht mehr zurückhalten. Er spürte Krügers strengen Blick, wusste auch, dass das ein Nachspiel haben würde, aber es war ihm egal.

»Es reicht«, sagte Lennard. »Darum werden sich meine Anwälte kümmern, und sie werden dafür sorgen, dass Sie bis zur Rente Schreibtischarbeit erledigen.«

»Dann können wir uns ein Büro teilen«, sagte Alex.

Lennard sah ihn wütend an, wandte sich um und stampfte aus dem Raum.

Alex kochte vor Wut, und das mussten selbst die umstehenden Beamten erkannt haben. Denn normalerweise hätte Krüger ihn sofort zur Rede gestellt. Stattdessen sah er ihn ernst an und sagte in einem bemüht ruhigen Ton: »Sie sollten sich etwas ausruhen. Wir reden morgen darüber.« Und damit verschwand er.

Aufderheide sah erst Alex, dann Emma mitfühlend an, bevor sie sich wieder Alex zuwandte. »Ich weiß, es ist nicht richtig, wie das alles läuft. Ich werde sehen, ob ich irgendwas finden kann, das es uns ermöglicht, Familie Scholz eine Weile beschatten zu lassen.«

»Glauben Sie wirklich daran?«, fragte Emma.

»Nein«, sagte Aufderheide enttäuscht. »Versuchen werde ich es trotzdem.« Damit ließ sie die beiden allein.

Alex spürte Emmas warme Hand auf seiner Schulter, und erst dann bemerkte er, wie sehr er immer noch unter Strom stand. Er entspannte sich erst wieder ein wenig, als sie mit ruhiger Stimme sagte: »Komm. Gehen wir was trinken.«

Kapitel 40

SIE saßen auf einer der Bänke am Fußweg mit Blick auf die Hochschule. Die kühle Abendbrise tat gut, stellte Emma fest, und hielt Alex die Flasche Cola Zero zum Anstoßen hin, die sie sich aus dem Automaten der Polizei-Cafeteria gezogen hatte. Er hielt seine Flasche Sprite an ihre, bis es klirrte, trank aber nicht, sondern sah müde zum Licht im Eingangsbereich der Hochschule, dessen Strahler den Säulen der Glasfassade einen beruhigenden Farbton verliehen. Emma trank einen Schluck und hielt dann mit dem Daumen die Öffnung zu. Bei den ganzen Mücken und anderen Insekten, die sich hier zum Abend hin versammelten wie tagsüber die Studenten, tat sie das schon instinktiv. Alex hingegen hielt die Flasche in beiden Händen, die Unterarme auf den Oberschenkeln ruhend, und ihm war es anscheinend egal, dass die Viecher das Innere nur so erstürmen würden. Noch nie hatte Emma ihn so müde und ausgelaugt gesehen.

»Wenn du nicht aufpasst, beginnt da gleich eine Poolparty«, sagte Emma und deutete auf Alex' Flasche. Sie hoffte, die Stimmung etwas auflockern zu können, auch wenn ihr absolut nicht danach war. Sie tat es, weil sie wusste, dass Alex das gerade brauchte. Mit etwas Verzögerung hob sich dann auch sein rechter Mundwinkel, aber das war auch schon alles. Zumindest legte er seinen Daumen auf die Öffnung.

»Wir haben ihn einfach laufenlassen«, sagte er dann.

Emma wollte ihm sagen, dass er es nicht so negativ sehen sollte, doch das konnte sie nicht. Bei allem, was in den letzten Tagen passiert war, und dem, was sie herausgefunden hatten, war so etwas wie die Hoffnung darauf, den richtigen Täter noch zu fassen, schon fast unrealistisch geworden. Familie Scholz hatte Oscar im Eilverfahren aus der JVA gegen Kaution herausgeholt, kaum nachdem Lennard seine Show im Verhörraum abgezogen hatte. Vermutlich waren sie in diesem Moment bereits auf dem Weg nach Hause. Die guten

Beziehungen, gegen die die Polizei und Aufderheide so schnell nichts unternehmen konnten, zahlten sich wohl aus. Noch dazu gab es keine handfesten Beweise dafür, dass auch nur einer aus der Familie Scholz für die Morde verantwortlich war. So sah es auch Richterin Falk, die die Kaution auf lächerliche fünfhundert Euro festgesetzt hatte, bevor sie in ihr wohlverdientes Wochenende gegangen war.

»Mir gefällt das auch nicht«, sagte Emma. »Am liebsten würde ich die ganze Familie selbst observieren. Nur können wir uns leider nicht dreiteilen, und wir müssen wenigstens ein paar Stunden Schlaf nachholen. Wir können nur hoffen, dass unser Täter die Füße stillhält und wir morgen nicht das nächste Video auf dem Tisch haben.«

»In jedem Fall können wir unser freies Wochenende vergessen. Ich würde sowieso nicht zur Ruhe kommen.« Er starrte auf seine Sprite und knibbelte am Etikett herum. »Vielleicht sollte ich wieder anfangen zu trinken.«

»Das macht es doch nur noch schlimmer.«

»Geht es noch schlimmer?« Er trank einen Schluck und spuckte ihn neben sich ins Gras. »Die Poolparty war wohl schon im Gange.«

»Macht es das für einen Punk nicht erst richtig schmackhaft?«

Er lächelte wieder. Und dieses Mal war es ein ehrliches Lächeln. »Nur bei Hansa Dosenbier.«

»Gibt's bestimmt im Späti die Straße runter.«

»Verleitest du mich gerade zum Trinken?«

»Ich versuche nur, dich auf andere Gedanken zu bringen.«

»Danke«, sagte er und sah sie an. In seinem Blick konnte sie neben der Müdigkeit eine gewisse Aufrichtigkeit erkennen. Und ein bisschen Trauer, von der Emma sich nicht erklären konnte, woher sie kam. Nahm ihn der Fall wirklich so sehr mit, oder gab es auch noch private Probleme, über die er nicht sprechen wollte? »Mal abgesehen von dem Fall«, sagte Emma. »Geht's dir gut?«

Alex schürzte die Lippen und wandte sich wieder von ihr ab. »Nein. Aber das ist jetzt nicht wichtig.«

»Wenn du reden willst …« Ihr Diensthandy klingelte, bevor sie den Satz beenden konnte. Sie ging ran.

»Tut mir leid, dass ich schon wieder Überstunden genehmigen muss«, erklang Krügers müde Stimme. »Aber wir haben ein neues Video, das Sie sich ansehen sollten.«

Emma sah über ihre Schulter hinüber zum Revier und entdeckte ihren Chef, der am Fenster seines Büros stand und zu den beiden hinunterblickte.

Kapitel 41

»SPULEN Sie noch einmal zurück zu dem Zeitpunkt, kurz nachdem die Seilwinde startet«, sagte Alex zu Aufderheide.

»Wollen Sie vielleicht übernehmen?«, bot sie an.

»Klar.« Alex stemmte sich am Tisch auf, spielte wieder an den Reglern in den mischpultähnlichen Einstellungen herum und startete das Video erneut.

Das Geräusch der Winde in Kombination mit den Lauten, die Osayi Mutlu von sich gab, stach Emma in den Ohren.

Alex stoppte das Video. »Moment, bitte«, sagte er und spielte noch einmal an den Reglern herum, bevor er die Szene weiterlaufen ließ. Die Geräusche waren immer noch unerträglich, klangen aber ein ganzes Stück tiefer.

»Jetzt müsste es gleich kommen«, sagte Alex, und dann konnte Emma es ebenfalls hören. Es war ein kaum wahrnehmbares Glockenläuten. Die Anwesenden im Raum waren mit einem Mal hellwach. Auch Emma. Niemand sagte ein Wort, alle zählten die Glockenschläge. Wenn diese ihnen die genaue Uhrzeit lieferten, wäre das der erste tatsächliche Hinweis auf die genaue Zeit, zu der das Video aufgenommen worden war. Die Glocken verklangen, und Alex hörte noch einen Moment zu, um sicherzugehen, dass es aufgehört hatte, bevor er das Video anhielt.

»Elfmal«, sagte er.

»Moment mal«, sagte Krüger, »das Video von ihrem Mord wurde heute Vormittag aufgezeichnet und jetzt erst hochgeladen?«

»Das würde bedeuten«, ereiferte sich Emma, »dass dieses Video zu der Zeit aufgenommen wurde, in der wir noch auf der Suche nach Oscar und Lennard waren.«

»Annika Scholz kam so gegen halb elf zu uns aufs Revier«, sagte Alex. »Wann genau wurde Osayi Mutlu vermisst gemeldet?«

Emma konnte sich nicht mehr daran erinnern. Sie war einfach zu müde, klappte die Akte auf und musste ihre Augen kurz zusammenkneifen, um lesen zu können, was in ihren Unterlagen dazu stand. »Der Anruf ihrer Mutter ging um dreizehn Uhr fünfunddreißig ein.«

»Zu dem Zeitpunkt war sie bereits zweieinhalb Stunden tot«, sagte Aufderheide.

»Warum hat die Mutter überhaupt so früh angerufen?«, erklang die Stimme von Profiler Pilgrim hinter Emma. »Ich meine, es ist doch bestimmt nicht unüblich, wenn eine Neunzehnjährige um diese Uhrzeit nicht direkt nach der Schule nach Hause kommt.«

»Könnte der Täter sie informiert haben?«, fragte Krüger.

»Das wäre naheliegend«, sagte Pilgrim. »Und passt zu der These, dass Familie Scholz alles inszeniert haben könnte.«

»Jede Wette, der Anruf wurde von hier getätigt«, sagte Emma, woraufhin sie alle im Raum fragend ansahen. »Lennard Scholz war in der Zeit hier.«

»Und kurz nachdem Oscar Scholz von uns vernommen wurde, also eigentlich bevor wir ihn überhaupt richtig vernehmen konnten, erscheint das erste Video von Osayi Mutlu.«

»Okay«, sagte Aufderheide. »Weiß jemand, woher das Glockenläuten kommen könnte?«

Emma wusste es nicht. Zwar wohnte sie schon eine ganze Weile in Bielefeld, aber zu welcher Kirche nun welches Glockenläuten gehörte, das konnte sie wirklich nicht sagen. Die klangen doch alle gleich. Dabei fiel ihr ein, was Oscar zu den Betten in der JVA gesagt hatte. Dass sie gemütlicher seien als in der Waldhütte. In Bielefeld gab es in Sennestadt ein bewaldetes Gebiet mit kleinen Häusern, die man ohne Verträge von den Eigentümern mieten konnte. Perfekt, um derartige Taten zu begehen. Und nicht weit davon entfernt gab es eine große evangelische Kirche.

***

Mehrere Einheiten durchstreiften das bewaldete Gebiet in Bielefeld-Sennestadt. Sie klopften oder schellten an jedem Haus und grenzten den Radius kontinuierlich weiter ein. Über Funk kamen permanent Meldungen rein, in denen mitgeteilt wurde, welches Grundstück sie betraten und dass es keine besonderen Vorkommnisse oder Hinweise gab. Annika und Oscar Scholz waren nachweislich zu Hause, doch von Lennard fehlte wieder einmal jede Spur. Und weil auf seinem Handy sofort die Mailbox ranging und niemand zu wissen schien, wo er war, hatten sie pro forma den Kollegen die Beschreibung seines Wagens durchgegeben. Bisher gab es aber keinen Fahndungserfolg, und Emma zweifelte bereits daran, dass sie überhaupt etwas finden würden.

Bereits seit einer halben Stunde gingen sie die Wege ab, die man zwar auch gut mit dem Auto hätte abfahren können, doch war alles so dicht bewachsen und uneinsichtig, dass man vielleicht die ein oder andere Hütte übersehen hätte. Die Sonne stand bereits tief am Himmel und das Abendrot spendete kaum noch Licht, sodass sie die Wege mit ihren Taschenlampen ableuchten mussten.

Emma und Alex gingen einen schmalen Pfad hoch und fanden sich vor einer kleinen Hütte wieder, inmitten von dicht bewachsenen Bäumen. Es brannte kein Licht darin, und es sah auch nicht danach aus, als wäre in den letzten Monaten jemand hier gewesen. Dennoch leuchteten sie durch die milchigen Fenster im Landhausstil. Im Inneren stand eingestaubtes Mobiliar. Unheimlich irgendwie. Die perfekte Kulisse für einen Horrorfilm. Emma richtete das Licht auf den Fußboden, der nicht danach aussah, als hätte kürzlich jemand den angesammelten Staub durchtreten.

Alex wandte sich ab vom Haus und leuchtete den Pfad entlang. Gemeinsam machten sie sich daran, zurück zur Straße zu gehen. Im engeren Kreis dieser kleinen Nachbarschaft gab es nicht einmal mehr Straßennamen. Emma beunruhigte diese Anonymität, und sie war sich sicher, dass sie allein niemals hier herumlaufen würde. Vor allem nicht bei Nacht. Und obwohl Alex bei ihr war, fühlte sie sich unwohl und angreifbar. Aus jedem dunklen Gebüsch, jeder verwachsenen Hecke und hinter jedem dicken Baumstamm konnte jemand lauern, der sich auf sie stürzte. Und obwohl sie wusste, dass es womöglich ihrer

Müdigkeit und Paranoia geschuldet war, dass sie überall Gefahren vermutete, glaubte sie dennoch, menschenartige Silhouetten um sich herum zu sehen. Schattengestalten, die erst ihre Form annehmen würden, sobald sie ins Licht ihrer Taschenlampe traten. Es war unsinnig, und trotzdem hielt sie ihre Maglite vor sich auf den Boden gerichtet.

Gleichzeitig bekamen sie eine Nachricht auf ihre Diensthandys. Emma, der ohnehin schon mulmig zumute war, ahnte bereits, was sie erwartete. Ein Link von Kollege Schwarz aus der IT mit der kurzen Nachricht: »Seht euch das an.«

Emma klickte darauf, und es öffnete sich eine Liveübertragung auf dem Instagram-Profil einer Sienna Collins. Das Bild ruckelte und stockte, hier war die Verbindung einfach zu schlecht, doch es reichte aus, um zu sehen, dass ihr Täter ein neues Opfer hatte. Dieses Mal hatte es vorab wohl kein Video einer Demütigung gegeben. Und er hatte eine Zeitschaltung an einen neuen Flaschenzug montiert – sein neues Opfer würde in zwei Stunden und dreiundfünfzig Minuten hinaufgezogen werden.

»So eine Scheiße«, sagte Alex und stand einfach nur da und starrte auf sein Handy.

»So hätte ich es vielleicht von Anfang an machen sollen«, sagte die verzerrte Stimme. Die Audioqualität ließ sehr zu wünschen übrig, doch es schien, als hätte Alex besseren Empfang als sie. Emma beendete das Video und wählte die Nummer von Krüger, während sie auf Alex' Handy weiter zusah.

»Bajetzky? Kuper?«, drang es durch den Funk.

Alex griff zum Funkgerät. »Hören.«

»Ich glaube, wir haben den Wagen von Lennard Scholz gefunden. Ich schicke euch meine Position.«

Kaum war der Standort übermittelt, marschierten Emma und Alex los. Sie erreichten eines der letzten Häuser, die noch auf der Liste standen. Drum herum tanzten die Lichter von Taschenlampen durch die Bäume und Sträucher. Kolleginnen und Kollegen, die alle auf dem Weg hierher waren – und keiner von ihnen spürte die Panik, die mit jedem Schritt mehr in Emma hochkroch.

»Das ist seiner«, bestätigte Alex, als er vor dem Wagen stand.

Alex leuchtete ins Innere, dann an die Reifen. An der Fahrerseite blieb er stehen, leuchtete davon weg zur Straße und dann wieder zum Profil des Hinterrads. »Das ist ein anderes Profil als die Spuren. Ich mache ein Foto und lasse sie mit denen des gestohlenen Lieferwagens vergleichen.«

»In Ordnung«, sagte Emma und wandte sich an den Streifenkollegen. »Wart ihr schon im Haus?«

»Nein. Wir haben nur von außen reingeleuchtet. Scheint keine versteckten Zimmer zu geben, und es sieht nicht danach aus, als sei jemand da.«

»Erledigt«, sagte Alex und steckte sein Diensthandy weg. »Lass uns reingehen.«

»Gut. Wir gehen vorne rein, Sie bleiben hier«, sagte sie zu dem Kollegen, der sie benachrichtigt hatte, und wandte sich zwei weiteren Beamten zu: »Und Sie beide gehen hintenrum.«

»Verstanden.«

Emma und Alex zogen ihren Waffen. Alex wollte gerade dazu ansetzen, die Tür einzutreten, als er plötzlich innehielt.

»Was ist?«, fragte Emma.

»Warte kurz.«

»Position halten«, gab Emma über Funk durch und erhielt umgehend Bestätigung.

Alex leuchtete mit der Maglite den Rahmen ab, und dann verstand sie, was er tat. Er suchte nach einem Alarm, im schlimmsten Fall nach Sprengfallen.

»Sauber«, sagte er schließlich.

»Okay«, sagte Emma. »Nur um das vorher geklärt zu haben. Wir haben keinen Durchsuchungsbeschluss.«

»Uns läuft die Zeit davon«, sagte Alex und sah von der Tür zu Lennards Auto und dann wieder zur Tür. »Wir haben den Wagen gesehen, etwas im Haus rumpeln gehört und keine Antwort erhalten.«

»Und mussten rein, um sicher zu stellen, dass niemand in Gefahr ist.«

»Ganz genau«, sagte Alex.

»Wir gehen rein«, gab Emma über Funk durch. Sie hatte den Satz gerade beendet, da trat Alex auch schon die Tür ein.

Emma schnellte hinein. »Polizei!«

Alex gab ihr Deckung, und während sie die rechte Seite des Wohnraums sicherte, kümmerte er sich um die linke. »Gesichert«, sagte Alex.

Über Funk bekam sie die gleiche Meldung von den anderen beiden Kollegen, die durch eine Küchennische den großen Wohnraum betraten. Eine Wendeltreppe links führte nach oben. Alex übernahm, während Emma die schmale Ziehharmonikatür zum Bad aufschob. »Gesichert.«

»Gesichert«, drang es von oben.

Lennard war also nicht hier. Emma steckte ihre Waffe zurück in das Holster und dachte verzweifelt nach. Sein Auto stand nicht zufällig vor der Tür, irgendeinen Hinweis musste es doch geben, verdammt noch mal. Außer einem geräumigen Sofa, einem Smart-TV, einem Esstisch und anderen unspektakulären Einrichtungsgegenständen war hier rein gar nichts. Sie ging zum Sofa und hatte von dort einen guten Blick in die aufgeräumte und geputzte Küche. Der Esstisch war sauber, nicht mal ein Wasserrand war zu erkennen. Es war schon fast zu sauber für eine normale kleine Bude, und dann fiel ihr der Geruch nach Chlorreiniger auf. Emma sah auf den Boden und dachte, dass kein Mensch so einen Parkettboden mit Chlor reinigen würde, wenn es nicht absolut notwendig war.

»Kommst du mal hoch?«, hörte sie Alex rufen, und erst dann fiel ihr auf, dass Alex noch nicht wieder bei ihr war. Sie nickte den beiden Beamten zu, die sich daraufhin wieder durch die Hintertür in der Küche nach draußen verdrückten.

Im Obergeschoss musste selbst Emma aufpassen, sich unter dem spitz zulaufenden Dach nicht den Kopf zu stoßen. Links von der Treppe stand ein Bett, das der Room-Service in einem Hotel sicher nicht besser hätte machen können. Fehlte nur noch die Schokolade auf dem Kopfkissen. War das das unbequeme Bett, von dem Oscar gesprochen hatte?

Rechts von ihr sah sie Alex, wie er vor einer u-förmigen Konstellation aus drei Schreibtischen kniete, unter der sich ein großer Computer-Tower befand, an dem er herumfummelte. Drei Monitore waren daran angeschlossen. An den Rändern des Schreibtisches waren links und rechts Lampen angebracht, die mit ihren Tageslichtbirnen sicherlich den gesamten Raum erhellten, wenn sie nicht wie jetzt nach unten gerichtet wären, um Alex Licht zu spenden.

Normalerweise hätten sie die IT informieren und warten müssen, bis sie eintraf und sich um die Computer kümmerte. Doch die Zeit hatten sie nicht. »Was glaubst du zu finden?«, fragte Emma und ging zu ihm.

»Den Schnipsel aus dem Video von Melina Wagner.«

»Du meinst den Teil, den er rausgeschnitten hat?«

»Genau«, sagte er und legte im Dschungel des Kabelgewirrs einen Schalter um. Der Rechner fuhr hoch. Wenig später sprangen die Bildschirme an. Alex erhob sich wieder und richtete die Lampe auf den Schreibtisch aus.

Der gab unter Alex' Gewicht etwas nach, als er sich mit den Händen darauf abstützte. Gerade aufrichten sollte er sich besser nicht, wenn er keinen Zusammenstoß mit dem Dachgiebel riskieren wollte. Emma stand hinter ihm und starrte auf die Bildschirme, die alle einen schwarzen Desktop zeigten. Irgendwie fand Emma das unheimlich. Hatte nicht jeder irgendein Bild oder wenigstens einen farbigen Hintergrund?

»Was ist damit?« Emma zeigte auf den einzigen Ordner, der sich ohne Namen auf dem rechten Bildschirm befand.

Alex schob den Mauszeiger auf den Ordner, hielt dann aber inne. »Glaubst du, es ist wirklich so einfach?«

»Ich denke nicht, dass uns die Kiste um die Ohren fliegt, wenn du den Ordner öffnest.«

»Wollen wir es hoffen.« Alex klickte drauf, und ein Popup-Fenster erschien auf dem mittleren Bildschirm.

»Passwortgeschützt«, sagte Emma. »Na super.«

Alex sagte nichts. Er starrte nur auf das Popup und den blinkenden senkrechten Balken im Eingabefeld.

»Was denkst du?«, fragte Emma.

»Wenn wir klassisch vorgehen, könnte es ein Datum sein.«

»Das mit Kim Scholz in Verbindung steht.«

»Da gibt es vielleicht mehr, als wir wissen.«

»Moment.« Emma zog ihr Diensthandy aus der Gesäßtasche und sah sich die Akte von Kim Scholz noch einmal an. »Wir haben das Geburtsdatum, den Todestag, die ungefähre Uhrzeit ihres Todes …«

»Und den Todestag ihres Vaters«, sagte Alex.

»Also, was geben wir ein?«, fragte er. »Wir haben sicher nicht unendlich viele Versuche.«

»Wie wäre es mit dem Datum vor zwei Wochen?«

»Dem zehnten Todestag?« Alex gab die Zahlen ein. »Soll ich das Datum lieber mit Punkten trennen?«

»Versuch es erst mal so.«

Alex bestätigte die Eingabe mit der Enter-Taste. Das Popup zitterte eine Sekunde, dann erschien in dem Fenster eine Nachricht über dem Eingabefeld: »Passwort falsch. Nur noch 2 Versuche.«

»Mit Punkten?«, schlug Emma unsicher vor.

Alex korrigierte die Eingabe und bestätigte sie.

»Passwort falsch. Nur noch ein 1 Versuch.«

»Es muss ein anderes Datum sein«, sagte Emma. »Versuch den Geburtstag.«

»Nein«, sagte Alex, als wäre ihm etwas eingefallen. »Als ich das erste Mal in Lennards Büro war, konnte ich einen Blick in seinen Terminkalender auf dem Schreibtisch werfen, als ich ihm die Hand geschüttelt habe. Er hat die Angewohnheit, Zahlen auszuschreiben. In seinem Kalender hat er das handschriftlich bei jedem Tag getan.«

Alex tippte das Datum in ausgeschriebener Form ein und bestätigte. Das Popup-Fenster verschwand und der Ordner öffnete sich.

»Wow«, sagte Alex, und Emma sah sofort, was er meinte. In dem Ordner waren dutzende Videos und Fotos. Viel mehr, als sie bisher zu sehen bekommen hatten. Ein Datum der Dateien war in der Menüleiste nicht angezeigt. Sie mussten im Schnelldurchlauf alles durchgehen, um die Infos zu finden, die sie brauchten. Und wenn sie Glück hatten, würden sie zwei Fliegen mit einer Klappe schlagen: Sie würden erfahren, wo das nächste Opfer war, und eindeutige Beweise finden, die Lennard als Täter entlarvten. Und wer weiß, wen noch. Bei diesem Fall war einfach alles möglich.

»Das könnte das richtige sein«, sagte Alex. Dass sie das bei einem Dutzend vorherigen Videos bereits gedacht hatten, ließ Emma jetzt mal unerwähnt. Er klickte darauf, und ein neues Fenster öffnete sich, in dem das Video automatisch startete.

»Du krankes Schwein«, presste Melina durch ihre geschwollenen Lippen hervor. »Irgendwann werden sie dich finden. Dich und den Rest deiner verkackten Familie. Und weißt du, was? Selbst wenn ich heute draufgehe, geht es mir gut damit. Besser, als du dir vorstellen kannst. Ich habe so viel daran gesetzt, deine kleine Schwester fertigzumachen, und hätte nie geglaubt, dass ich es schaffe, eine ganze Familie zu ruinieren.«

»Halt deine Schnauze«, sagte die verzerrte Stimme. »Halt deine beschissene Schnauze!«

»Und wenn nicht? Du tötest mich doch sowieso. Oder, Lennard?«

»Du sollst deine Schnauze halten!«

Den ersten von zwei Beweisen hatten sie nun. Fehlte bloß noch der Hinweis zur Location, in der Melina und die anderen getötet worden waren.

»Hast du gedacht, ich erkenne dich unter dieser lächerlichen Maske nicht?« Sie lachte verächtlich. »Du hast bestimmt geglaubt, dass mir das Angst macht.« Sie lachte noch mehr, konnte sich kaum beruhigen. »O mein Gott! Das ist der Hammer!«

»Halt endlich deine verschissene Schnauze!«

Lennard stürmte auf sie zu und schlug ihr mit der Faust hart ins Gesicht. Das Lachen verging ihr, aber nicht der verächtliche und provozierende Blick. »Und dass du das alles hier aufziehst, wundert mich auch nicht. Das Haus passt zu dir. Echt ein schöner Dachstuhl, um zu sterben.« Sie sah hoch zu den beiden hängenden Leichen, als wären sie nichts als unbedeutende Requisiten. »Müsste doch die gleiche Höhe sein, in der sich deine Schwester erhängt hat. Was sind das? Drei Meter?«

»Hör endlich auf!«

Er huschte aus dem Bild, ihre Augen folgten seinen Bewegungen, und als er mit einer Rolle Gaffer-Tape zurück in den Kameraausschnitt trat, lächelte sie wieder. »Na los. Knebel mich ruhig. Mach mich mundtot. Was ich sagen wollte, habe ich gesagt. Ich bin fertig mit dir. Fertig und glücklich.«

»Schnauze.« Er ließ von dem Strick so viel von der Seilwinde herab, dass sie auf dem Melkschemel das Gleichgewicht verlor und sich gerade noch aufrecht halten konnte, als ihre Füße den Boden berührten. Das Seil straffte sich. Der Strangulation konnte sie nur entgehen, indem sie auf Zehenspitzen versuchte, aufrecht zu stehen.

Sie wehrte sich nicht, als er ihr das Tape auf den Mund klebte und ihre Hände hinter dem Rücken damit fixierte. Sie blieb ruhig und suchte unablässig seinen Blick.

Als eine Türklingel ertönte, verlor Lennard die Geduld.

»Das darf doch nicht wahr sein.«

Er stapfte aus dem Bild, und man konnte hören, wie er eine Holztreppe hinabging und kurz darauf eine Tür geöffnet wurde. Dumpfe Stimmen klangen empor, doch war nicht auszumachen, was sie sagten. Obgleich sich Melina mit ihrem Tod bereits abgefunden hatte, fing sie natürlich an, Lärm zu machen. Sie schrie unter dem Knebel und stampfte mit den Ballen auf dem mit altem Stroh ausgelegten Holzboden.

Emma und Alex hörten angestrengt zu, doch mehr als zusammenhanglose Fetzen waren nicht zu hören, weil Melina einfach zu viel Lärm machte. Einzig das Zuknallen der Tür unten konnte ihr Geschrei übertönen. Wenn dieses Video in einem Dachstuhl aufgenommen worden war, der so groß und mit Stroh oder Heu ausgelegt war, dann musste es ein altes Bauernhaus sein, und die Tür unter ihr war vermutlich aus schwerem Holz gefertigt.

Lennard kam wieder ins Bild, stockte und wandte sich zur Kamera. Er trug keine Maske mehr. Er war es. Fluchend stampfte er auf die Kamera zu. Dann schaltete er sie aus, und Melina verstummte abrupt. Sein unscharfes Gesicht starrte in die Kamera. Ein erschreckendes Standbild, das Emma noch mehr erschaudern ließ als alles Vorherige.

»Es scheint jemand gekommen zu sein«, sagte Emma, »doch hat dieser jemand Melina nicht geholfen.«

»Glaubst du, es könnte Oscar gewesen sein? Oder die Mutter?«, fragte Alex, während er sich wieder einmal an dem digitalen Mischpult zu schaffen machte.

»Ich tippe eher auf den Bruder. Er ist ihm gefolgt, hat ihn dort gefunden und zur Rede gestellt.«

»Deswegen war Lennard so versessen darauf, ihn aus der JVA zu holen. Er wollte nicht, dass er etwas ausplauderte. Mit dem Kommentar zur Waldhütte hatte er schon zu viel verraten.« Alex spulte zu dem Moment zurück, kurz nachdem Lennard hinabgegangen war, und ließ das Video wieder laufen. Er verstärkte die tieferen Frequenzen, stellte die Tonspur von Melina leiser, und nun war besser zu verstehen, was unten gesprochen wurde.

»… suchst du hier?«, erklang Lennards wütende Stimme.

»… Onkel Ber… das sicher nicht gut.« Das war Oscar, ohne Zweifel.

»Hau ab … dich nichts an.«

Es folgte eine Sequenz, die nicht zu verstehen war, dann wurde Oscars Stimme wieder lauter: »… wirklich getan?«

»… musste es tun. …st nicht die Eier …«

»Lass sie …«

»Verpiss dich endlich, oder ich hänge dich neben sie«, schrie Lennard schließlich. Dann folgte eine Weile nichts, bis unten die Tür hörbar zugeschlagen wurde. Alex stoppte die Aufnahme.

»Das Haus gehört irgendeinem Onkel?«, fragte er.

»Was nicht zwingend bedeuten muss, dass es ein Verwandter ist.«

»Wenn wir wissen, wem das Haus gehört, finden wir ihn vielleicht noch, bevor die Zeit abgelaufen ist.«

»Und Oscar wird uns dabei helfen«, sagte Emma.

»Oder uns in die Irre führen«, schob Alex ein.

»Das sollten wir schleunigst herausfinden«, entgegnete Emma.

»Warum denn die Eile?«, fragte Alex und warf einen Blick auf sein Handy. »Wir haben doch noch locker einundsiebzig Minuten Zeit.«

Dass er wieder dazu in der Lage war, in so einer Situation einen seiner Sprüche zu bringen, war ein gutes Zeichen und machte Emma ein bisschen Hoffnung, dass sie Sienna noch rechtzeitig finden würden.

Kapitel 42

ANNIKA Scholz war alles andere als begeistert, als Emma und Alex an dem umstellten Haus der Familie Scholz ankamen. Dieses Mal wollten sie nicht riskieren, dass Oscar den Hinterausgang nahm und vor ihnen davonlief, was der Grund dafür gewesen war, dort zwei Streifenpolizisten zu positionieren.

Annika hatte einen Arm um ihren Sohn gelegt, der auf dem geräumigen Sofa seinen Kopf an ihre Schulter lehnte.

Tony, ein alteingesessener Kollege von der Streife und Sohn eines ehemals in Bielefeld stationierten Officers der Royal Air Force, der die Tür zum Flur hin bewachte, kannte Emma, nickte ihr zur Begrüßung zu, als sie an ihm vorbei das Wohnzimmer betrat. »Die waren friedlich«, flüsterte er, »wenn auch nicht gerade umgänglich.«

»Danke«, sagte Emma und warf noch einen Blick auf die junge Kollegin, die an der Schiebetür zur Terrasse stand, bevor sie sich mit Alex den beiden gegenüber setzte.

»Sie wissen, dass Sie damit Ihre Karriere gefährden?«, fragte Annika Scholz, ohne ihren Sohn loszulassen.

»Und Sie wissen«, begann Emma, »dass Sie alle ins Gefängnis gehen, wenn Sie einen mehrfachen Mörder decken.«

»Oscar hat niemanden umgebracht«, presste sie durch die Zähne hindurch.

»Wir reden nicht von Oscar.«

»Lennard?«, spottete Annika. »Der würde so etwas Schreckliches nie tun. Er ist Anwalt, und wenn Sie weiter mit solchen Anschuldigen kommen, sind Sie es, die im Gefängnis landen.«

Alex war auf diesen Moment vorbereitet, zog sein Diensthandy hervor und legte es, ohne ein Wort zu sagen, auf den schmalen Couchtisch ab. Annika sah auf das Display. Es dauerte keine zwei Sekunden und das, was sie darauf sah, entzog ihr alle Kraft. Es war ein

Screenshot, kurz bevor Lennard die Kamera ausgeschaltet hat. Durch die Scharfzeichnungsfilter war er nicht mehr so verschwommen und nun eindeutig zu identifizieren. Im Hintergrund deutlich zu sehen war die geknebelte Melina Wagner, die durch den Filter wirkte, als hätte man ihre Konturen mit einem Feinliner nachgezeichnet.

Annika löste sich von Oscar, der nur einen flüchtigen Blick darauf werfen konnte und sich dann, an Emma vorbei, den tanzenden Blaulichtern auf der Straße widmete.

»Nein«, flüsterte Annika und hielt sich die Hand vor den Mund. Und dann, im nächsten Augenblick, war sie wieder ganz die toughe Anwältin. »Das ist nicht mein Sohn. Woher haben Sie diese Fälschung?«

Alex verschwendete keine Zeit für Gespräche und wischte mit dem Finger über das Handy. Der Videoschnipsel ersetzte den Screenshot. Alex spielte das Video an der Stelle kurz vor dem ungebetenen Besuch ab.

Annika wollte gerade protestieren, als sie die Klingel in der Aufnahme hörte. Es schien, als würde ihr das Geräusch vertraut vorkommen.

»Wissen Sie, wo das ist?«, fragte Alex.

Anstatt zu antworten, sah sich Annika das Video weiter an. Sie hörte die Stimmen und schien sie trotz Melinas Geräuschen zu erkennen. Langsam drehte sie ihren Kopf in Oscars Richtung. Emma konnte sehen, dass er ihren Blick auf sich spürte, denn er wurde augenblicklich unruhig. Dann sprang er auf und schrie seine Mutter an: »Sie haben es verdient!«

Tony kam etwas näher, darauf gefasst, einzugreifen. Sachte erhob sich Emma und bedeutete ihrem Kollegen, die Ruhe zu bewahren. Er nickte, und sie konzentrierte sich nur auf Oscar. »Wir wissen, dass du es nicht warst«, sagte Emma.

Oscar riss den Kopf in ihre Richtung. Eine Träne lief seine Wange hinab. Er schnaubte. »Ich wollte das nicht. Anfangs schon. Aber dann … Es wurde einfach zu schlimm.«

Seine angespannte Haltung erschlaffte mit einem Mal, und er ließ sich tiefer ins Sofa sinken. Annika machte den Versuch, ihn abermals tröstend in die Arme zu nehmen, was Oscar aber vehement verweigerte. Sie zog sich zurück, sah ihren Sohn aber traurig an und schien unfähig zu sein, noch irgendetwas zu sagen. Er schielte zu dem Handy und der Aufnahme, die am Ende angelangt war. Alex sperrte es, ließ es jedoch liegen.

Oscars Blick blieb auf dem Gerät haften, während er sagte: »Es sollte ganz anders laufen.«

»Wo hat dein Bruder die Frauen umgebracht?«, fragte Alex. Sie mussten Sienna finden, die nicht mehr lange zu leben hatte. Fünfzig Minuten blieben der jungen Frau noch. Motive und Ähnliches würden sie später besprechen müssen.

Oscar biss sich auf die Unterlippe.

»Du musst es ihnen nicht sagen«, grätschte Annika Scholz dazwischen.

»Noch ein Wort, und ich lasse Sie sofort verhaften«, drohte Alex ihr.

Erschöpft ließ sie sich zurückfallen und fing an zu weinen, was Oscar sofort in Alarmbereitschaft versetzte. Er wandte sich zu ihr und griff nach ihrer Hand. »Es tut mir so leid, Mama. Aber sie haben es verdient. Und du weißt doch, dass ein Gericht sie niemals verurteilt hätte. Bei dem ganzen Geld, das sie haben.«

Ein Klagelaut entrann ihrer Kehle. Gleichzeitig zog sie ihre Hand weg und wandte sich von ihrem Sohn ab.

»Mama, bitte!«

Doch sie reagierte nicht auf ihn, sondern weinte in ihre Handflächen, die sie sich vors Gesicht presste.

Oscar sah Emma und Alex abwechselnd an. »Sie haben unsere Familie zerstört.«

»Das haben du und dein Bruder schon allein hinbekommen«, sagte Alex.

»Nein!«, schrie er.

»Wenn du uns jetzt sagst, wo Lennard ist, kannst du zumindest noch deiner Mutter damit helfen«, sagte Emma.

Er sah zu seiner weinenden Mutter, seine Lippen bebten, als er sagte: »Es tut mir so leid.« Emma wusste nicht, wem das galt; seiner Mutter, seinem Bruder oder den Opfern. Dann sah er wieder zu Emma. »Er ist im Haus unseres Onkels«, flüsterte er kraftlos, bevor er ebenfalls weinend in sich zusammensackte.

Mit dem Handy am Ohr stürmten Emma und Alex zu ihrem Wagen. Krüger ging bereits nach dem ersten Klingen ran. »Ich wollte Sie gerade anrufen«, sagte er. »Wir haben die Liveübertragung orten können.«

»Die ist noch online?«, fragte Emma.

»Dafür mussten wir sorgen.«

»Das wäre nicht nötig gewesen«, sagte Emma, als sie in ihren Wagen stieg. »Wir haben seine Adresse und sind auf dem Weg zurück nach Sennestadt.«

»Das ist nicht die richtige Adresse«, sagte Krüger. »Das SEK rückt gerade aus nach Olderdissen.«

Sie sah Alex an, der wohl genauso verwirrt war wie sie. »Das kann nicht stimmen«, sagte Emma. »Sein Bruder hat uns versichert …«

»Sie glauben einem Mitglied der Familie, die uns die ganze Zeit Steine in den Weg gelegt hat?«

»Wir glauben nicht, dass er lügt.«

»Ich glaube eher unseren Spezialisten als dem Bruder eines Mörders. Sie fahren nach Olderdissen. Ich schicke Ihnen die Adresse.« Bevor Emma dem noch etwas entgegensetzen konnte, hatte er aufgelegt.

Emma starrte auf ihr dunkles Display.

»Und jetzt?«, fragte Alex.

»Wenn Krüger recht hat, ist das SEK schneller da als wir. Wenn nicht, stirbt Sienna.«

»Der Empfang ist hier schon ziemlich schlecht. Ich glaube, er hat gesagt, wir sollen uns das Haus des Onkels ansehen.«

»Das habe ich auch so verstanden«, sagte Emma und startete den Wagen.

Kapitel 43

MIT den Kirchenglocken in Sennestadt hatten sie gar nicht so falsch gelegen. Das Haus des Onkels Bernhard Hummels lag auf der anderen Seite der Kirche, auf einem großen Privatgrundstück mitten im Wald und keine zehn Minuten Autofahrt von der Waldhütte entfernt. Nachbarn hätten hier garantiert niemanden schreien gehört. Und obwohl die Zeit knapp war, hielten sie es für schlauer, sich ohne Blaulicht zu nähern, den Wagen am Straßenrand zu parken und die Auffahrt hinaufzulaufen. Emma sah auf ihre Uhr. Sienna Collins hatte noch zwei Minuten, bis die Seilwinde sich aktivieren würde.

Der einzige Bruder von Annika Scholz lebte bereits seit einigen Jahren in München und nutzte das Haus nur noch, um zu besonderen Anlässen in Bielefeld zu übernachten oder um sich hier für ein paar Wochen zu erholen. Umringt von Bäumen, die das Haus um mehrere Meter überragten, kesselten sie das Anwesen ein. Drinnen brannte Licht, und als Emma und Alex um das Haus herum auf den Hof gingen, stand der gestohlene Lieferwagen vor einer großen Scheunentür, die in die Diele des Fachwerkhauses führte, das von außen schon ziemlich heruntergekommen war. Daneben konnten sie einen alten Schiffscontainer sehen. Hatte er dort seine letzte Folternummer aufgenommen? Wollte er es nicht mehr riskieren, sich einen bestimmten Ort dafür auszusuchen? Alex gab die neue Beweislage über Funk durch. Auf Verstärkung konnten sie aber nicht warten.

Emma und Alex positionierten sich an der Dielentür. Ein Haus zu zweit zu stürmen, war keine gute Idee, doch unter den gegebenen Umständen hatten sie keine andere Wahl. Sienna hatte nicht einmal mehr eine Minute zu leben.

***

Sienna war müde. Ich sah es ihr an. Und ich war es auch. Zwei Minuten waren noch übrig, und ich hoffte, dass wir noch so lange online bleiben konnten. Es wunderte mich ohnehin schon, dass die Übertragung nur einmal unterbrochen worden war. Ich hatte mit deutlich mehr Interferenzen gerechnet. Doch dass alles so reibungslos lief, bestätigte mich nur darin, dass ich das Richtige tat. Dass es das war, was der Großteil der Menschen wollte.

Ob die Polizei bereits mein gefaktes Signal geortet hatte und vielleicht in diesem Moment mit einem Sondereinsatzkommando ein Haus am anderen Ende der Stadt stürmte? Bestimmt. Denn andere Hinweise hatten sie nicht, und Oscar würde nichts ausplaudern.

Ich war froh, dass Kim mit ansehen konnte, was ich für sie getan hatte. Ich wünschte nur, sie hätte mir viel eher von ihrem Handy erzählt. Das hatte mir alles verraten, was ich wissen musste. Melina wollte meine Schwester zerstören, die Videos und Nachrichten auf Kims Handy hatten mir das alles verraten. Und dann das, was uns dieses Miststück kurz vor ihrem Tod gesagt hat ... Ja, ich habe alles richtig gemacht, und sie haben ihre gerechte Strafe erhalten. Sie alle.

Sienna blieb noch genau eine Minute, bevor auch ihr Gerechtigkeit widerfahren würde. Fast drei Millionen Views. Bestimmt lief es bereits in den Nachrichten und die sensationsgeilsten Influencer, die jedem Klick nachjagten, hatten sich längst zugeschaltet.

Eine Watch-Party mit ihren Followern.

Im Grunde genommen hatten sie alle verdient, was gleich passieren sollte.

***

Alex schoss die Tür auf, gab Emma, die voranging, Deckung und folgte ihr in die große Diele, von der unten mehrere Räume abgingen.

Sie richteten ihre Blicke nach oben. Links und rechts gab es jeweils zwei Holztüren, die vermutlich auf etwas wie einen Zwischenboden führten. Geradeaus war eine Treppe zu einer Art Balkon, von wo aus man ebenfalls durch zwei Türen gehen konnte. Hinter jeder konnte er ihnen auflauern. Während sie in Richtung Treppe gingen, sicherten sie mit vorgehaltener Waffe jeweils die Türen im oberen und die Wohnungstüren im unteren Bereich.

Plötzlich das Geräusch der Seilwinde. Er hatte sie vor Ablauf der Zeit gestartet. Beide sahen hoch zur Decke fünf Meter über ihnen. Ob man die große Luke, die vermutlich früher einmal als Heuklappe gedient hatte, noch öffnen konnte? Sie mussten schnell sein, auch wenn das bedeutete, dass Lennard sie überraschend angreifen oder vielleicht sogar entkommen konnte, wenn er sich irgendwo anders im Haus versteckt hielt. Schnell erklommen sie die Treppe – Emma voran, während Alex ihr weiterhin Rückendeckung gab.

***

Ein lauter Knall riss mich aus den Gedanken, und als mir klar wurde, dass es ein Schuss gewesen war, war meine Vorfreude dahin. Sie hatten mich doch gefunden. Und ich konnte hören, wie sie das Haus betraten.

In Siennas Augen konnte ich erkennen, wie die Hoffnung auf Rettung in ihr aufkeimte.

Kim brauchte dazu nichts zu sagen.

Ohne zu zögern sprang ich auf, schlug mit der flachen Hand auf den grünen Knopf und aktivierte die Seilwinde. Ich nahm ihr die Hoffnung so schnell, wie sie gekommen war. Wenn ich Glück hatte, dann waren die beiden übereifrigen Ermittler allein hierhergekommen. Während der Flaschenzug Sienna nach oben zog, nahm ich mein Nachtsichtgerät von einem der Heuballen neben mir und griff nach der Pistole. Ich lud sie durch, schaltete alle Lichter aus, auch wenn das bedeutete, dass meine treuen Zuschauer nichts zu sehen bekamen, und richtete die Waffe vor mich auf die kleine Öffnung im Boden, dem einzigen Zugang zu unserem Ort der Gerechtigkeit.

***

Die Tür zum Dachboden öffnete sich, und sie rannten gegen die Hitze hier oben wie gegen eine Wand. Emma ging links herum, Alex rechts.

Im Schein ihrer Taschenlampen konnten sie kleine Regale und Kartons mit allem möglichen Zeug erkennen. Die Decke war sogar noch niedriger als die in der Hütte im Wald, und sie mussten aufpassen, sich an den Holzbalken nicht den Kopf einzuhauen.

»Hier«, sagte Alex kaum hörbar. Er deutete auf den Durchbruch neben der Tür. Emma sah ihm über die Schulter und erkannte eine kleine Holzleiter, die zu einer Öffnung über ihnen führte. Vermutlich zum Dachstuhl.

Wenn er wirklich dort oben war und auf sie wartete, dann hatte er das Licht vermutlich ausgeschaltet. Emma erinnerte sich an das Nachtsichtgerät, das er in dem Video mit Cecilia Lopez benutzt hatte, und sie bekam Angst – vor dem, was in der Dunkelheit auf sie lauern würde. Ein Abgrund ins Nichts. Sie spürte, wie sie hinabgezogen wurde ins Bermudadreieck ihrer Paranoia. Sie atmete tief durch, obwohl das rein gar nichts änderte. Im Gegenteil. Es machte alles nur noch schlimmer.

Während sie sich langsam der Öffnung näherten, befahl ihr jede Faser ihres Körpers den Rückzug. Es fühlte sich an, als zerrte eine unsichtbare Kraft an ihr, die sie daran hindern wollte, weiter in die Dunkelheit vorzudringen. Emma rechnete jeden Moment damit, dass ihr der ekelhafte Gestank von verrotteten Leichen in die Nase zog. Stattdessen nahm sie nur einen penetranten Geruch von Lavendel wahr. Ob er versuchte, die Verwesungsgerüche damit zu übertünchen?

Emma sah hoch zu den Holzdielen über ihr. Durch die Schlitze konnte sie nichts erkennen, doch glaubte sie, durch jeden einzelnen von unzähligen Augen beobachtet zu werden. Weit aufgerissenen und manischen Augen. Wie die von Stefan Bauer.

Ungefähr einen Meter vor der Luke legte sie ihre Hand auf Alex' Schulter, um ihn zum Anhalten zu bewegen. Sie suchte Halt, wollte sich am liebsten an ihn klammern. Wenn Lennard Scholz ein Nachtsichtgerät benutzte, waren sie klar im Nachteil. Außerdem mussten sie damit rechnen, dass er bewaffnet war.

Alex sah über die Schulter zu Emma und schien zu verstehen, was sie ihm sagen wollte. Er beschrieb einen Halbkreis um die Luke und versuchte, etwas zu erkennen. Er musste es riskieren und leuchtete mit der Taschenlampe hinauf. Sie konnten die Dachziegel und etwas von dem Holzbalkenkonstrukt sehen. Aber keine Leichen. Doch das hieß noch gar nichts, der Dachstuhl war mindestens drei Meter hoch.

Alex nahm die Taschenlampe wieder runter und positionierte sich vor der Treppe. Emma wollte gerade protestieren, als er ihr signalisierte, die Ruhe zu bewahren. Nichts schien Emma ferner als Ruhe und Gelassenheit. In diesem Moment zweifelte sie sogar daran, dass sie zu derartigen Emotionen überhaupt wieder fähig sein konnte.

Alex tastete sich vor, die Taschenlampe vor sich haltend tat er, als würde er die Leiter hochklettern. Als seine Hand auf der letzten Sprosse lag, löste sich ein Schuss. Die Kugel streifte seine Hand und schlug in dem Querbalken neben der Öffnung ein. Holzsplitter und Staub rieselten auf die beiden herab. Nun konnten sie zumindest erahnen, wo Lennard sich aufhielt. Alex hielt die Maglite unter seine Waffe, holte Luft, setzte den rechten Fuß auf die unterste Sprosse und erhob sich, so schnell er konnte. Er konnte nicht mehr als zwei Schüsse abgeben, als er das Gleichgewicht verlor, rücklings von der kleinen Leiter fiel und sich den Hinterkopf an einem Querbalken stieß. Ein weiterer Schuss löste sich. Alex stolperte zurück, die Luft entwich ihm beim Aufprall auf die blanken Dielen. Der Staub von Jahrzehnten wirbelte hoch und umschlang ihn wie Nebel.

Emma zuckte zusammen. Er war getroffen.

»Scheiße«, rief es in dem Moment vom Dachboden. Es war Lennard, der vor Schmerzen stöhnte.

»Ich bin okay«, sagte Alex, und in dem Moment konnte Emma sehen, dass die Kugel die Weste getroffen hatte. Mühsam und hustend richtete er sich auf. Auf dem Dachboden polterte es, und dann klang es, als würde per Hand etwas mit einem verrosteten Flaschenzug emporgezogen, der dringend geölt werden sollte. Mit jedem Ruck drang mehr Licht durch die Luke unter den Dachstuhl. Emma riskierte einen Blick und konnte sehen, wie Lennard die große Heuluke über der Diele aufzog. Emma schoss auf ihn, traf aber nicht. Lennard sprang hinter die offene Luke in Deckung und erwiderte das Feuer. Emma duckte sich gerade noch rechtzeitig. Die Kugeln schlugen über ihr ins Holz.

Ein Ächzen und Stöhnen war zu hören, dann wieder das Quietschen der Seilwinde.

»Er haut ab«, sagte Emma.

»Wie?«

»Durch den Boden!«

»Was?«

Alex richtete sich auf. »Scheiße«, sagte er und sprintete die Leiter hoch. Emma folgte ihm umgehend und sah, dass Alex, anstatt Lennard hinunter zu folgen, an einem Querbalken stand und verzweifelt Knöpfe drückte. Emma leuchtete die Balken ab, und erst als sie sich umdrehte, sah sie die Frauen aufgereiht hängen. Ganz hinten Sienna, die zuckte und mit den Beinen strampelte. »Scheiße!«, rief Alex, und Emma fragte sich, warum er nicht auf das Seil schoss. Dann erkannte sie, warum. Es war ein Stahlseil, das so dick war, dass es der Frau nicht den Hals durchtrennte, während es ihr Gewicht hielt.

Emma stieg hoch, und während Alex sich hektisch nach etwas umsah, mit dem er Sienna befreien konnte, sah sie durch die große Luke, wie Lennard aus der offenen Dielentür humpelte. Jetzt wo sie sicher sein konnte, dass niemand mehr auf sie schießen würde, steckte sie ihre Waffe weg. Sienna zu retten, hatte jetzt Priorität.

»Räuberleiter«, rief Alex.

Emma eilte zu ihm. Kaum hatte sie die Hände verschränkt, stützte er sich auf ihre Schulter und sprang hoch zum Balken. Direkt beim ersten Versuch bekam er ihn zu fassen und zog sich mühelos daran hoch. Er hielt sich am Dachgiebel fest und trat gegen die Seilwinde, mit der Sienna hochgezogen worden war. »Komm schon«, schrie er und holte ein zweites Mal aus, dann ein drittes Mal und krachte zusammen mit der Vorrichtung und Sienna zu Boden. Der Stuhl, an dem sie gefesselt war, zerbrach in seine Einzelteile. Auch Emma wurde mitgerissen, die Holzdielen unter ihnen knackten und rissen teilweise ein. Emma stürzte an ein paar Heuballen vorbei und landete hart auf den Knien, wobei sie sich schmerzhaft einige Splitter einfing. Sie löste die Schlinge vom Hals der bewusstlosen Sienna und riss ihr das Tape vom Mund. Emma konnte keinen Puls fühlen, auch keine Atmung.

»Bitte nicht«, sagte sie, und als hätte Sienna sie gehört, holte sie plötzlich tief Luft.

Alex richtete sich wieder auf, stürmte in Richtung Heuluke und klaubte nebenbei das Nachtsichtgerät auf, das Lennard verloren haben musste.

»Kommst du klar?«, fragte Alex, während er sich das Gerät um die Stirn legte, um es sich bei Bedarf auf die Augen zu setzen.

»Ja.« Emma wollte ihm noch nachrufen, dass er vorsichtig sein sollte, doch da war er schon ans Seil gesprungen und auf dem Weg nach unten.

***

Die Landung war hart. Alex fühlte sich wie gerädert, und die ganze linke Seite schmerzte. Die Kugel, die ihn in die Brust getroffen hatte, war zwar von der Weste abgefangen worden, dennoch machte sich der Treffer jetzt schon bei jedem Atemzug schmerzlich bemerkbar. Darauf konnte er jetzt keine Rücksicht nehmen, Lennard hatte sicher bereits einen guten Vorsprung. Genauso gut konnte es sein, dass Lennard irgendwo draußen vor dem Haus nur darauf wartete, dass Alex hinaus in die Dunkelheit trat, und dann das Feuer auf ihn eröffnete. Also zog Alex die Nachtsichtbrille runter, schaltete das Licht in der Diele aus und musste erkennen, dass sie Schaden genommen hatte. Lediglich auf dem linken Auge war sie noch funktionsfähig. Das musste ausreichen.

Mit vorgehaltener Waffe schnellte er aus dem Haus. Der Lieferwagen war noch da. Er trat auf ihn zu und entdeckte Blutflecken an der Fahrertür. Es sah aus, als hätte Lennard versucht hineinzusteigen. Alex leuchtete ins Innere. Leer. Er probierte die Tür und stellte fest, dass sie abgeschlossen war. Hatte Lennard neben dem Nachtsichtgerät auch noch seine Schlüssel verloren? Vielleicht traf das auch auf seine Waffe zu, dachte er, verwarf den Gedanken aber sofort wieder. So viel Glück auf einmal würde das Universum ins Ungleichgewicht stürzen.

Alex richtete seinen Blick zu Boden. Eine Blutspur führte vom Haus hoch in den Wald. Er folgte ihr und sah sich dabei immer wieder um.

Lennard konnte überall lauern. Noch dazu musste Alex davon ausgehen, dass er sich in dieser Gegend bestens auskannte.

Als Alex das Haus durch die dicht bewachsenen Bäume nicht mehr sehen konnte, befürchtete er schon, die Orientierung und die Spur verloren zu haben. Doch da raschelte es plötzlich hinter ihm im Unterholz. Er schnellte herum, zielte und hielt inne. Beinahe hätte er ein Reh erschossen, das nun die Flucht ergriff. Alex senkte die Waffe, erhob sie aber sofort wieder, als es abermals knackte. Er drehte sich in die entsprechende Richtung und erkannte, dass er lediglich auf Bäume zielte. »Scheiße«, flüsterte er. Dann hörte er einen Schuss. Die Kugel sauste haarscharf an seinem Kopf vorbei und schlug im nächstgelegenen Baum ein. Umgehend warf sich Alex auf den mit Pilzen und Moos bedeckten Boden hinter einer großen Tanne. Drei Kugeln flogen über ihn hinweg. Alex ging im Kopf durch, wie viele Schüsse Lennard abgefeuert hatte. Zwei auf ihn und drei auf Emma im Haus, vier hier. Neun also. Bei einer Halbautomatik konnten je nach Modell zwölf bis fünfzehn Schuss abgefeuert werden. Drei Kugeln hatte er also mindestens noch. Super Aussichten.

Einen Moment lang blieb Alex regungslos. Dann raschelte es auf zehn Uhr, Alex erhob sich und entdeckte Lennard, der zwischen den Bäumen vor ihm davonlief.

»Stehen bleiben«, schrie Alex. Die Gestalt drehte sich im Lauf etwas und schoss zwei weitere Male. Damit hatte Alex gerechnet und war sofort in Deckung gegangen. Als kein dritter Schuss folgte, folgte Alex dem Flüchtenden, so schnell er konnte.

Seine Muskeln brannten. Seine Lunge brannte. Sein Brustkorb schmerzte. Doch er kam Lennard immer näher. Er war verletzt, und nun schienen ihn die Kräfte zu verlassen. Alex holte schnell auf, was auch Lennard bemerkte. Er hielt seine Waffe nach hinten, ohne sich umzudrehen. Alex warf sich abermals zu Boden. Ein Schuss, gefolgt von einem Klicken. Das Magazin war leer. Alex sprang hoch und lief weiter auf Lennard zu, der wohl im Lauf versuchte, das Magazin zu wechseln. Dann stolperte er, fiel aber nicht. Alex beschleunigte noch mal, zwang seinen Körper, der jeden Moment zu explodieren drohte, immer weiter.

»Hände hoch«, schrie Alex dann, als sie nur noch wenige Meter trennten, doch Lennard blieb nicht stehen, ließ auch nicht die Waffe fallen. Alex machte sich schon bereit, sich auf ihn zu stürzen, doch da war es Lennard gelungen, das neue Magazin hineinschieben. Er warf sich herum, beschrieb einen Halbkreis und ließ dabei den Schlitten der Halbautomatik einrasten. Doch kurz bevor Alex die Mündung auf sich gerichtet sah, prallten die beiden aufeinander. Ein Schuss löste sich, als sie zu Boden gingen. Alex landete mit den Knien auf Lennards Brustkorb, und wartete nicht erst ab, bis dieser nach dem Sturz auf den Rücken wieder Luft geschnappt hatte. Alex richtete sich auf, fixierte Lennard mit der linken Hand am Boden, holte mit der rechten aus und hielt inne. Lennards Augen waren verdreht. Ein Zeichen dafür, dass er längst K. o. war.

Dann riss Lennard die Augen auf und der Arm, mit dem er immer noch seine Waffe hielt, wurde wieder aktiv. Doch Alex war schneller. Seine Rechte war seine starke Schlaghand, und er brauchte nur diesen einen Treffer, um dafür zu sorgen, dass sich Lennards Körper für die nächsten Stunden entspannte.

Kapitel 44

EMMA saß auf einem der großen Baumstämme, die neben der Einfahrt gelagert worden waren. Hinter ihr im Haus waren die Kriminaltechniker und Forensiker im Einsatz und kümmerten sich um die Leichen der jungen Frauen. Emma hatte es vermieden, sie genauer anzusehen, während sie mit Sienna auf dem Dachstuhl ausgeharrt hatte, um auf den Krankenwagen zu warten. Dass sie permanent ihre Präsenz gespürt hatte, war schon schlimm genug gewesen und lieferte ausreichend Material für ihre Albträume.

Und nun war es vorbei, doch so etwas wie Erleichterung spürte sie erst, als sie Alex im Schein der Blaulichter aus dem Wald kommen sah. Zwei Sanitäter, die einem zweiten Krankenwagen entstiegen, gingen an Alex vorbei und nahmen Lennard entgegen, der hinter ihrem Kollegen von zwei Polizisten aus dem Dickicht geführt wurde. Kurz darauf fuhr der andere Krankenwagen los, um Sienna schnellstmöglich in das nächstgelegene Krankenhaus zu bringen. Sie würde überleben, doch die Wunde um ihren Hals, die durch das Stahlseil verursacht worden war, würde als Narbe zurückbleiben und sie ein Leben lang zeichnen.

»Hey«, sagte Alex und setzte sich neben Emma.

»Hey«, gab sie zurück. »Gute Arbeit.«

Alex löste die schusssichere Weste und verzog vor Schmerzen das Gesicht.

»Lass mich das machen«, sagte Emma, »sonst brichst du dir noch was.«

»Ein paar Wochen krankfeiern käme mir ganz gelegen.«

»Lass morgen Früh einfach mal das Gym ausfallen, dann bist du Montag wieder fit.«

Sie löste die restlichen Klettverschlüsse und half ihm vorsichtig aus der Weste. Und dann fiel all die Last der letzten Tage allmählich von ihren Schultern. Der Knoten in ihrem Brustkorb löste sich, und dann passierte, was sie so lange zurückgehalten hatten. Ihre Augen wurden feucht, und sie wandte sich schnell ab, um ihre Weste nun auch loszuwerden. Doch ihre Hände zitterten so stark, dass sie die Klettverschlüsse nicht richtig greifen konnte.

»Soll ich dir das ausziehen?«, fragte Alex.

Eine Träne bahnte sich ihren Weg die Wange hinab. »Jetzt fall mal nicht gleich mit der Tür ins Haus«, entgegnete sie bemüht scherzhaft und wischte sich übers Gesicht.

Alex reichte ihr ein Taschentuch. »Ist das schon zu viel?«

»Nein«, sagte sie. »Danke.«

Erst als sie es ausbreitete, erkannte sie das McDonald's-Logo darauf. Sie musste lachen, und dann brachen alle Dämme. Tränen flossen ihr aus den Augen, ohne dass sie sie hätte aufhalten können. Alex sagte nichts. Er sah sie mit einem warmen Lächeln an, tätschelte kurz ihre Schulter, lehnte sich nach hinten und stützte sich mit den Händen auf dem Baumstamm ab.

Langsam beruhigte sich Emma, sie legte ihre Weste neben sich, putzte sich die Nase und sah über das Hausdach zum Himmel auf. Es war eine sternenklare Nacht und nach der Hitze des Tages unerwartet kühl. Es fühlte sich gut an.

»Ich fürchte«, sagte Alex, »wenn ich jetzt die Augen schließe, penn ich weg.«

»Dann sollten wir lieber noch was trinken gehen.«

»Und was essen.«

»Wer bezahlt?«

»Du hast mich doch gerade eingeladen.«

Emma lächelte. »Allerdings bezweifle ich, dass wir selbst mit unseren Dienstausweisen einen Platz in einem Restaurant bekommen, so wie wir aussehen und vermutlich auch riechen.«

»Dafür wurde der Drive-in erfunden.« Er stand auf und richtete seine Klamotten.

Emma lächelte ihn an. Sie hatte das sichere Gefühl, dass er immer für sie da sein würde. Und dass er bereit war, mit ihr zusammen dem Schlaf und den Albträumen auszuweichen, auch wenn sie beide dringend Ruhe brauchten.

Kapitel 45

ICH wusste nicht, ob ich mich geehrt fühlen sollte, in einer der Zellen im Hochsicherheitstrakt der JVA Bielefeld zu sitzen, in denen die RAF-Terroristen so viele Jahre verbracht hatten. Ich dachte nicht wirklich, dass mir das zu mehr Ruhm verhalf. Außerdem hatte ich doch wohl viel mehr bewegt als die RAF. Ich hatte mehr Menschen dazu motiviert, sich nichts mehr gefallen zu lassen, und musste mir keinerlei Vorwürfe machen. Ich hatte schließlich keine Unschuldigen getötet. Und obwohl ich fest daran glaubte, das Richtige getan zu haben, sah Kim seit meiner Verhaftung im Wald irgendwie traurig aus.

In den letzten Jahren hatten wir mehr miteinander geteilt als diese trostlose Zelle, in der ich nicht mal das Fenster öffnen konnte. Eigentlich hatte mich Kims bloße Anwesenheit stets beruhigt und mir Kraft geschenkt. Vor allem bei den schweren Fällen in der Kanzlei war sie mir eine große Hilfe gewesen. Anfangs, als sie eines Nachts vor sieben Jahren unverhofft an meinem Bett gestanden hatte, hatte ich noch Angst vor ihr gehabt. Und dann hatte ich Angst vor mir selbst gehabt. Ich dachte wirklich, ich würde sie mir nur einbilden. Als ich erkannte, dass das nicht so war und sie tatsächlich, nur für mich, von den Toten zurückgekehrt war, konnte ich endlich wieder glücklich sein. Sie hat mich zu alldem ermutigt, nachdem sie dafür gesorgt hatte, dass ich ihr Handy fand, als Oscar nicht zu Hause gewesen war. Gott sei Dank hatte ich es gefunden, bevor die Polizei uns auf die Schliche kam.

Kim hätte es sicher gern gesehen, wenn ich weitergemacht hätte, noch da draußen wäre und sie alle zur Rechenschaft gezogen hätte. Dann wäre sie für immer glücklich gewesen. So wie sie es auf dem Dachstuhl stets gewesen war, als wir zusammen auf den grünen Knopf der Seilwinde gedrückt hatten.

Ich freute mich auf heute Nacht und konnte es kaum erwarten, dass das Licht endlich ausging. Dann würde ich den provisorischen Strick, den ich aus Teilen meiner Bettwäsche geflochten hatte, unter meiner Matratze hervorziehen. Dass mir meine Beziehungen selbst im Gefängnis noch von Nutzen sein konnten, hatte ich nicht erwartet. Aber der Nachtwärter hatte sich meine Zelle bei der täglichen Kontrolle nicht so gründlich angesehen wie die der anderen Inhaftierten. Er hatte mir – wie abgesprochen – ein kleines Dreieck aus Metall, das ungefähr die Größe eines Gitarren-Plektrums besaß, unters Essen gemischt. Ich musste den Eintopf nur ein bisschen umrühren, und schon hatte ich es gefunden. Das würde sich gut als Schraubendreher eignen, damit ich wie geplant die Blende von der Deckenlampe entfernen konnte, um den Strick an dem Konstrukt darunter befestigen zu können. In einer Stunde würden sie das Licht löschen, und Kim würde wieder glücklich sein.

Für immer.

Eine kleine Bitte zum Schluss ...

Wir hoffen, Ihnen hat dieses Buch gefallen …

Der schnellste Weg, andere Leser da draußen an Ihren Erfahrungen mit diesem Buch teilhaben zu lassen, ist eine Rezension im Online-Buch-Shop. Ihr Feedback hilft nicht nur anderen Lesern, Neues zu entdecken, sondern auch dem Autor, zu verstehen, was aus Lesersicht in diesem Buch gut und weniger gut ist. So kann sich der Autor weiterentwickeln und Ihnen sowie anderen Lesern in Zukunft noch schönere Geschichten präsentieren. Außerdem sind Ihre Erfahrungen, Erkenntnisse und Eindrücke als ehrliches Leser-Feedback eine enorme Wertschätzung vieler liebevoller Arbeitsstunden, die in dieses Buch geflossen sind.

Danke also schon im Voraus, wenn Sie sich zwei bis drei Minuten Zeit nehmen und eine kleine Bewertung zum Buch z.B. auf Amazon veröffentlichen.

Mehr zum Autor finden Sie auf
www.gunnarschwarz.de,
www.facebook.com/gunnarschwarz.autor,
www.instagram.com/gunnarschwarz.autor und
www.feuerwerkeverlag.de/schwarz

Gratis Kurzthriller sichern

Bitte nicht sie!

Kostenloser Nervenkitzel. Auf 80 Seiten. Trauen Sie sich?

„Hängen da oben etwa Füße? In pinken Socken? Oh mein Gott, ist das ein Kind?“

Ein Raunen geht durch die Menge, als auf dem Marktplatz über der goldenen Turmuhr ein Fenster geöffnet wird und kleine Füße in rosa Söckchen zum Vorschein kommen. Kurz darauf wird der Rest des Körpers sichtbar und an einem Seil aus dem Fenster gestoßen. Die Menge ist in Schockstarre. Die Polizei wird gerufen.

Als Kommissar Theo Sammers kurze Zeit später am Ort des Geschehens erscheint, um die aufgebrachte Menge zu beruhigen, gefriert ihm das Blut in den Adern. Denn das, was er sieht, ist ihm nur allzu vertraut …

Den 80-seitigen Kurzthriller komplett kostenlos herunterladen:

https://www.gunnarschwarz.de/kurzroman

Weitere Bücher des Verlages

Tote Mädchen schweigen ewig

Gunnar Schwarz

Was zunächst wie ein tragischer Unfall aussieht, entpuppt sich während der Obduktion schnell als brutaler Mord. Denn der Frau, die aus einem Fluss gezogen wurde, fehlt die Zunge, und ihre Arme wurden zerschnitten – eine Warnung? Aber an wen?

Der Ehemann wird festgenommen und gesteht. Spezialermittlerin Charlotte Bekker glaubt jedoch an seine Unschuld und sucht zusammen mit ihrer neuen Kollegin Stella Meislow nach Beweisen, die belegen, dass er den Mord nicht begangen haben kann.

Damit beginnen die Ermittlungen des Frauenduos in einer grauenvollen Mordserie, die abstoßende Geheimnisse und menschliche Abgründe aus einer völlig unerwarteten Richtung ans Tageslicht bringen. Die Suche führt die Ermittlerinnen auf die Spur eines Killers, der seine weiblichen Opfer aus einem ganz speziellen Grund zum Schweigen bringen will…

Das Flüstern der Puppen

Gunnar Schwarz

Lena Freyenberg und Henning Gerlach bekommen es in ihrem ersten gemeinsamen Fall mit einem albtraumhaften Spiel um Leben und Tod zu tun. Ein Serienkiller ermordet seine Opfer auf eine seltsam vertraute Art und Weise und lässt an jedem Tatort eine verunstaltete Puppe zurück.

Nach und nach entschlüsseln die Ermittler das Muster hinter den Morden, die Verbindung zwischen den Opfern und die Bedeutung der Puppen. Doch vom Täter fehlt weiterhin jede Spur.

Als Lena und Henning schließlich erkennen, dass sie selbst ihren engsten Verbündeten nicht mehr vertrauen können, hat der Killer sein Ziel beinahe erreicht. Und plötzlich holt die Vergangenheit nicht nur die Toten, sondern auch die Ermittler erbarmungslos ein …

Nasses Grab – Zwischen Mord und Ostsee

Thomas Herzberg

Am Ostseestrand der Halbinsel Holnis, Dänemark in Sichtweite, wird die schrecklich entstellte Leiche eines Mannes gefunden. Eine Hiobsbotschaft, die kurz vor Start der neuen Urlaubssaison zahlende Gäste abschrecken könnte. Somit ist bei den Ermittlungen Leisetreten angesagt. Ina Drews und Jörn Appel – das neue Team der Flensburger Mordkommission – kommen da gerade recht. Aber schon ihr erstes Aufeinandertreffen endet im Eklat, wofür es gute Gründe gibt. Während sich die beiden widerwillig zusammenraufen, geht es mit den Ermittlungen anfangs erfreulich schnell voran. Doch mehr und mehr versinkt alles sicher Geglaubte in einem Strudel aus Lügen und Halbwahrheiten. Hinzu kommt Druck von oben, mit dem sich Ina und Jörn noch zusätzlich herumschlagen müssen. Dabei gerät selbst der Mordfall zeitweise in Vergessenheit...

Düsterhof

Melisa Schwermer

Eine junge Frau wird in ihrer Wohnung überfallen und bestialisch ermordet. In scheinbar blinder Wut hat der Täter unzählige Male auf sie eingestochen. Schnell fällt der Verdacht auf ihren Ex-Freund, der die Trennung offenbar nicht überwunden hat.

Doch seine Anwältin Annabelle Hart glaubt nicht, dass er der Täter ist, auch wenn alles auf ihn hindeutet. Gemeinsam mit dem Privatdetektiv Felix Hertzlich macht Annabelle sich daran, die Unschuld ihres Mandanten zu beweisen und stößt dabei auf einen kranken Killer, der eine Frau nach der anderen hinrichtet.

Als Annabell und Felix dem Täter auf einem düsteren Hof schließlich näher kommen, als sie es jemals hätten tun sollen, beginnt für sie ein Spiel um Leben und Tod...